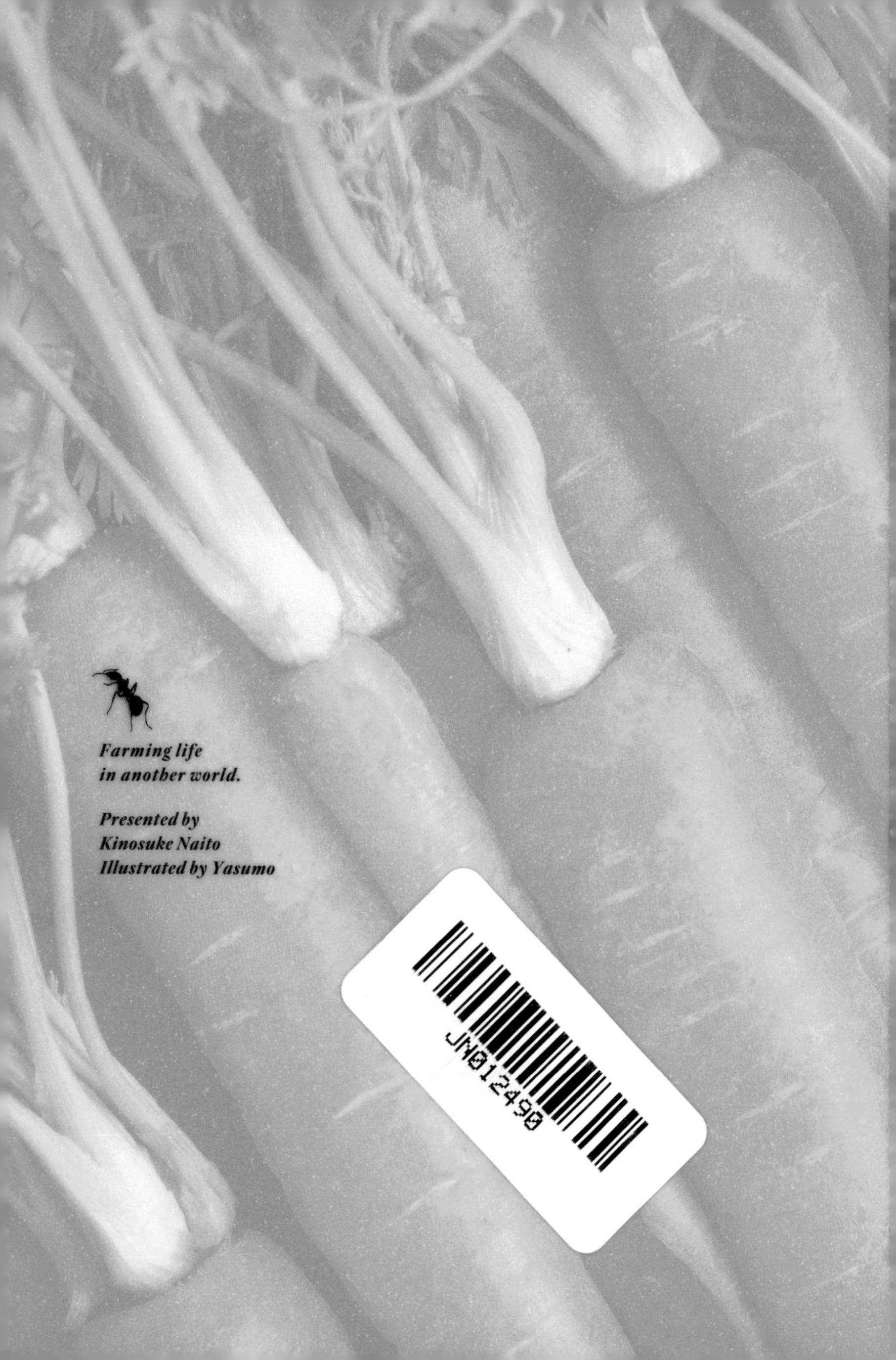

Farming life
in another world.

Presented by
Kinosuke Naito
Illustrated by Yasumo

「のんびりするのも悪くない」
Farming life in another world. Volume 15

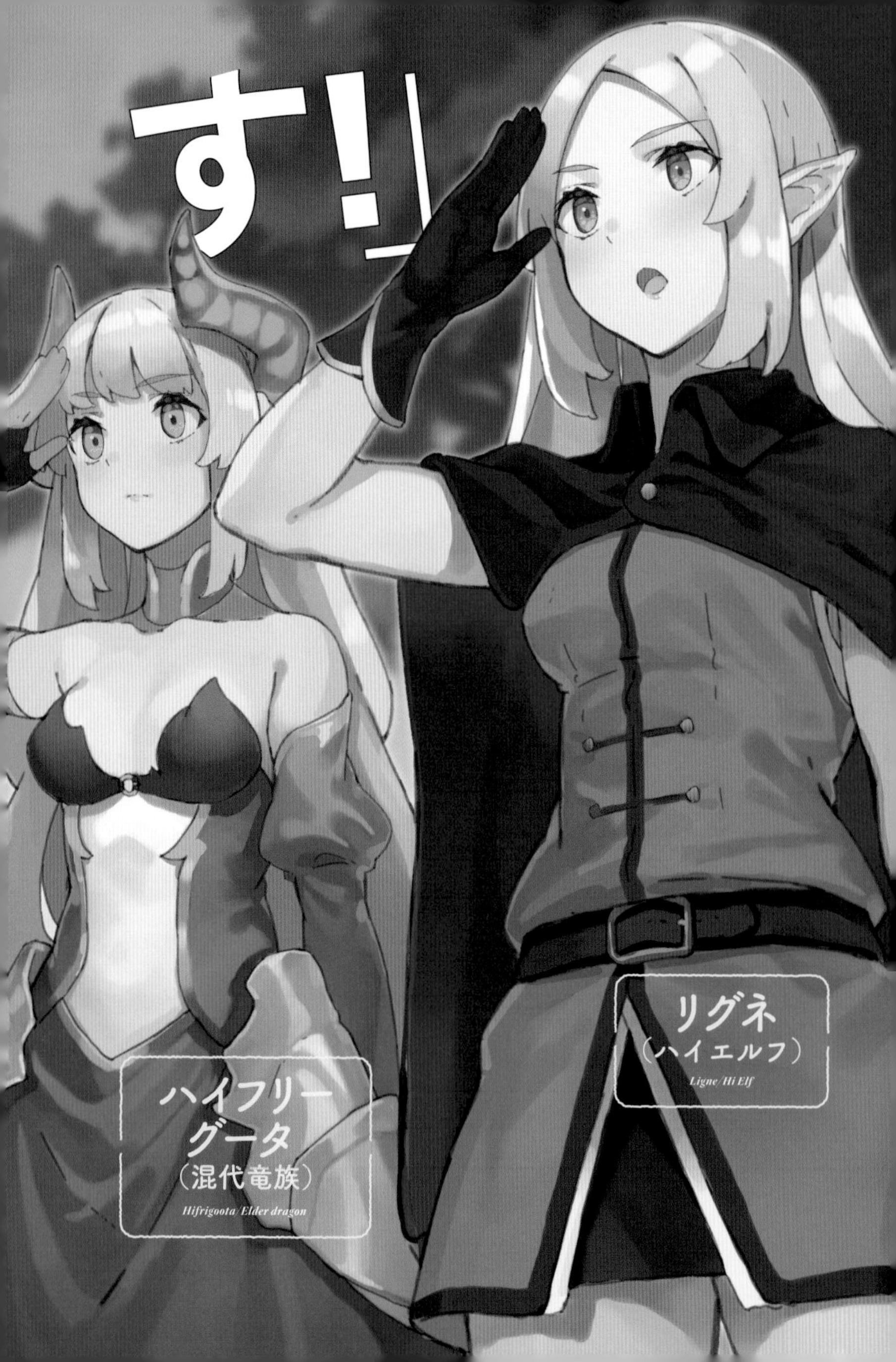
す!」
リグネ
（ハイエルフ）
Ligne/Hi Elf
ハイフリーグータ
（混代竜族）
Hifrigoota/Elder dragon

「調査隊、出発しま
キハトロイ
（混代竜族）
Kibatroy/Elder dragon
オージェス
（混代竜族）
Oages/Elder dragon
Farming life in another world. Volume 15

「たすけて〜〜」

「また
面倒ごとか？」
Farming life in another world. Volume 15

異世界
のんびり
農家

Farming life in another world.
Presented by Kinosuke Naito
Illustrated by Yasumo

異世界のんびり農家

著 内藤騎之介
イラスト やすも

*Farming life
in another world.*

異世界のんびり農家

Farming life in another world.

Prologue

Presented by
Kinosuke Naito
Illustrated by
Yasumo

〔 序章 〕

暴走

俺は魔王国の兵士。下っ端《したっぱ》の兵士だが、王都の王城を警備しているのだから、それなりに実力があると誇《ほこ》っている。

まあ、それは俺だけでなく、警備している兵士全員に言えることなんだろうけどな。仕事時間以外では、あいつより強い、あいつに負けた、あいつに勝ちたい、そんな話ばかりしている。

だが、隊長に挑《いど》みたいと言う者はいない。俺たちの隊長は確実に一回り以上強いからだ。だから、鍛《きた》えてもらいたいはあっても、挑みたいはない。

そんな隊長が、青い顔をして俺たちを集めた。それだけでわかる。まずいことが起きたと。

とりあえず、隊長にちょっと待ってもらって、俺たち兵士は相談した。

どうする？　辞《や》める？　辞めるならタイミングはいまだよな？　聞いたら辞められないって。でも、いままで給料をもらっていた分は働かないと……そうだな。隊長には酒を奢《おご》ってもらったこともあるし。うん、辞めるのは違うな。覚悟を決めた。お前たちも大丈夫だな？　よし、意見は統一された。俺が代表で隊長に伝える。

「隊長、休暇《きゅうか》を申請《しんせい》したいのですが」

駄目だった。横暴《おうぼう》な職場だ。

俺たちは抵抗したのに、隊長は説明を続けた。酷《ひど》いや。そして、話の内容も酷い。

「王都の東側で、暴走《スタンピード》の気配がある」

暴走。

もちろん、元気な人が走り回っていることではない。魔物や魔獣の大規模移動のことだ。

まあ、暴走自体は珍しいことではない。魔王国の領土は広大なので、どこかで毎年のように発生している。

それに、先ほども言ったが王城の警備をしているのだ。魔物や魔獣の大規模移動程度、なんとかしてみせる。みせるのだが……問題がある。

それは暴走の原因。

ほとんどの魔物や魔獣は縄張《なわば》りを持っているので、滅多にその縄張りから出ない。大規模移動は、縄張りを捨てたということだ。

つまり、縄張りを捨ててまで移動しなければいけない事態があったということ。

暴走の原因の大半は、いろいろとあるけど突き詰《つ》めれば二つ。食料不足か脅威《きょうい》。

食料不足が原因で起こる暴走は、一般の住人には脅威ではあるが、俺たちが怯《おび》えるほどではない。

困るのは、脅威のほう。魔物や魔獣がこれまでの縄張りを捨てなければいけないほど、強力な魔物か魔獣が出現したということになる。そうなると、その強力な魔物か魔獣の討伐《とうばつ》まで、俺たちの任務になるからだ。

正直、厳しい。食料不足のほうであってくれ。

そう願う。だが、暴走の気配がしているのは王都の東側。王都の東側には、とある地域がある。

そこらの魔物や魔獣が子供の玩具《おもちゃ》に思えるぐらいに凶悪な魔物や魔獣の巣窟《そうくつ》。生《せい》が許されない森。

〝死の森〟があるのだ。

一応、〝死の森〟からの侵入を阻《はば》むように高い山々があるのだが、〝死の森〟の魔物や魔獣が山を越えた記録がないわけではない。

一番近い記録では、王都を含めたこのあたり一帯が人間の国だったころ。巨大な蛇《へび》が山を越えたそうだ。

その巨大な蛇によって人間の国が甚大《じんだい》な被害《ひがい》を被《こうむ》り、さらに魔王国が攻め込んだことでその国は滅んだ。今回の暴走で、魔王国が滅ぶとは思わないが、人間の国が騒がないか心配だ。

「考えすぎるな。暴走の気配があるだけだ。とりあえず、俺たちの隊を含む、二十の部隊に調査が命じられた」

冒険者に協力要請《ようせい》は？

「すでにしている。また、魔王様も独自に動かれるらしい」

魔王様が？　なぜそんな危険な真似《まね》を？

「奥さまと娘さんにいいところを見せたいそうだ」

あ、う、うん。そうですか。

「では、六人一組で行動開始！　なにかあった場合、一人は生きて帰ってこい」

六人で生きて帰ってきますよ！

王都の東側に、いきなり山があるわけではない。それなりに広い森が広がっている。

その森の中に、何箇所か小さい砦《とりで》が作られている。敵が森の中を通ったときに警報《けいほう》を発するための砦だ。その砦が、暴走の気配を感じ取ったのが第一報。

俺たちが砦に到着し、事情を聞くと暴走の気配ではなく、暴走の予兆《よちょう》になっていた。暴走はほぼ確実に発生する。そんな感じだ。あー、嫌な予感がする。しかし、ここで仕事の放棄《ほうき》はできない。頑張って、原因である脅威を探すとするか。

ん？　食料不足の可能性？　わかっているだろ？　この砦に到着するまでに倒した魔物や魔獣は、普通だった。つまり、ちゃんと食べている。食料不足の可能性はない。


砦から出て東に進んで十日。遠目にだが、原因を発見した。

最悪……ではないようだ。俺たちの視線の先にいるのは、一頭のインフェルノウルフ。

俺たちでは勝ち目がないが、魔王国全体でみればなんとかなるだろう。被害をどこまで抑《おさ》えられるかだな。俺がほかのメンバーに、これからどうするかを相談する。

方針としては、半数が残って見張り。残り半数が戻って報告だろうな。クジで決めるか。

「クジね。そういや知ってるか？」

ん？　魔王様のクジ運がいいことか？

「そうじゃないよ。王都にインフェルノウルフが出たって噂《うわさ》だ」

ああ、聞いてるよ。実際はデッドリーウルフだったんだろ？

「そうらしいが……騎士団の連中はインフェルノウルフが出たって言ってる」

それだったら、王都を中心に暴走が起きるだろ？

「起きたそうだぞ」

そうなの？

「ああ。まあ、小規模だったみたいだけどな。それで、そのインフェルノウルフを倒したのは魔王様らしいんだ」

おおっ、さすがは我らの魔王様。

「その魔王様が、インフェルノウルフの前にいる」

え？　あ、本当だ。いつの間に？　そして、戦うのか？　違う、魔王様が手を広げてインフェルノウルフを迎えるかのような姿勢。

おおっ！　魔王様ほどにもなれば、インフェルノウルフすら従《したが》えるのか。すごい！

そう思って見ていたら、魔王様はインフェルノウルフの前足で薙《な》ぎ飛ばされた。

…………。

魔王様ぁぁぁぁぁぁぁっ！！！

Farming life in another world.

Chapter.1

Presented by
Kinosuke Naito
Illustrated by
Yasumo

〔一章〕

爆破事件

01.家　02.畑　03.鶏小屋　04.大樹　05.犬小屋　06.寮　07.犬エリア　08.舞台　09.宿　10.工場
11.居住エリア　12.風呂　13.パターゴルフ場　14.上水路　15.下水路　16.ため池　17.プールとプール施設
18.果樹エリア　19.牧場エリア　20.馬小屋　21.牛小屋　22.山羊小屋　23.羊小屋　24.薬草畑　25.新畑エリア
26.レース場　27.ダンジョンの入り口　28.花畑　29.アスレチック　30.見張り小屋　31.本格的アスレチック
32.動物用温水風呂　33.万能船ドック　34.世界樹　35.ゴルフ場　36.ゴルフ関連建物　37.エビの養殖池

1 保護

昼。

俺は空飛ぶ絨毯《フライング・カーペット》に乗りながら、そろそろ収穫時期に入る畑を見回っていた。

年に三回ある収穫の二回目。夏の収穫。夏なのに実っている稲穂に、最初のころは違和感があった。いまは大丈夫。慣《な》れた。

俺の乗る空飛ぶ絨毯の横を、クロとユキが、後ろに鬼人族メイドが一人、歩いている。なので、飛行速度はゆっくりめ。

…………。

俺、このまま空飛ぶ絨毯に乗る生活をしていたら、太るんじゃないかな？　しかし、空飛ぶ絨毯は乗ってほしいと強く希望している。空飛ぶ絨毯として生み出したのだから、乗ってやりたいとも俺も思う。

うーん、収穫が始まるまでは、このままでいいかな？　収穫が終わったときが問題だな。説得できるかな？　あと、最近、馬やケンタウロス族たちの俺を見る目が少し怖いのが気になる。別にお前たちを蔑《ないがし》ろにしているわけではないんだぞ。

馬は馬で、それなりの年齢になっているだろうし。いや、衰《おとろ》えは全然感じないけど。少し前も、牧場《ぼくじょう》エリアでほかの馬たちを率いて先頭で走っていたし。食べている物がいいからかな？　それとも、俺が知らないだけで馬の現役年齢は長いのかな？　競馬《けいば》だと、八歳の馬はピークを過ぎているからほとんど引退すると聞いたことがあるが……あれは競走馬《サラブレッド》だからか？　乗馬用の馬は、もっと長く活躍するのかもしれない。それとも、こっちの世界の馬は強いのかな？　わからん。

畑の見回りを終え、次は子供たちのいるプールの様子を見に行こうと思ったところで、ビーゼルが慌《あわ》ててやってきた。なにかあったのだろうか？

俺は魔王国の王都の東側にいた。目の前に大きな山脈が壁のようにある。普段、逆側から見ているが、ここまで近づいたことはあまりないからな。ちょっと新鮮《しんせん》だ。

俺と一緒にいるのは転移魔法を使ってくれたビーゼル、それと護衛《ごえい》役のガルフとダガ。あと、そろそろ大根《だいこん》の収穫かなと様子を見に来ていたドライム。

「村長、あちらに」

ガルフが示《しめ》す方向に、魔王を中心とした一団がいた。一団というには数が少ないかな？　魔王と、護衛の兵士が六人。あと、アルフレートとウルザだ。

「父さん」

寄ってくる二人を抱《だ》きしめる。よしよし。魔王は来なくていいんだぞ。……なぜ抱きつく？

少し間を置いて。

ビーゼルから大まかな話は聞いているが、魔王から詳《くわ》しい話を聞く。

「インフェルノウルフがいるから、村長のところのインフェルノウルフかなと思って近づいたら殴《なぐ》られた」

殴られたが、怪我《けが》はないようだ。

「あの程度ではな」

魔王は胸を張る。怪我はないようだが、顔の右側がちょっと赤くなっていることは言わないでおこう。


攻撃されたが、万が一、俺のところのインフェルノウルフだったら困るから、魔王はアルフレートとウルザを呼んで確認を頼んだ。

「村で見覚えがないのはたしかなんだけど。〝大樹の村〟以外で生まれている可能性も捨てきれないからクロイチを呼ぼうかなと思ったんだ」

「でも、クロイチを呼んで喧嘩《けんか》になったら、このあたりが酷いことになるでしょ？」

たしかに。

森は大事だ。ウルザがアルフレートを止め、俺を呼んだほうが安全と言ったのを魔王が採用したと。いろいろと気を使わせて、申し訳ない。

事情はわかったので、次は問題のインフェルノウルフだな。

どこにいるんだ？　あっち？

…………山脈の麓《ふもと》付近、岩場になったような場所で伏《ふ》せていた。大きい体の状態のままなので、それなりの距離があってもよくわかる。

しかし、なにをしているんだ？　落ち込んでいるようにも見えるが……。

「村長のところの個体か？」

違う。俺のところの個体なら、どこで生まれても一度は俺に顔を見せにくる。見た感じ、六歳ぐらいの雄《オス》。前後一歳を含めても、見覚えのない個体だ。

しかし、見覚えがないからと放置はできない。ここにいると、冒険者たちに討伐されてしまう可能性がある。これもなにかの縁《えん》だろう。

〝大樹の村〟に連れ帰ってやろう。

「連れ帰る？　どうやって？」

魔王がそう聞いてくるが、なにを言っているんだ？　ビーゼルの転移魔法があるだろう。以前、召喚《しょうかん》魔法で王都付近に呼ばれたクロイチを戻してくれたのを忘れたのかな？

「いや、そうではなく……あのインフェルノウルフが素直に従うのか？」

言えば大丈夫だろ？

「えーっと……」

ものは試《ため》しだ。やってみたらわかるさ。

ああ、ガルフとダガは少し離れてて。興奮《こうふん》させちゃうから。

俺は一人、インフェルノウルフの前にやってきた。

俺が近づいても、インフェルノウルフは動かない。やはり見覚えのない個体だな。俺など、気にもしない太々《ふてぶて》しい態度《たいど》が新鮮だ。

だが、ある程度の距離まで俺が進むと、伏せていたインフェルノウルフは立ち上がった。うーん、大きい。クロたちも大きくなれるが、俺の近くではあまり大きくならないからな。とりあえず、大きくなっているこの体をなんとかするか。このままだと、さすがにビーゼルの転移魔法でも運べないだろうし。

立ったインフェルノウルフを気にせずに俺が進むと、さすがに気に障《さわ》ったのか俺を睨《にら》んでいる。

まあ、そう興奮せずに。俺がそう言ってさらに進むと、インフェルノウルフが飛びかかってきた。

うん、予想通り。

俺は『万能農具』を槍《やり》にして、飛び掛かってきたインフェルノウルフの両方の後ろ足を横からまとめて払《はら》った。

インフェルノウルフの体がごろんと転がり、仰向《あおむ》けになった。そこですかさず、脇腹《わきばら》を撫《な》でる。

これでもかと撫でる。

よーしよしよし、どうした？　慣れない場所で怖かったのか？　大丈夫だぞ。すぐに仲間がいる場所に連れていってやるからなー。

ビーゼルの転移魔法で、ガルフ、ダガ、インフェルノウルフと一緒に〝大樹の村〟に戻る。

アルフレートやウルザも一緒にと言いたかったけど、学園での生活がある。まあ、元気な姿を見ることができてよかった。次に会うのは冬かな？　それとも村の武闘会に参加しに戻って来るのか？　また会える日を楽しみにしておこう。

ドライムは残ってインフェルノウルフがここに来たルートを調べるそうだ。そういや、門番竜《ゲートドラゴン》として〝死の森〟の魔物や魔獣が外に出ないようにする役目があるんだったな。大根の収穫は、戻ってくるまで始めないからきっちり調べてほしい。

村に連れ帰ったインフェルノウルフを、まずクロとユキに紹介。

クロとユキがインフェルノウルフの群れのトップだからな。そこを蔑ろにはできない。

クロとユキが受け入れることを決め、新入りと認定。まずはこれで一安心。

次は……風呂だな。うん、汚れているから。そのままだと、屋敷に入れない。

俺が洗ってやってもいいのだが……俺が新入りを洗うと、新入りだけを特別扱《あつか》いにはできないから、ほぼ全頭を俺が洗うことになる。さすがに、それは体力的に厳しい。

俺がどうしようか悩んでいると、クロの子供が四頭、やってきた。お前たちが新入りを風呂に連れていってくれるのか？　それは助かる。

助かるが……えっと、その、わかっているよな？　面倒をみるとやってきた四頭のクロの子供は、全て雌《めす》。そして、パートナーがいない四頭だ。新入りのインフェルノウルフが、騙《だま》したなという顔で俺を見ている。いや、そんなつもりは欠片《かけら》もない。この世に生を受けたことを嘆《なげ》くんじゃない。わ、わかった。俺が洗ってやろう。四頭にも手を出させない。いいさ。ちょっと大変なことになるだけだ。そのかわり、お前はお前で頑張ってここに馴染《なじ》むんだぞ。困ったことがあれば遠慮せずに、俺に言うように。

閑話　新入り

俺の縄張りには、脅威となる存在はない。しかし、油断はしない。

俺の住むこの森には、グラップラーベア、ブラッディバイパー、デーモンスパイダーと強敵が多い。俺の縄張りにいないのは、運がいいだけだ。

俺に名はない。ただのインフェルノウルフだ。

…………。

獲物を深追いしたのがよくなかったようだ。道に迷った。俺の縄張りはどこだ？　インフェルノウルフは方向感覚がいいとか言われるが、限界はある。

遠くにある山脈を見て、場所を確認。

…………。

いつもは大きい山脈が、小さい。つまり、森の中央寄りにいる。まずい。

この森は、中央に近づくほど強者が多くなる。少しでも離れなければ。

ああ、もう遅い。巨大な熊……グラップラーベアの気配がある。まだ遠いか？　逃げ切れるだろうか？　…………ん？　なんだ？　グラップラーベアの様子がおかしい？

…………。

だ、駄目だ！　興味を持つな！

自分を叱責《しっせき》する。下手《へた》な好奇心は、命取りだ。それを理解していたからこそ、この年齢まで生き延びている。さっさと逃げるに限る。

俺はそう判断し、行動した。だが、世の中はそう甘くなかった。

グラップラーベアが、全力で俺の進路を塞《ふさ》ぐように移動してきた。

なんだ？　俺の存在がバレているのか？　違った。

グラップラーベアはなにかと戦っているようだった。いや、逃げているというべきか。それを追いかけているのは……俺と同じインフェルノウルフ？　その姿を見て、俺は震《ふる》えた。格《かく》が違う。それも一つや二つどころではない格上。神々《こうごう》しさすら感じる。

そのインフェルノウルフが、グラップラーベアに追いつき、攻撃しているが……当てていない？インフェルノウルフの牙《きば》や爪《つめ》がグラップラーベアに当たる直前、動きを止めている。グラップラーベアの特殊能力か？　そんなわけがない。なにせグラップラーベアは、攻撃されるたびに死を覚悟しているのだから。攻撃を止める特殊能力があるなら、あんな顔はしない。

つまり、あのインフェルノウルフがわざと攻撃を止めている。なぜ？　自分の動きの確認をしているのか？　グラップラーベアを相手に？

驚いている俺を無視し、グラップラーベアと神々しいインフェルノウルフは通り過ぎて行った。俺に気づかなかったということはないだろう。グラップラーベアも、神々しいインフェルノウルフとも目が合ったのだから。

…………。

俺は恐怖《きょうふ》に駆《か》られ、走り出した。

どこをどう走ったのか、覚えていない。いつの間にか、俺は見知らぬ場所にいた。近くに見知った山脈はあるが、これはいつも見ている側ではない。

俺は山脈を越えたようだ。俺を育ててくれた母が言っていた。山脈を越えてはいけない。竜《ドラゴン》に殺されるから。

……………。

森に戻るのは簡単だ。この山脈を越えたところに、いつもの森がある。それはわかっている。だが、体が動かない。

あのグラップラーベアの狂《くる》ったように怒れる目を思い出して。あの神々しいインフェルノウルフの目を思い出して。

……………。

あの神々しいインフェルノウルフ、飢《う》えた目をしていたな？　それに寂《さび》しそうでもあった。強者ゆえの孤独に、苦しんでいたのだろうか？

……………ふっ。俺にわかるはずもない。俺はこの場でふて寝をすることにした。

竜に殺される？　いいさ、いつでも来るがいい。

変な者がやってきた。

強い。

それは理解できる。たぶん、俺より強いのだろう。これが竜か？

違うな。まあ、いいだろう。勝負がしたいなら受けてやる。ここで逃げたら、俺にはもう行く場所がないんだ。

俺は渾身《こんしん》の力で変な者を払った。避《さ》けられるのを前提にした攻撃だったのだが、思いっきり直撃した。

…………。

かなり吹き飛んだが……あれしきでは死なんだろう。

相手を本気にさせてしまったかと少し後悔《こうかい》したが、変な者は戻ってこなかった。

なんだったんだ？


また変な者がやってきた。先ほどとは違う変な者だ。

その証拠に、弱い。うん、確実に俺より弱い。

なぜ、そんな弱者が俺に近づいてくる？　ただの愚《おろ》か者か？

おい、それ以上、近づくな。殺すぞ。

その変な者は、俺の放《はな》った殺気を受けたのに歩《あゆ》みを止めなかった。さすがに許せん。

俺は飛びかかった。この距離、間合い。確実に仕留《しと》めただろう。そう思ったのだが、変な者はさらに一歩踏《ふ》み込んできた。

しかも、いつの間にか手に長い棒を持っている。どこから出したとか疑問に思う暇もなかった。

俺は仰向けになっていた。そして、弱い者に腹を弄《まさぐ》られている。

ちょ、こら、やめっ！

体を起こせばこの弱い者を噛《か》み殺せるのに、体が動かない。弱い者の手の動きを体が求めている。馬鹿な。こ、こんなことに俺は屈《くっ》したりはしないぞ。ええい、甘い声で囁《ささや》くんじゃない。

俺は怖がっちゃいない。仲間？　仲間などいらん。俺は小さいとき、雌に追いかけられてから一頭で暮らしている。

いまさら、仲間など……あ、そこ違う。もっと下。そう、そこ……あああ……体がリラックスしてしまうー。

世の中、流されることも必要だと思う。うん。

まあ、この弱い者についていけば、退屈はしないだろう。

弱い者は、弱いからな。俺が守ってやるのも悪くないだろう。竜が来るまでのあいだだがな。

…………。

あの、弱い者。最初に来た変な者の横にいるのが、竜とか名乗ってますけど？　俺、ここで殺されるの？　大丈夫？　守ってくれる？　お、大人しくしてるから、頼んだぞ。

少し思ったのだが、弱い者は弱くないのかもしれない。

竜と名乗った者は、俺がどのあたりから山脈を越えたのかを気にしていた。

「一応、結界はあるのだが、なにせ古いからな。穴があるのだ」

前々から、このあたりの結界に大きい穴があるのはわかっていたが、調べ切れていなかったそうだ。

「私はその結界を塞いでから戻るとする。村長は先に戻っておいてほしい」

弱い者の名は、村長というのか。覚えておこう。


俺は村長に従い、転移魔法で移動。

どこに行くのかな？

…………。

以前、住んでいた森だった。しかも、周囲の山脈の大きさから推察《すいさつ》するに、ど真ん中だ。

そっかー。えっと、俺、ここで死ぬのかな？　大丈夫？　本当に？　信じるよ？

たしかに、周囲には俺と同じインフェルノウルフの気配がたくさんあるけど、同じぐらいデーモンスパイダーの気配もあるんだけど？

あぁっ、無数のデーモンスパイダーの子供に取り囲《かこ》まれた！

な、なに、変な動きをしているけど？　歓迎の舞《ま》い？　なにそれ？


俺はただのインフェルノウルフ。

風呂は気持ちよかった。

そして、魚が美味《うま》い。川の魚と違い、泥臭《どろくさ》くない。焼いた魚はさらに美味い。

それが食えただけでも、俺は生を受けた意味があると思う。

…………。

四頭の雌がこっちを見ている。見ないでほしい。

2 キャンプで鍋《なべ》料理

村の西側にある川辺で、クロが地面に浅い穴を掘《ほ》った。

そして、クロはその穴に炎の魔法を撃ち込む。その炎が消えたところで、穴を確認。

…………。

穴がガラス化してた。簡単な魔法に見えたけど、かなり高温だったんだな。

そして、クロはその穴に向けて水の魔法を使い、水を注《そそ》ぐ。

水蒸気爆発《すいじょうきばくはつ》が起きた。

ガラスになるほど高温だったのに、時間をおかずに大量の水を注いだら、そうなるな。うん。

冷《さ》ましたら、大丈夫なんだ。もしくは、炎の魔法の温度を下げて、穴を陶器《とうき》化するレベルで……それも高温か。

やっぱり冷ますのが大事だな。

俺は、クロが一人でダイエット旅行しているときの失敗を確認していた。

なにせ、持って行った味噌《みそ》は料理に使えず、舐《な》めるだけだったそうだ。次はないだろうけど、万が一を考えてクロでもできる料理方法を考えておく。

…………。

地面を掘るから固める必要があるのであって、鍋になりそうな岩の窪《くぼ》みを探すのはどうだ？　ほら、あんな感じの岩。

俺は近くにあった大きな岩に窪みを見つけた。丁度、大鍋ぐらいの穴だ。

ただ、その穴は岩の横なので、岩を転がして調整する必要があるが……クロが体当たりで転がしてくれた。すまないな。

では、ここに水の魔法で水を溜《た》める。クロが炎の魔法で消毒しなくていいのかと聞いてくる。賢いぞ。

だが、まずはこの穴が水漏《みずも》れしないかをチェックしないとな。……うん、水漏れは大丈夫そうだ。

次に、火の魔法で消毒だ。

俺としては、焼いた石を放り込むスタイルでいいと思ったし、クロもそうするだろうと思ったが、問題があった。

焼いた石を運ぶ方法。

俺なら木の箸《はし》で摑《つか》んだり、スコップで掬《すく》ったりして焼いた石を運べるが、クロには無理だ。口で咥《くわ》えるわけにはいかない。

なので、先ほど溜めた水を魔法で直接温めて煮沸《しゃふつ》消毒する。まあ、それができるなら石を焼く必要はないか。

煮沸消毒はクロに任せ、俺は周囲を見る。誰もいない。

そんな状況は一瞬で、俺の手が空いたと判断したクロの子供たちが森の中から次々とやってくる。

全部で三十頭。周辺警戒、ご苦労さま。よしよし。大丈夫だったか？　怪我はしていないな？

クロの子供たちの中には、この前、連れ帰ってきた新入りがいた。仲良くやっているようでなにより。いじめられたりはしていないようだ。

まあ、あまり俺が気にしすぎると、それがいじめの原因になってしまうかもしれないが……ん？

仲良くなったのか。悪いことではない。悪いことではないが……俺は小声で困ったことがあれば例の四頭が、大丈夫ですと報告してくる。

こっそり報告しろと新入りに囁いておいた。

おいおい、涙を見せるな。村に連れ帰ったのは俺だ。俺が原因でもあるのだから。よしよし。

煮沸消毒が終わったようだ。

クロも頭を寄せてきたので、よしよしと撫でる。

さて、それなりの食材や調味料は持ってきているので、俺が普通に作る分には困らない。しかし、今回のコンセプトはクロたちでできる料理方法の確立なので、俺は作らない。クロたちが作る。俺は指示するだけ。

まあ、食材を切ったりはするけどな。クロたちだけのときは、噛み千切《ちぎ》ることになるが、これぐらいは問題はないだろう。

煮沸消毒に使った水は捨て……クロたちで、どうやって捨てさせればいいんだ？

困ったところで、クロがまた岩に体当たりした。なるほど。最初にあったみたいに横にして、また倒すのね。

うん、水は捨てられた。ワイルドだけど、結果よければ全てよし。

では、穴に新しい水を魔法で注いで……具を入れるから、水の量は加減するんだぞ。

よし、それぐらい。では、水を魔法で温めてくれ。ゆっくりでいいぞ。

水が沸騰《ふっとう》しだしたら、味噌を放り込む…………と、言いたかったが、さすがに味噌だけでは味が寂しい。

なので、寒天《かんてん》で固めたスープを仕込んだ特別な味噌を用意した。スープの配分と味噌の味の調整に苦労した特別製だ。

しかも、味噌の形状のままではクロたちでは扱いにくいだろうと、短い棒状に加工してある。抜かりはない。

これを一本……鍋の水の量と相談して調整だな。今回は二本、放り込もう。この棒がお湯で溶《と》ければ、ちゃんとした鍋スープになる。

うん、いい香《かお》りがしてきた。あとは具材を放り込んで、煮《に》えれば完成だ。そう難しくはないだろ？

ただ、短い棒状にした特別製の味噌は、数を用意したんだが、グラッツにほしがられてな。次の生産までちょっと待ってくれ。

ああ、作るのにそれなりに手間がかかる。

そのうち、〝五ノ村〟の商人たちに委託《いたく》したいと思うんだが、味の安定を考えると大きいところにしか任せられないだろ？　小さいところのことも考えてやらないと、潰《つぶ》れてしまうから。

そのための携帯食をフローラに研究してもらっているのだが……いかんいかん。クロたちになにを聞かせているんだ。

すまなかったな。…………そんなことはない？　そうか、よしよし。


鍋の具は肉が中心だが、完成。

俺としては食べられる草を入れてほしいが、クロたちにそれが採取できるかという問題がある。

いや、クロたちは賢いから、見せれば覚えて同じ草を確保できるだろう。ただ、可食部だけをどうやって採取するかだ。

下手に口にすると、可食部ではない場所……毒の場所を口にする可能性がでる。そんな危険な真似はさせられない。なので、草は諦《あきら》めた。

特別製の味噌に、野菜分を多めに仕込むことにしよう。

…………。

肉も仕込んで、お湯で溶かすだけにしたほうが便利かな？　まあ、このあたりはフローラやアンと相談して、考えよう。


ん？　完成したのだから、食べていいんだぞ？

最初の一杯は俺？　わかった、それじゃあ一杯目をもらおう。

俺はお椀《わん》に自分の分を確保し、一口。うん、美味い。

俺が食べたのを確認してから、クロたちが順番に鍋に口を入れていく。ちゃんと後の者のことを考えているようで、微笑《ほほえ》ましい。

まあ、用途《ようと》を考えて、数頭で食べるぐらいしか作らなかったからな。機会があったら、今度は大量に作ろう。


食後。

クロたちと川で少し遊んだあと、俺は屋敷に戻った。

屋敷の中庭で、ザブトンの子供たちが、巧《たく》みに糸を操《あやつ》り、鍋料理を作っていた。どうやら、見られていたようだ。

クロたちの耳があるから、褒《ほ》めにくいが……あれ？　肉と野菜のバランスがよさそうなうえ、彩《いろど》りも完璧？　アンたちが作る鍋と同じレベルに見える。

あ、一杯目をいただけるのね。ありがとう。

…………。

美味《おい》しかった。


夕食。

アンたちが思いっきり豪華《ごうか》な鍋を用意してきた。

…………。

ひと言、いいか？　夏だぞ？

いえ、なんでもありません。いただきます。

3 ラナノーンの火

ため池を、ポンドタートルたちが列を作って泳いでいた。

一列、二列、三列と綺麗《きれい》に変化させるので、見ていて飽きない。

そして思う。増えたなぁと。

ぱっと見て百はいる。まあ、いいんだけどな。

ため池を狭く感じたら、言ってほしい。広げるか、新しく作るから。

ポンドタートルは手がかからないから、これぐらいはしてもいいだろう。ポンドタートルの若い個体が細い水路に嵌《は》まって、助けを求められるぐらいは許容範囲《きょようはんい》。

ポンドタートルに対抗したのか、ペガサスが列を作って飛んでいた。

……………。

お世辞《せじ》にも綺麗な列ではないな。まあ、飛ぶってことは、前後左右に上下も加わるってことだから難《むずか》しいのだろうけど。

ところで、いつのまに数が増えた？　去年は六頭じゃなかったか？　いや、出産したら増えるのはわかるけどな。それにしても十三頭になっているのは増えすぎだろ？　七頭、産んだのか？　違うよな。

産んだのは二頭。その二頭はまだ幼《おさな》くて飛べず、俺の横で羨《うらや》ましそうにお前たちを見ているのだから。

はい、新しくやってきた七頭、こっちに集合。いつ、どこからやってきたのかな？　村に到着したのは昨日？　もともとは王都近郊《きんこう》の村で飼育されていたけど、たくさんの魔物や魔獣がやってきて危なくなったから放たれた？　放たれたって、それでいいのか？

いや、村としては魔物や魔獣のエサになるペガサスを近くに置いておくほうが危ないのか。ペガサスにしても、飼育小屋で囲われているよりも放たれたほうが安全だしな。

それで、そこからここまで飛んできたのか？　違う？　この場所は竜に教えられた？　どこの竜だ？　王都の混代竜族《エルダードラゴン》の三人？

たしか名前はオージェス、ハイフリーグータ、キハトロイだったたな。

その三人が魔物や魔獣を退治しているところに遭遇《そうぐう》し、村の場所を教えられたのか。なるほど。

しかし、よく飛んでこられたな？　周囲の山は高いし、森は危険だと言われているのだが……え？

短距離転移門を使って〝五ノ村〟に移動し、そこから転移門でここまで来た？　混代竜族の三人はそこまで教えたのか？　違う？　混代竜族の三人からティゼルを紹介され、ティゼルの手配で移動してきたのか。それなら納得。

屋敷に戻れば、そのあたりの詳細《しょうさい》が書かれたティゼルからの手紙が届いているだろう。

それじゃあ、一時預かりってことでいいのかな？　もといた村が安全になったら戻りたいだろ？

お気遣《きづか》い無用？　ティゼルに買い取られているから、ここに定住するつもり？　それならかまわないが……最初にいる六頭と喧嘩するなよ？　あと、ここでの生活に慣れたら、飛ぶ練習をしろ。

さっきの列、乱れていた原因はお前たちだぞ。

まあ、飛ぶよりも走るのが好きなら、そっちを頑張るのもありだが…………俺は視線を、馬やユニコーンたちに向ける。

走る方面はライバルが多いからな。

新しくやってきたペガサスたちはやる気な顔をしていたから、大丈夫だろう。

しかし、どうして到着した昨日に報告がなかったのかな？　クロの子供たちやザブトンの子供たちも……俺がそう疑問に思うと、クロの子供の一頭が報告してくれた。

到着したとたん、倒れた？　環境の変化がきつかったのかな？

起きてから報告と思っていたら、いまになってしまったと。わかったわかった。怒ってないから。

そう謝らないでくれ。

なんでもかんでも報告されても、俺も困るからな。

ティゼルからの手紙には、ペガサスを買ったので村に送ったというシンプルな報告。

誰から買ったとか、そういったことは書かれていないってことは、気にしなくていいのかな？

あとはティゼルの近況とアースの店がほしがっている食材の一覧と……ティゼルはグラッツに渡した特別製の味噌に興味があるようだ。やたらと細かく聞いてくる。グラッツに自慢でもされたのかな？　生産したら、ティゼルたちにも送ってやろう。

それと……魔王を主人公にして、映画撮影が進んでいると？　イレたち撮影隊が頑張っているのか。ふむ。

ん？　インフェルノウルフと和解するシーンがあるから、村で撮影したいと。

出演してほしいと言われたら困るが、撮影に協力するぐらいかまわないさ。イレたちなら、無茶も言わないだろうしな。変な遠慮をするなと返事を書いておこう。


ドライムが戻ってきた。結界の穴は塞がったのだろうか？

「応急処置だがな。かなり昔から空《あ》いていたようで、修復《しゅうふく》は無理だ。あれを完璧にするなら、結界を張りなおしたほうが早い」

張りなおすのか？

「そうなると父に相談しなければならんが……」

ドライムが近くを歩くドースを見た。

ドースの腕にラスティの子であるククルカンがいたからではないだろうが、面倒なことは後回しと首を横に振《ふ》られた。

「私も面倒なことは後回しにしにしたい」

ドライムはそう言って、ドースのところに向かった。ククルカンを奪いに行ったのだろう。それはかまわないが、ククルカンを抱えて喧嘩はしちゃ駄目だぞ。

俺がそう言う前に、ククルカンの姉であるラナノーンがドースとドライムを注意していた。うん、ラナノーンはしっかりしてきたな。

ラナノーンはまだ竜の姿になれないが、本人は気にした様子がない。

まあ、ラスティやライメイレンも、竜の個体差は十年単位と言っているので、焦《あせ》る必要もないし、焦らせる必要もない。のんびり、ゆっくりすればいいさ。

ラナノーンの注意を受けたドースとドライムだったが、声を小さくして喧嘩した。

だからかな？　ラナノーンが火を吹いた。比喩《ひゆ》ではなく、リアルに。口から。

ラナノーンは「失礼しました」と謝罪してからドースからククルカンを奪い、ドースとドライムに一礼して離れて行った。

…………。

子供の成長は早い。

俺はドース、ドライムと一緒にお茶を飲みながら、子育ての話をした。

4 空飛ぶ絨毯を作る一族

魔王に空飛ぶ絨毯のことを自慢していると、魔王国にも空飛ぶ絨毯を作る一族がいると教えてもらった。

空飛ぶ絨毯を作ることを生業《なりわい》にしているのだけど、作り方は公開されていない。その一族の秘術なのだそうだ。

しかし、それなりに歴史のある一族なのだそうだが、作られた空飛ぶ絨毯の数は少ないそうだ。

「村長の言う方法で作っているのだとすれば、それも納得だな」

そうかな？　数を揃《そろ》えて声をかければ、量産できそうではあるが？

「まず、未使用の絨毯と、核になる魔石を用意するのが大変だ」

なるほど。

「その上で、声をかけるとあるが……これはある種の魔法だ」

魔法？

「正確には魔法の前段階だな。なので、ある程度の魔力を持つ者がやらねば意味がない」

え？　それだと、俺の声かけは無駄？

俺がショックを受けていると、空飛ぶ絨毯がそんなことはありませんよと慰《なぐさ》めてくれた。

魔力は込められなくても、声かけは大事なのだそうだ。ありがとう。

「えーっと、絨毯がそう言っているなら、魔力がない者の声かけも役に立っているのだろう。しかし、やはり動くまでとなると、魔力を持つ者の声かけが必要」

そうか。メインで声をかけていたルーの魔力が大事だったということか。

「うむ。あのルー殿で二十日ということは、普通の魔族だと数十年かかるだろう。量産など無理だろう」

ルーですら途中で集中力が切れたのに、数十年。……不可能だな。

しかし、それをやっている一族がいるのか。すごいな。

「だが、その一族が作る空飛ぶ絨毯は、そこの絨毯ほど表現力は豊《ゆた》かではないぞ。村長の声かけがよかったのかもしれないな」

魔王がそう言うと、空飛ぶ絨毯は嬉しそうに魔王に近づいた。魔王に乗るかと誘《さそ》っている。空飛ぶ絨毯が人見知りしないのはいいことだ。

ん？　魔王を乗せてどこに行く気だ？　あ、ルーに見せつける気だな！　ルーは拗《す》ねると大変なんだから、やめてくれ！

…………はぁ、そろそろルーと和解してもらいたいものだ。

結界の穴をどうするかが議題の、ドースとドライムの相談に参加。

「結界の張りなおしは無理だな」

ドースの結論。

理由は、その結界を張る技術を持つ者がいないこと。資料を調べ、技術を復活させてと考えると百年単位で時が必要なのだそうだ。

ドースの予測では、千年ぐらいかかる。

そうなるとドースが担当する案件ではなく、孫、曾孫《ひまご》が担当する案件。かわいい孫や曾孫にそんな仕事をさせたくはないので、張りなおし案は却下。いまある結界をなんとか修復して使い続けたいそうだ。

気持ちはわかるが、それでいいのか？

「あの結界の目的は、この地の魔物、魔獣を出さないことだ」

うん、そう聞いている。

「それゆえ、結界も一種類ではない。複数組み合わせて作られている」

そうなの？

「うむ。簡単に説明すると、大型に合わせた結界、中型に合わせた結界、小型に合わせた結界、超小型に合わせた結界がそれぞれ複数枚ある」

そうなのか？　けっこう、大規模な結界だったんだな。まあ、だからこそ張りなおすのは難しいのか。

「今回、問題となっているのは小型に合わせた結界で、もっとも外側にある。その結界に穴は開いているが、その内側にも小型に合わせた結界がまだあるのだ。そう、大事《おおごと》にはならん」

なるほど。

…………あれ？　それなら、どうしてインフェルノウルフは、結界を抜けられたんだ？

「父さん。言いにくいのですが……内側の結界にも穴が開いています」

これまで黙っていたドライムが、ドースに報告する。

「小型に合わせた結界だけですが、ほぼ一直線で穴が開いていまして……たぶん、内側から破られたのではないかと思います」

「結界の修復はどこまでやった？」

「一番、外側だけです」

「なぜ内側をやらなかった？」

「大根の収穫が近くて」

「……」

「……」

「大根の収穫より、結界の修復のほうが大事だろうが！」

「小型の結界はインフェルノウルフクラス用の結界ですから、重要度は低いですよ。ほぼこの村にいるんですから！」

いや、まだまだいるだろ。野生のインフェルノウルフ。

「ドライム。門番竜の役目を忘れたわけではあるまいな」

「忘れてないから、結界の修復をしたんです」

「ぐぬぬ……大根の収穫が終わったら、戻って残りの結界の修復もするのだぞ」

「もちろん、そのつもりです」

ドライムが胸を張るが、俺としてもそういった結界はちゃんとしておいてもらいたい。面倒事は困る。なので、俺からも頼んでおく。

しかし、内側から破った魔物か魔獣はどうなったんだ？

「ドライム。結界の様子から、破られたのはどれぐらい前だ？」

「二千年ほど前かと」

「ふむ。それぐらい前となると、グッチに聞いたほうが早いな。どこにいる？」

「それが、私用で少し前から外出中です。珍しく真剣な顔で、尊厳《そんげん》を守るために必要なのですと言っていたので、許可したのですが……」

グッチは〝五ノ村〟でヴェルサとなにかやっていると、ヨウコから報告を受けている。グッチの手が空いたら、教えてもらうとしよう。

二千年前なら、いまの俺には関係ないだろう。


村の道を、台車が疾走《しっそう》していた。

山エルフたちが作っている箱専用の台車の改良版だろう。直線だけでなく、右や左にも曲がれている。

蓋《ふた》の開け閉めしかアクションができないのに、どうしたのだろうか？

…………。

蓋の開く角度で、アクションを伝えているのか。

蓋が閉じているときは停止。少し開くで、右に曲がる。中ほど開くで、直進する。大きく開くで、左に曲がる。なるほどなるほど。

速度は一定なのか？

箱の中に速度を調整する魔石があって、蓋を開けたときに最高速度が決まると。へー。

上手《うま》くいっているのか？　まだ欠点がある？

現在の構造だと、止まるときにどうしても少し右に曲がるのが欠点か。ああ、閉じる直前は少し開いている状態と同じになるからな。

そのあたりを敏感《びんかん》に反応しないようにすると、今度は普段の操縦のときに困ると。

うーむ、たしかに。

「それと、もう一つ欠点がありまして……」

まだあるのか？

「速度を上げすぎると、蓋を中ぐらいの開きでキープするのが難しいようで……」

そうか、空気抵抗が……。

箱の操る台車は、速度を上げつつ左に曲がりつつある。あ、完全に左に回転し始めた。

「ああなると、自力で止まるのが難しいのです」

空気抵抗で蓋を閉めることができないから、止まれないんだな。

「実験中止！　外部停止装置作動！　保安員、網《あみ》を投げて止めろ！」

周囲に控えていた山エルフたちが、止まった台車に駆け寄った。箱は気を失っているようだ。無茶をする。

欠点がわかっていて、四千五十一番の箱は台車に乗ったのか？

「今回は大丈夫と言ってましたので」

心意気は認めるが、技術面で解決していないことを根性でなんとかしようとするのはやめるように。基本、無理だから。

俺としては台車の操縦はゴーレムに任せ、箱はそのゴーレムに命令カードを見せて操る方法を推《すい》奨《しょう》したい。

5　文化爆弾の製造

俺の膝《ひざ》の上で寝ていた子猫の一匹、サマエルが目を覚まし、床に降りて大きく伸びをした。

つまり、魔王が来る。

そう思った瞬間、中庭に通じる扉から魔王とビーゼルがやってきた。サマエルが魔王に駆け寄る。

少し遅れてほかの子猫たちも。

うーむ、相変わらず懐《なつ》かれている。羨ましい。そして、俺の膝の上が寂しい。

おっと、横からやってきた虎《とら》のソウゲツに体当たりされ、魔王が吹っ飛んだ。

大丈夫かな？　大丈夫みたいだ。

ソウゲツ、背に乗っているミエルたち姉猫が急がしたのだろうけど、もう少しゆっくり移動しような。ああ、俺のことは気にせず、魔王と遊んでいていいぞ。俺はビーゼルと話があるから。

今日、魔王とビーゼルがやってきたのはインフェルノウルフと和解するシーンを撮影するためだ。

事前にティゼルから手紙で知らされていたし、イレたち撮影隊からも正式に依頼があったので、村側に問題はない。

撮影隊は数日前から村に滞在し、撮影の準備を始めているのだが……どうにも撮影場所に問題があるそうだ。

「映ってはいけないものが、ここには少し多すぎまして……」

そうだろうか？

俺の疑問に、イレが試しで撮影した映像を見せてくれた。

…………。

普通の村の風景なのだが、ちらちらと竜姿のドースとギラルが入ってくるな。出演《で》たいのかな？

「一応、聞いてみましたが、そんなつもりはないそうです」

そうか。

しかし、まあ、なんだ。ドースやギラルを主役にした映像を撮影《と》りたいと計画書を用意すればいいんじゃないかな。それで収まる気がする。

「検討します。ですが、それ以外にもいろいろと映ってはいけないものがありまして……」

たとえば？

「〝四ノ村〟こと、太陽城」

なるほど、これは納得。

「世界樹《ユグドラシル》」

知らない人からすれば普通の木だけど、知っている人からすれば目立つ木になってしまう。映像の邪魔か。

「巨大な蚕《かいこ》がいるので、知らない人でも普通の木とは思わないと思いますよ。あの木、風格もありますし」

そっか。

「あと、一番の問題が畑でして……」

畑？　畑が駄目なのか？　村の畑が？

「季節感が……」

……………自覚はある。

撮影を指揮するイレの判断で、撮影場所は〝五ノ村〟近郊の森となった。

現在、撮影隊は〝五ノ村〟で撮影できる場所を選定中。そのことを俺はビーゼルに伝えた。


撮影に参加するインフェルノウルフは、実際に魔王に遭遇した新入り。

魔王の許可をもらって、〝五ノ村〟近郊の森に移動。新入りは暴れたりはしないだろうけど、一応ということで俺も同行。トレーナーみたいな立ち位置だ。

ビーゼルの転移魔法で送迎《そうげい》してもらえるので、負担らしい負担はない。

撮影隊の活動を見ながら、新入りにブラッシング……しようとしたら、撮影隊に参加している元文官娘衆に止められた。野生感を消したくないので、ブラッシングは駄目と。なるほど、了解。出番まで、新入りと話でもするか。

村での生活は問題ないか？　パートナーたちとは仲良くやっているか？　ん？　実は雌が苦手？昔、追いかけられて怖い思いをしたと。

そうか。それなのに、パートナーが四頭《ふくすう》か……。

なにかあったら、すぐに言うんだぞ。おっと、「まだ大丈夫」は危険サインだ。周りに頼ったっていいんだからな。うん。

そんな感じの会話をしていたら、新入りの出番になった。頑張れ。

撮影は順調に行われた。新入りは大きな失敗も問題もなく、出番終了。

その日の晩に試写会《ししゃかい》が行われたのは撮影隊の熱意によるものだろう。

内容は……内政を頑張っている魔王、訓練を頑張っている魔王、トラブルに対応する魔王と、魔王を持ち上げることに終始している。時間は短く三十分ぐらいだが、それなりに内容が濃い。濃いのだが……。

俺としては一つ、気になるところがあった。内容に関してではなく、映像の出来に関して。

トラブルに対応するシーンなのだが、会議室で議題を出され、それに対して解決策や方針を述べるだけなのだ。内政や訓練のシーンで動き回っていた魔王にしては、そこだけ動きが少なく変な感じがした。なのにインフェルノウルフが出たとの報告にだけは、迅速《じんそく》に動く。

物語としては仕方がないのかもしれないが、その仕方がないが強く出ている気がする。まあ、俺のこだわりすぎかもしれないが。

「いえ、村長の言う通りです。私も会議室のシーンをなんとかしたいのですが、実際にあんな感じだそうでして……」

演出で多少、派手にするのはいいんじゃないのか？　内政を頑張っている魔王とか、訓練を頑張っている魔王は演出が入っているんだろ？

え？　普段からあんな感じ？　…………ちゃんと魔王しているんだな。

そして、村で猫たちに癒《いや》される気持ちが少しだけわかった気がする。

まあ、それは置いておいて、演出で見栄《みば》えをよくするのはありなんじゃないか？　トラブルに対応するシーンなんだし……たとえばだな。


魔王は豪華な廊下を、早足で歩く。

その周囲を六人の部下が囲み、同じ速度で歩いている。

「緊急事態だ。ドロワ、兵を集めよ」

「承知しました」

返事をしたドロワ伯《はく》は足を止めて頭を下げ、魔王とは逆方向に歩いていく。

「グリッチ。東門の兵を掌握《しょうあく》せよ。勝手をさせるな」

「はっ」

ドロワ伯と同じように、グリッチ伯は足を止めて頭を下げ、魔王とは逆方向に歩きだす。

「プギャル。例の件はどうなっておる？」

「全て、計画通りに」

「よろしい。計画に変更はない。そのまま進めよ」

「お任せください」

プギャル伯が足を止め、頭を下げる。

「将軍。この問題に乗じて敵国が動くやもしれん」

「西側ですな」

「動いたら、好きにせよ。後始末は気にするな」

「お任せを」

グラッツが足を止め、敬礼《けいれい》した。

「ドレステン。国内が荒れるぞ」

「でしょうな。すでに配置は完了しております。抑えますか？」

「許す。やれ」

「はっ」

ドレステン伯が足を止め、ゆっくりと頭を下げるとそのまま消えた。

残る部下は一人。

「私はどうしましょう？」

ビーゼルだ。

「お前はもっとも大変なところだ」

「つまり、魔王《あなた》のお供ですか」

「そういうことだ。背中は任せるぞ」

「承知しました。では、夕食までには終わらせましょう」

トラブルに対応する魔王は、こんな感じのシーンになった。

コンセプトは、【歩きながら指示を出す魔王】。これでスピード感が出た。

イレたち撮影隊の評判は上々。魔王やビーゼルも悪くないと、満足そうだ。

まあ、ドロワ伯たちが出演《で》たことで、その娘たちが少し複雑な顔をしているが……。

「くっ。お父さまとは思えないほど、かっこいい」

「父が優秀に思える」

「あわあわしない父さんなんて……」

映像に関しては肯定《こうてい》意見なので、よし。イレによって、映像の完成が宣言された。

ちなみに、あのシーンの撮影で、声をかけられる順番や内容で醜《みにく》く揉《も》めた話はしないでおく。

閑話　ウルザとイースリー、賭場《とば》に行く

王都の片隅《かたすみ》……ではないな、それなりに中央寄り、不正をやって潰れた商人の屋敷を買い取り、そこで毎夜賭場《とば》が開かれている。

私の名はイン＝カチェック。その賭場を経営する男です。

魔王国では賭場は違法ではない。節度は求められるも民衆の息抜きとして存在が許されている。

そして賭場にもランクがあり、ここの賭場はそこらにいる民衆のためにある賭場ではなく、大きな商会の関係者などの大金を持つ者が集まる上級ランクの賭場である。

ここでの売り上げは、自慢ではないが王都にある賭場で一番だと自負している。

つまり、この店はそれなりの優良店ということだ。

嘘《うそ》ではないぞ。賭場といえば客からお金を巻き上げるイメージだが、そんなことをすれば客は近寄らないだろう。

賭場の基本は、客を遊ばせること。派手にお金を巻き上げることではない。やってきた客から細く長くお金をもらう、それが賭場だ。

私はそんな賭場に誇りをもっている。そこらの悪徳賭場とは違うのだ。


さて、今日の賭場の様子はどうかな？

ほどよい客の入り。活気も悪くない。楽しんでもらえているようだ。

………んんん？

派手に人が集まっているテーブルがあるな。なにかあったのか？

私はフロアを管理しているスタッフを探し、確認をする。

「すみません。いいようにやられてます」

……やられている？　つまり、負けているということか？

「はい、派手に負けてます」

おいおい、どういうことだ？

人の集まっているテーブルで行われているのは、シンプルな鼠《ラット》レース。レーンごとに区分けされたコースを鼠が走り、その着順を予想して賭《か》けるゲームだ。この賭場でもそこそこの人気でそれなりの稼《かせ》ぎを叩《たた》き出している。つまり、賭場側が負けにくいゲームだ。

それでいいようにやられている？　不正《イカサマ》か？

「いえ、複数人で監視《かんし》しておりますが、そういった様子はありません。それに鼠レースは不正が入りにくいですから」

ぬうう、たしかに。

どんなお客さまだ？

「若い女性の二人組です。ベイカーマカ商会の紹介状を持っていました」

ベイカーマカ商会！

王都で一番の力を持つダルフォン商会を構成している商会の一つ。しかも、最近は力をつけてダルフォン商会の中核を担《にな》っている。

そこの関係者か？　なにしに来た？　楽しみに来ただけか？

「どうします？」

どうしますもないだろう。鼠レースだ。リエーブエ号を出せ。報酬《ほうしゅう》は干《ほ》し肉だ。

「承知しました」

ふふふ、さきほども言ったが賭場は客を楽しませることが基本。

今日、ここで大勝ちをさせて賭け事に夢中にさせるのも手だが、客の性格によってはその勝ち金で満足して二度と来ない可能性もある。

賭け事で楽しいのは、勝ち続けることではなく、勝ったり負けたりすることだ。

そして、リエーブエ号はこの賭場で一番の実力鼠！　そのうえで接戦を装《よそお》って負けることもできる演技派！

さあ、楽しんでもらいますよお客さま！


「インさま。リエーブエ号が逃げました」

……は？

「干し肉でやる気を出したのですが、コースに入る直前に態度を急変させまして」

そんな馬鹿な！　あの鼠は私たちに飼われている自覚のある鼠だ。それが逃げた？　ありえない。

どうせ厨房《ちゅうぼう》の周辺にいるんだ！　探し出せ！

「探しますが、さすがにレースには間に合いませんよ」

くうっ、仕方がない。ほかのお客さまの目もある。普通にレースを続けさせろ。

「承知しました」

鼠の気まぐれにこちらが翻弄《ほんろう》されるとは……本当はお客さまが楽しむべきなのに。

「インさま。負け続けています」

そのようだな。賭け金の上限を定めているのでこちらが破産するまでの被害はないが、ほかのお客さまが勝ち続けているお客さまと同じ鼠に賭け始めている。このままではまずい。

「テーブルを閉じますか？」

むう。

テーブルを閉じる。つまり、賭場側が負けを認め、その場を終わらせることだ。ただ、賭場側としては恥《は》ずかしいことだし、そのタイミングで帰ると言われると引き止めにくいのでやりたくない。だが、このまま負け続けるのも避けたい。ええい、閉じろ。そしてお客さまたちに新しいテーブルの案内を。勝ち続けた二人には、特別ルームになんとしてでも招待しろ。

ああ、そうだ。私が相手をする。

「まさか、あのゲームですか？」

特別ルームだ、あのゲームに決まっている。招待にむかえ。帰らせるな。

「はっ」


複数人のスタッフに囲まれ、二人の女性客が特別ルームにやってきた。

……本当に若い女性の二人組だな？　だが、運を持っている者たちだ。油断はせん。

お客さま、急なテーブルの終了、まことに申し訳ありません。ですが、この部屋でのゲームはさらに楽しんでいただけると思いますよ。ははは、いえいえ、よろしくお願いします。ああ、失礼しました。私、当賭場の経営者、イン＝カチェックです。お名前をうかがっても？

「ウルザよ」

「イースリーです」

ウルザさまに、イースリーさまですか。よろしくお願いします。ええ、私も参加させていただきますので。

はい、こちらにご用意したゲームは、現在魔王国の貴族のなかで人気が出始めている新しい遊戯です。ルールを覚えるのが少し難しいですが、数回は賭けずにやってみていただければ、その楽しさがわかると思います。

「最初から賭けてかまわないわよ」

「ウルザさん、知っているゲームでも、ちゃんとルールの確認はしないと駄目です。賭場独自の特殊ルールがあるかもしれませんから」

……知っている？　まさか、このゲームを？　この二人、貴族の関係者か！　ベイカーマカ商会の招待状はこちらを油断させる嘘《ブラフ》か？

い、いや、貴族の関係者だろうと、このゲームを私以上に熟知しているとは思えぬ。この麻雀《マージャン》なるゲームを私以上に知っている者はいないはずだ！　だって私はこのゲームを知ってから毎日やっているんだからな。

……世の中って広い。私以上の存在なんて、たくさんいるんだ。

「インさま、負け額が酷いことになっています」

うん、わかっている。えっと、スタッフに次の就職先を考えるように通達。もう駄目だ。

「インさま、諦めずに！　いけますって！」

いや、駄目だろ？　ウルザさまはなんとかなっても、イースリーさまを止められん。格が違う。

この賭場は終わりだ……。

そんなふうに嘆いているところに、スタッフから新しいお客さまが来訪されたことを告げられた。

残念だが、受け入れる余裕は……ベイカーマカ商会のリドリー会頭？　あの二人を保護しに来たのか？

そうか、ありえる話だ。勝ちすぎた客を帰さない悪徳な賭場は存在するからな。

などと考えていたら、スタッフに案内されてやってきたリドリー会頭がウルザさまとイースリーさまのもとに駆け寄る。

「ウルザさま、イースリーさま、店が違います！　ここじゃありません！」

「え？　そうなの？」

「はい、ここは優良店です。ティゼルさまより調べてほしいとの依頼があった店はもう一区画、隣《となり》です」

「えええっ！　招待状を見せたら入れたわよ。違う店ならそこで断られるんじゃないの？」

「招待状には二人の身元保証を私がするとしか書いてませんから。ささ、引きあげ……かなり勝ったようですね」

リドリー会頭が二人の横に積み上げられた銀貨を見る。

「潰すつもりだったから……えっと、返しちゃうのは駄目よね」

え？　返してもらえるの？　本当に？　あ、でも……賭けの負けはきっちりと支払わないと評判が……。

悩む私に、イースリーさまがこう聞きました。

「ここにある麻雀の牌《はい》は、自作ですか？」

しょ、職人に頼んで作ってもらいました。本物は貴族のお屋敷に招待されたときに見て覚えまして……間違っていましたか？

「いえ、よくできています。今日の勝ち分で、その職人をこちらに紹介していただけますか？」

…………よろしいので？

「優良な賭場を潰したりはしませんよ」

麻雀のときは死神に見えたイースリーさまが、このときは女神に見えた。

ああ、まっとうにやっててよかった。

後日、悪い噂のあった賭場がいくつか潰れたとの噂を聞いた。あの二人が暴れたのだろう。想像ができる。

まあ、泣かされた客もいるだろうから、泣かされる番になっただけだ。文句は言えまい。

その話題の二人がうちの賭場にやってきた。

「遊びに来たよー。まだやっていないゲームがいくつかあったはずだから」

「よろしくお願いします」

…………出禁《できん》でお願いします。はい、出入り禁止のことです。

なぜって？　鼠レースで鼠を脅《おど》していたの、判明してますよ。ええ、リエーブエ号から聞きました。威圧してたって。

いや、鼠の言葉はわかりませんがジェスチャーで教えてくれましたよ、リエーブエ号は優秀ですから。

永遠《えいえん》にとは言いませんが、一年は出禁です。

私の名はイン＝カチェック。賭場を経営する男。

私の望みは、賭場を訪れたお客さまに楽しんでもらうことです。

「出禁は酷いと思う」

大きいイベントのときは特別に招待しますから。それで勘弁してください。

6 夏の収穫と滅びた街

夏の収穫が始まった。

村で手の空いている者と、ほかの村から応援にやってきた者たちとで、一気に進める。

ん？　子供たちも手伝ってくれるのか。助かる。ヒイチロウ、グラル、ラナノーンは別行動？

ああ、ドライムと一緒に大根の収穫をするのね。よろしく頼む。

文官娘衆たちが中心となって、収穫物の種類と量をチェック。加工が必要な物は、それぞれの加工場に輸送されていく。

年に三回あるからか、みんなの手際がいい。俺も負けないように頑張らないとな。

収穫が終わると、俺は秋の収穫用の畑を耕さなければならないのだが、その前に収穫を手伝ってくれた者たちを労《ねぎら》う軽い宴会。

とくにほかの村から手伝いに来てくれた者には感謝しないとな。

なので、いい部位を選んだ肉を中心としたバーベキューとなった。もちろん、収穫したての野菜も使う。遠慮はいらないぞ。どんどん焼くから、どんどん食べてほしい。

ドライム、大根の煮つけは完成したかな？　おおっ、面取《めんと》りから隠し包丁《ぼうちょう》まで完璧だな。

ん？　ああ、ラナノーン。面取りは野菜などを切ったあと、角《かど》を取ることだ。こうすると煮崩《くず》れしにくくなる。

隠し包丁は、切れ込みを入れて味を染《し》みやすくすることだ。

料理に興味があるのか？　料理はアンたちに聞くといいぞ。

ドライムの味を覚えたい？　そうか。それじゃあ、あとでドライムに聞くといい。うん、あとで。

いま言うと、ドライムの涙が料理に落ちるから。


俺は『万能農具』のクワを振《ふ》るって畑を耕す。

『万能農具』を振るっていると、あっというまに時間が過ぎる。

いや、俺が耕す速度が速くなったのかな？

…………自惚《うぬぼ》れはよくない。『万能農具』の性能が上がったと思っておこう。『万能農具』も誇らしげだ。耕し終わったら、しっかり磨《みが》いてやろう。

『万能農具』は消して出せば汚れはなくなるが、感謝は態度で表さないとな。

〝シャシャートの街〟から北に進むと、鉄の森があり、その先はドライムの巣がある山になる。

そんな環境なのに、〝シャシャートの街〟から北に進むための道がある。長年、整備もされていないだろうけど、しっかりした道だ。

この道はなんなのだろうか？　ドライムの巣に行くための道だろうか？

否《いな》。

「どうやら、〝シャシャートの街〟の北に大きな街があったようです」

そう俺に報告してきたのは、〝シャシャートの街〟で頑張っているミヨ。短距離転移門が設置されたことで、以前より〝大樹の村〟でミヨの顔を見る機会が多くなった。

「大きなといってもいまの〝シャシャートの街〟よりは小さいようですけどね。場所は〝シャシャートの街〟から五日ほど北に進んだ場所。〝鉄の森〟に入る手前の森の中です。数ヵ月ほど前にとある冒険者チームがその街の跡《あと》を発見しました」

へー。

「発見した冒険者チームに探索の優先権があるのですが、その周辺に棲みついている魔物や魔獣があまりにも強く、優先権を売りに出しました」

売れるのか？

「ええ。それで、その優先権を買ったのが、〝シャシャートの街〟のイフルス代官です。まあ、私が言って買ってもらったのですけどね」

あまり無理を言うなよ。

「それぐらい言っても許されるぐらいには、働いていますので」

そうだとしてもだ。

「代官に無駄使いをさせるつもりはありませんよ。ちゃんと儲《もう》け話です」

そうなのか？

「はい。その〝シャシャートの街〟の北にある街の名は〝シャットの街〟。〝シャシャートの街〟よりも古くから存在した神官系の街です」

神官系の街？

「宗教関係の建物が多い街です。門番竜を崇《あが》める信仰だったようです」

そうなのか。そういった街が滅んだのは、ちょっと残念だな。

「まあ、滅んだのは二千五百年ぐらい前ですから」

二千五百年。スケールの大きな話だ。

しかし、それだと門番竜は二千五百年前からあった役目なのかな？

…………。

二千五百年前？　聞き覚えがあるな。えーっと……あ、箱たちが落とされた時期に合うのか？

箱たちなら街のことを知っているかな？

「はい。そう思って箱たちに確認したら、どうやらその街に向かっていた最中《さいちゅう》に落下したのではないかとのことでした」

おおっ。

奇妙な偶然……ではないか。そこに向かっていたから、森の上を通ったのだろうから。

「ただ、到着前に落下しているので、情報らしい情報はありませんでした」

まあ、そうだろうな。

「次に門番竜であるドライムさまに街のことを聞きましたが……生まれる前の話なので、わからないそうです」

なるほど。生まれていないなら仕方がないな。

「そこでドースさまやギラルさまに聞いたのですが、お二人とも生まれたときにはそんな場所に街はなかったとのことです」

ふむ。

……ん？　それで、どうして儲け話になるとわかったんだ？　しかも、神官系の街って情報はどこから？　門番竜を崇めていたって話も、ドースやドライムも知らないのに。

「ヴェルサさまが知っていました。何者かによって滅ぼされたので、財産が残っている可能性が高いそうです」

始祖さんの奥さん、ヴェルサがいたか。

しかし、何者が滅ぼしたかは不明なのか？

「ヴェルサさまは、基本的に引きこもりですので世間の情報には疎《うと》く……」

仕方がないか。

まあ、何者が滅ぼしたにしても、二千五百年前なら関係ないな。

「ええ。それでですね、村長」

なんだ？

「調べてみませんか？　調査中に見つけた財宝は、全てお渡ししますので」

……………。

全部？

「はい」

それで、そっちはどうやって儲けるんだ？

「村長が調査に行けば、そのあたりの魔物や魔獣が一掃されますので、いくらでも稼ぎ方はありますよ。第一候補《こうほ》は、イレが率いている撮影隊に貸し出すことですね。街の中での撮影でトラブルが起きているので、専用の場所を作って放り込みたいのです」

あー、撮影専用の街か。

「滅んでいる街なら、どう作りなおしても大丈夫ですしね。短距離転移門で繋《つな》ぐ必要がありますが、雇用対策にもなって〝シャシャートの街〟としては、推奨したい案件なのです」

なるほど。ミヨも映画は儲かるとみているのか。

「〝五ノ村〟で鑑賞しました。ああいった娯楽《ごらく》は確実に儲かりますし、需要も続くでしょう。手を出しておいて、損はありません」

ティゼルも似たようなことを手紙で書いていたな。まさか、ティゼルに勧《すす》めたのはミヨか？

「逆ですよ。ティゼルさまが私に映画を観に行くように勧めたのです」

なるほど。

「それで、調査依頼に対してのお返事は？」

ふっ、いつもの俺ならすぐ返事していたが、今日の俺は違う。

「妻たちと相談してから、返事をさせていただく。明日まで待ってほしい」

「承知しました。ご検討、よろしくお願いします」

まあ、すでにミヨによる根回しがされており、妻たちから反対の声は出なかったのだけど……。

どんな根回しをしたのだろう？　あとでこっそりと教えてもらいたい。

7 調査団先発隊

ミヨから依頼された〝シャットの街〟の調査が即座に行われることになった。

「では、いってくる」

調査団先発隊の隊長に任命されたリグネが俺に敬礼してくれた。

「いってまいります」

そして、リグネに率いられたオージェス、ハイフリーグータ、キハトロイの混代竜族の三人も俺に敬礼してくれる。俺も敬礼を返した。

うん、俺は留守番《るすばん》。

調査を引き受けたからと、俺が真っ先に行く必要はないそうだ。なるほど、そのあたりでミヨは妻たちを説得したのか。

しかし、わざわざリグネたちを王都から呼び寄せなくてもいいと思うのだが……王都にいるアルフレートたちは、不自由しないだろうか？　ん？　アルフレートからの手紙を預かっている？　なぜそれを先に言わない。


アルフレートからの手紙は、近況とリグネたちをよろしくといった内容。

元気にやっているようでなにより。ウルザはイースリーと仲良く遊んでいるらしい。二人で王都の賭場を荒らした？　なにをやっているんだ？　大人が一緒にいるのだろうけど、賭場とか危険な場所には近づかないように返事に書いておこう。

ティゼルは王城とダルフォン商会に入り浸《びた》っているのか。迷惑をかけていなければいいが……アサとアースにフォローをお願いしておこう。

メットーラは学園にいるだろうアルフレートに専念してもらいたい。

俺が手紙を読んでいるあいだに、リグネたちは出発。

転移門で〝五ノ村〟に移動して、向かうようだ。リグネと混代竜族の三人だけで大丈夫なのかな？

先発隊の目的は偵察だから、数が多すぎても困ると。なるほど。大暴れするわけじゃないんだな。

ちょっと安心。

危険があれば、すぐに撤退《てったい》してもらいたい。


とりあえず、俺が調査に行くのはリグネたちが帰ってからになるので、それまでは待機。

待機と言ってじっとしている必要もない。子供たちと遊ぼう。

…………。

子供たちはグーロンデと勉強中か。邪魔はできない。仕方がない。

となれば、勉強を頑張っている子供たちのために、なにかお菓子でも作ってみようかな。

そう思って台所に行くと、試食係は任せろといった顔で妖精女王がスプーンを構《かま》えて待っていた。

まあ、いいけどな。

さて、なにを作ろうか？　夏の収穫は終わったが、まだまだ暑い。

アイスクリーム。

いや、アイスクリームは作り置きがある。アイスクリームの新味の開発をするのも手だが、子供たちの勉強が終わるまでに開発する自信はない。

それじゃー、パフェ。フルーツパフェなんかどうだろう。

王都でやっているアースの店で出されていた【フルーツ盛りのアイス添《ぞ》え】はパフェと呼ぶかどうか悩んだが、俺のイメージするパフェを作ってみよう。

フルーツは冷凍保存されているものが豊富にあるな。よし。

完成したパフェを妖精女王に渡す。ご満悦《まんえつ》のようだ。よかった。

しかし、パフェを入れる適当なガラス容器がなかったので、ミスリルグラスを使ったのだが……見た目がイマイチだな。

いや、ミスリルグラスは綺麗なんだけど、透《す》き通っていないからな。やはりパフェグラスが必要。ガラス技師に、パフェグラスを作ってもらったほうがいいかな？　ああ、それも問題があるか。

〝シャシャートの街〟や〝五ノ村〟ではガラス製品を作っている者はいるが、実は作れる物というか形が決まっている。

これは手作業で瓶《ビン》などを大量生産する必要があったガラス技師たちの境遇による弊害《へいがい》……ではなく、ただの縄張り争い。器《うつわ》ガラス、板ガラス、美術ガラスの三つの派閥に分かれて、互いに作る物を細かく決めている。

技術発展の妨《さまた》げだなと思うけど、ガラス技師の商売を守っている側面もある。単純に悪いことだとは言い切れない。決まったガラス製品なら、安定して入手できるしな。

しかし、こちらがほしいものを求めるとなると、面倒になる。

〝五ノ村〟に住むガラス技師なら、ある程度の融通《ゆうずう》を利《き》かせてくれるけど、それに甘えて派閥を無視させるわけにもいかない。

これは……自作するしかないか。

いや、さすがにガラス作りは自信がない。パフェグラスは保留《ほりゅう》としておこう。

ところで妖精女王。パフェを食べ終わったのはわかるけど、置いてある濃い砂糖水《シロップ》漬《づ》けにしてあるフルーツは、子供たち用だから食べないように。

これは甘さを足しているわけではなく、カットしたフルーツの色が悪くならないようにしているだけだから。

ええい、食べたいならヨーグルトと一緒に食べるように。ジャムを足してもいいから。ああ、その前にパフェの感想は？

「満足」

それはなにより。

勉強が終わった子供たちにフルーツパフェを配っていると、ハイエルフの一人が駆け込んできた。

〝五ノ村〟でヨウコの手伝いをしている一人だ。

どうした？　〝五ノ村〟で爆発？　違う？　そうじゃない？

リグネたちが向かった〝シャットの街〟があるあたりで、大きな爆発があったらしい。それなりに離れた〝シャシャートの街〟や〝五ノ村〟からでも確認できる爆発だったそうだ。

時間的にリグネたちは無関係かなと思ったけど、混代竜族の三人が竜になって飛んで行った場合は、爆発に巻き込まれた可能性が高い。

リグネたちは無事なのか？　飛んでいる竜三人を確認した？　リグネも乗っていたと。

つまり無事か。よかった。

それじゃあ次だ。爆発の原因はなんだ？　リグネたちは爆発に関わっているのか？

俺の疑問への回答は、リグネたちが戻って来るまでお預けのようだ。


俺の前でグッチが頭を下げていた。

爆発の原因だそうだ。正確には、爆発物を貯《た》め込んでいた原因。

長年、〝シャットの街〟を、危険物の集積場所にしていたそうだ。廃墟《はいきょ》なので、誰も困らないだろうと。

一応、安全を考えて人が近づかないように魔法を施《ほどこ》していたそうだが、その魔法が綻《ほころ》んだのか、冒険者が魔法を突破したのかはわからないが、〝シャットの街〟が発見されてしまった。

調査に行くことがグッチの耳に入っていれば、事前に警告なり止めるなりができたのだが、グッチは〝五ノ村〟でいろいろと忙《いそが》しかった。忙しい理由は聞かないでおく。

ああ、そう謝らなくていい。爆発の原因はグッチかもしれないが、グッチが悪いわけじゃない。

〝シャットの街〟に到着したリグネたちが魔物と遭遇し、火系の魔法で追い払ったら爆発物に引火したという流れ。爆発は事故だ。

まあ、リグネたちは危ないところだったが……。

リグネたちは怪我一つなく、爆発に関してもグッチを責める気はないそうなので、この件はここまでだな。いや、逆に爆発させた物をこっちが弁償しなきゃ駄目だと思う。

俺がそうグッチに申し出ると、廃棄品《はいきひん》なのでと断られた。

うーん、なにか代価を考えておこう。

ところで怪我一つないリグネたちは、どうやってあの爆発を避けたんだ？

話を聞くに、爆発現場の中心地にいたんだろ？

「爆風より速く走ったら大丈夫だ」

…………。

ま、まあ、リグネならできるのだろう。

「死ぬほど修業した結果だ」

「疾《はや》きこと、風の如《ごと》く」

「殺意のない爆発では私の鱗《うろこ》を焦《こ》がすことすらできません」

混代竜族の三人は胸を張ってそう答えてくれた。

…………。

「炎竜族《フレイムドラゴン》のオージェスは生まれつき炎耐性があるので、彼女を盾《たて》にしました」

俺の疑念の眼差《まなざ》しに耐えかねたキハトロイがそう自白した。正直でよろしい。

そして、改めて無事でよかった。

8 裁判

屋敷の中庭に急いで作られた砂利《じゃり》場に薄いシーツを敷《し》き、正座《せいざ》しているミヨがいた。

そのミヨの正面に立って質問するベル。

「このたびの件、全て偶然の事故であったと言うのですね？」

ベルの質問に、ミヨは答えない。答えるのはミヨの横で立っているゴウ。

「はい。全て偶然。偶然に偶然が重なった事故なのです。潔白を主張します」

ゴウはミヨの弁護人のようだ。

「では、証人。発言を許します」

ベルにそう言われて手を挙げたのは、〝五ノ村〟で働いているナナ。

「私は〝シャットの街〟の爆発を確認し、ミヨを拘束《こうそく》するために〝シャシャートの街〟に向かったのですが、すでに逃走しておりました。このすばやい行動が故意である証拠です」

それに反論するゴウ。

「いえ、被告人《ミヨ》は逃走したのではありません。事態の確認のために動いただけです」

ベルはゴウの反論を受け、確認する。

「ナナがミヨを捕らえたのは魔王国の王都と報告されていますが、王都で事態の確認をしていたのですか？」

ベルの言葉に、ゴウの言葉がつまった。そこにナナが追撃する。

「ミヨは王都にて、ウルザさま、アルフレートさま、ティゼルさまに事件の取り成《な》しをお願いしておりました。事故であるなら、取り成しの必要などないでしょう」

まったくもって、その通り。

「……決まりですね」

ベルはそう言って頷《うなず》き、ゴウを見た。

「い、いいえ、お待ちを。ウルザさまたちに取り成しを頼んだのは、迷惑をかけたことに関して。ただの保身行為です。そのことによって、事故を故意であったと断じるのは早計かと思われます」

「早計ですか……ですが、保身というならミヨは王都ではなく、〝大樹の村〟に行くべきではないでしょうか？　そうしなかったのはなぜでしょう？」

「ううっ」

「爆発を見てミヨは失敗を察し、慌てて王都方面に逃走。追手であるナナを察知したことから、近くにいたウルザさまたちに泣きついた。そう考えてしまうのは、私の想像でしょうか？」

ベルは優しくゴウに問いかけるが、その目は鋭《するど》くミヨから離さない。

「……これ以上の弁明《べんめい》は見苦しいですね。私も被告人の罪を認めます」

ゴウは諦めた。ミヨは絶望した顔でゴウを見た。

そして、そのままミヨは笑い始め、視線をベルに戻して睨みつける。

「私は無実です！　これは仕組まれた罠《わな》に違いありません！　私を陥《おとしい》れようとした者がいるのです！　調べていただければ、きっとその事実が判明します！」

これまで黙っていたぶんを取り返すような大きな声。しかし、ベルは動じない。

「わかりました。貴女《あなた》を処刑したあと、調べるとしましょう。処刑人、連れて行きなさい」

「ま、待って、待ってください。私は無実で……」

頭を全て覆《おお》うマスクをかぶった処刑人たちに取り押さえられたミヨは、その場から連行されようと……したところで、イレが乱入した。

イレはミヨに早足で近づき、その頭を摑んだ。

「なんだいまの演技は！　お前は無実の罪をかぶせられ、処刑されるのだぞ！　その程度の抵抗でお前は処刑を受け入れるのか！　それと、弁明を諦めたゴウにはもっと殺意を込めて睨め！　こいつも敵かと睨みつけるんだ！　お前の周りは全て敵！　その認識《にんしき》を忘れるな！　でもって台本修正だ！　最後のセリフはなし。そう、無実です云々のところ。表情だけでやってみせろ！」

「いや、素人《しろうと》にそんな難しい演技を求められても……」

「役、降りるか？」

「くっ……やります」

「よし、いい返事だ。私の期待を超《こ》えてこい！」

イレはそう言ってミヨの頭から手を離し、振り返ってベルのところにいく。

「ベル、いい演技だったよー。すごかった。このまま続けたいんだけど、ちょっとだけ台本修正していいかな？　いやいや、全部こっちの都合。ベルの演技に問題はないよー。うん、それで最後のシーンなんだけど、ミヨにセリフなしでやらせるからそれに合わせてセリフがちょっと変わるんだ。かまわない？　ありがとうございます！　それじゃあ、こんな感じに……」

役者ごとに態度の違うイレ。いいのかな？　ミヨが主演は私なのにという顔を向けているぞ。

イレはまったく気にしなかった。


このような撮影が、なぜ行われているか？　複雑じゃない事情があった。

ことの発端は、撮影でも語られている〝シャットの街〟の爆発。先発隊に被害はなく、また爆発の理由もグッチによって解明。俺は解決したと思っていた。

だが、そうではなかった者たちがいた。

〝四ノ村〟のベルを筆頭としたマーキュリー種の面々。

〝シャットの街〟の調査依頼を持ち込んだミヨによる、俺への暗殺が疑われたのだ。

もちろん、ミヨはそんなことを考えもしていないだろう。それに、万が一、本気で暗殺するなら、ミヨはあんな不確かな方法は使わないはずだ。

俺はそう言ってベルを説得し、ミヨの口から無実を説明させようと〝シャシャートの街〟にナナを派遣した。

しかし、ミヨは〝シャシャートの街〟にいなかった。ミヨは短距離転移門を利用して王都に逃走。王都でウルザたちに取り成しを頼んでいたことが判明し、さらにベルの怒りを招いた。

「あの娘《ミヨ》は、昔からそういうところがありました！」


数日後。

荒縄《あらなわ》でぐるぐるに拘束されたミヨが俺の前に引っ立てられた。ミヨは抵抗していたが、ベルとゴウはいかような処分も受け入れますとの姿勢。

いや、あの爆発は事故だろ？　なんの罪でミヨを裁《さば》くんだ？　お心のままにと言われても困るんだが……こっちの世界の裁判《さいばん》って、どうやっているんだ？

ちなみに、ウルザ、アルフレート、ティゼルからミヨに対しての減刑願いが届いている。届いているが、内容は「ミヨが無実ですと言ってました」みたいな感じ。かばう気があまり感じられない。もう少しミヨに優しくしてやってもいいんじゃないかな？

なんにせよ、ミヨになんらかの罰《ばつ》を与えないといけない空気。

空気に流されるわけではないが……。

「マーキュリー種《ベルたち》は、よからぬ疑いを払拭《ふっしょく》しておきたいみたいだから、ミヨに軽い罰を与えればいいんじゃないかな？」

ルーからそうアドバイスされたので、罰を考えた。いろいろと考えた。

俺としては軽い罰を考えたのだが、ミヨの顔は恐怖に引きつったりしたのはなぜだろう？　今年生まれたクロの子供たちと一日遊ぶとか、罰でもなんでもない気がするのだが？


結果。

ミヨには映画の主演女優になってもらうことになった。

映画の内容は、一般的な裁判の様子を知りたい俺の要望を入れて裁判物。罰を考えているときにやってきたイレの影響が強い結果になったことは自覚している。

ミヨが正座している場所に砂利が用意されたのは、ベルによるミヨへの罰なのだろう。敷かれている薄いシーツは、ゴウからの優しさ。


まあ、映画といっても八分前後の短いシナリオ。

公開も〝大樹の村〟だけなので、ほかの映画のための試験《しけん》撮影の意味が強い。

「え？　外に公開しないの？」

ルーが驚いたが、村の外では公開はしない。ミヨが悪役で酷い目にあっているからな。そこまでの罰を与える気はない。

「でも、それにしてはイレの力の入りかたが……」

ルーに促《うなが》され、撮影現場を見る。

うーん、エキサイティング。

イレよ、監督はそこまで暴れなくていいと思うぞ。そして、ミヨが無駄に女優魂《じょゆうだましい》を目覚めさせている。そのミヨの迫力に引っ張られ、ベルやゴウがいい演技をしている。すごいぞ。

だが、まあ、その……うん、やっぱり外には公開しない方向で。これは村でだけ見ることができる幻の作品ということにしておいてもらおう。

9 爆発の始末

爆発により、周辺に危険物が飛散《ひさん》した可能性がある。

グッチがそう言い、それをミヨが〝シャシャートの街〟のイフルス代官に伝えた。

結果。

〝シャシャートの街〟の代官の命令により、〝シャットの街〟とその近隣は立ち入り禁止とされた。

一般には公開されていないが、禁止の期間は、グッチが部下を率いて危険物がないと確認するまでの予定。

当然、俺たちによる調査も中断……ではなく、中止。残念だ。

だが、危ない場所には行きたくないし、危ない場所に誰かを同行させる気もない。なので、結果オーライ。

先発隊だったリグネと混代竜族の三人には危ない場所に行かせて申し訳ない。

その危険の有無を調べるのが先発隊の仕事だとリグネたちは言うが、俺の気がすまないので〝五ノ村〟でのんびりしてもらっている。

〝大樹の村〟でのんびりしてもらってもよかったのだが、娯楽の面では〝五ノ村〟のほうがいろいろと楽しめるだろうからな。

とりあえず十日ほどの宿泊費と飲食費は俺が支払うことで話がついている。ついているはずなのだが……〝大樹の村〟にリグネと混代竜族の三人がいた。しかも、爆発を受けている。

な、なにをやっているんだ？　爆発から身を守る実験？

リグネは走って逃げられるから無傷だが、混代竜族の三人はぼろぼろ……いや、ぼろぼろなのはオージェスだけかな？　オージェスが盾になっているからか。

あれ？　オージェスは炎に耐性があるんじゃなかったのか？　なぜ、ぼろぼろに？　炎と爆発は別物？

〝シャットの街〟の爆発は炎が強かったから耐えられたと？　よくわからないが、そういうものか。

まあ、あまり無理をしないようにな。

オージェスを盾にしている二人、盾にする角度とかを研究するまえにオージェスに気を使おう。

あと、ルー、ティア、爆発の威力をもう少し抑えるように。爆発の音と振動で動物たちが驚いているんだ。

え？　村の動物がこの程度の爆発で驚いたりはしない？　たしかに馬とか鶏《にわとり》は気にした様子もなかったけどな。まだ慣れていないのとかいるんだよ。ペガサスとか。爆発の音に驚いて森に逃げようとしたんだぞ。いや、綺麗な隊列だったけど余裕はなかったと思うぞ。俺の姿を見ても、そのまま森に突っ込もうとしていたから。クロの子供たちが心配して追いかけていたが……あれ？　追いかけていたから森に逃げたのかな？　まあいいや。

ともかく、爆発の威力は抑えるように。よろしく。

俺はそう言って、森に逃げたペガサスたちを捜索する隊に合流した。

ペガサスたちは全頭、無事に発見、保護できた。

発見したのはクロの子供たち。保護したのはザブトンの子供たち。

ペガサスたちは飛んで逃げるから、糸で縛《しば》って拘束……失礼、保護した。

うん、ペガサスたちからの文句もわかるが、何頭か魔物や魔獣に襲われ、危ないところだったのだから、糸で縛っての保護は許してほしい。興奮して、こっちの指示を聞かなかっただろ？　普段からペガサスたちの世話をしている獣人族の娘たちが到着して、やっと大人しくなったわけだし。

怪我はないか？　縛られたストレスだけ？　嫌味を言う元気があるなら、大丈夫だな。爆発に関しては謝るから、牧場エリアに戻ろうか。収穫したてのカボチャとサツマイモをやろう。

ん？　ニンジンもほしい？　わかったわかった。ただ、馬たちにもやるぞ。

お前たちだけにやると馬たちが拗ねるからな。わかってもらえて嬉しい。

おっと、こんな話をしていたと伝わっても拗ねられる。ここだけの話だぞ。


ペガサスたちを連れ戻り、約束通りにカボチャやサツマイモ、ニンジンの手配をして屋敷に戻るとグッチが俺を待っていた。

危険物の探索が終わったのかな？

大物の危険物が三つ、小物の危険物を十六、回収したと。やっぱり、危険物が飛散していたのか。

立ち入り禁止の判断をしたイフルス代官は優秀だな。

用心のため、あと数日かけて探索する？　そうだな、安全第一。よろしくお願いしたい。

それで……ここに来たのは？　その報告だけが目的じゃないんだろ？

俺が危険物の確認をするかどうかの確認に来た？　ありがたいが、信用しているよ。

グッチが危険物を悪用するとは思っていないし、処理もそっちでやってくれ。もともとグッチが管理していたものだから、扱いもわかっているだろ？　任せた。

俺の返事に、グッチは丁寧に頭を下げた。絵になるなぁ。

イレがいたら、撮影していたに違いない。

立ち入り禁止が解除されたら、爆発跡を見に行く……必要ないかな？　撮影専用の街にする案は、爆発でご破算だしな。ミヨはすでに別の場所を選定中だ。

候補としては、短距離転移門の中継地になっている村々が目をつけられている。交通の便は、文句なしだからな。観光地としての開発も考えているのかもしれない。

ゴロウン商会のマイケルさんも、ミヨに協力しているようだしな。


ああ、そういえばミヨに関わる嘆願書《たんがんしょ》が二通、届いた。

〝シャシャートの街〟のイフルス代官と、ゴロウン商会のマイケルさんの息子、マーロンから。

ミヨが捕まったと聞いてすぐに出してくれたようだが、正式なルートでの配送だったので俺の手元に来るのが遅かった。

まあ、ミヨに罪を問うつもりはないし、すでに決着しているので無用の嘆願書になったのだが、ミヨが大事にされていることがよくわかる。とくにイフルス代官から。

すごく丁寧にミヨの勤勉《きんべん》な様子と、〝五ノ村〟に対して配慮している様子を訴え、捕らえられたのはなにかの間違いだから再調査をすべきだと書かれていた。正しい嘆願書の書き方はこうなんだなと勉強になる。今度、アルフレートたちに見せよう。

ちなみに、マーロンのほうは……。

ミヨが不在になると、ビッグルーフ・シャシャート関連の事業が機能不全を起こすから、処罰するにしても頭と手は残してほしいみたいな内容。

…………アルフレートたちには見せられないな、うん。

ミヨにも見せないように隠しておこう。

10 赤色の羊と聖女

俺は〝五ノ村〟の麓に作られた牧場にやってきた。飼育されている牛と羊は元気そうだ。思い思いに行動し、俺の姿を見ても、逃げたりはしない。

来る前に匂いを消してもらってよかった。

以前、ここを見学に来たときは、クロたちの匂いが残っていたのか一斉に逃げ出したからな。広い牧場の片隅にこれでもかと密集し、何頭かは気を失って倒れてしまった。

あのときは申し訳なかった。

それ以降、村から出るときにはルーかティアに頼んで匂いを消してもらっている。護衛として同行するガルフとダガも。

まあ、村に戻ったときはクロたちが一斉に匂いをつけにくるけど。それぐらいは受け入れよう。

さて、俺が〝五ノ村〟の麓に作られた牧場を訪ねたのには理由がある。

この牧場に不思議な羊がいるとの話を聞いたからだ。

牧場関係者にどの羊か尋ねようとする前に発見できた。うん、たぶんあの羊だ。

確実にあの羊だとは思うけど、確認しよう。

ああ、すまない。牧場関係者かな？　え、牧場の管理人。失礼しました。いえいえ、いつもお世話になっております。ええ、不思議な羊がいると……はい、それで、あれかな？

「あれです」

やはりあれだったか。

ほかの羊に比べて、一回り大きく、そして立派な角《つの》。そして、その体毛は赤色。ほかの羊が白色や灰色、黒色なので赤色がすごく目立つ。

……………染色《せんしょく》したのかな？　もちろん、そんなことはしていない。

牧場の管理人の話ではいつのまにか現れたらしい。誰かが牧場内に放った可能性もあるが、それをやる利点《メリット》がない。

それに、この牧場は〝五ノ村〟の警備隊の見回り範囲内。たとえ夜中だろうとも、あんな目立つ羊を連れていて気づかれないはずがないので、第三者の存在は考えなくてもいいだろう。

となると……自分でやってきたのかな？

しかし、まあ体が大きく、毛が赤いだけなら問題はない。このまま牧場で面倒をみてやればいいと思う。それで解決だ。

「いえ、それがその……」

牧場の管理人が言いにくそうに教えてくれた。

「急に現れただけでは、不思議な羊とは言いません。迷子の羊と言います」

…………たしかにそうだ。

つまり、この羊になにかあるのか？

「その、見てもらえばわかると思うのですが、あの羊の近くにほかの羊が近づかないでしょう？」

そうだな。

「近づくと眠ってしまうんです」

…………は？

「近づくと眠ってしまうんですよ」

あの赤色の羊に近づいただけで？

「はい。羊から離れたら目を覚まします。眠った者から話を聞いた感じでは、いつの間にか寝ていたと」

魔法みたいだな。

「ええ、〝シャシャートの街〟から来た魔法使いの先生たちは、羊が常に魔法を使っていると……」

よくわからないけど、常に発動している魔法ということかな？

とりあえずその威力や効果範囲を知りたいけど……そう思っていると、ガルフが近くを飛んでいた小鳥を捕まえていた。

ガルフ、その小鳥をどうするんだ？

「逃げないように足を持って……こうして近づけばわかるでしょう」

ガルフは小鳥を持った腕をまっすぐに前に伸ばし、羊に近づいて行った。

なるほど、魔法の範囲に入ると小鳥が先に影響を受けるわけか。

「冒険者のあいだではよくやる方法です」

へー。小鳥には申し訳ないが、これで寝てしまう距離がわかるな。

そう思ってガルフを見ていたら羊が急にガルフに向かってダッシュし、ガルフと小鳥がまとめて眠ってしまった。大丈夫かガルフ！

歩きながら眠ったから、頭から倒れたように見えたぞ！

「大丈夫です。ちゃんと頭は守っていました。小鳥は手放したようですが……魔法の距離は大人が両手を広げて三人分ぐらいですね」

俺と違って冷静なダガの報告に、一安心。

羊がガルフから離れると、ガルフは目を覚ました。

「すみません。油断しました」

いや、怪我はないか？

「はい。大丈夫です」

小鳥も無事のようで、そのまま飛び去っ……赤色の羊の近くを飛んで、落ちたな。

んー、眠らせるだけなら最悪、放置でいいかなとか考えていたけど……存在が危険だ。退治しないと駄目か？

そんなふうに羊を見ていると、遠くから俺を呼ぶ声が聞こえた。知っている声、聖女のセレスだ。

「すみません、村長。その羊、こっちの関係者……じゃなくて関係羊です！」

わかったから落ち着いて。服装も乱れているぞ。あと、お前を追いかけて来たであろう教会関係者たちはそっちでなんとかするように。

「え？　あ、すみません。あと、えーっと、護衛が私に遅れるんじゃない」

こらこら、もう少し優しい言葉をかけてやれ。みんな、息も絶え絶えじゃないか。

「ですが、私が急に走ったからって、遅れるのはちょっと……」

なかなか速かったと思うぞ。セレスの速度。

「逃亡時代があったので……まあ、これぐらいは。えへへ。あっと、羊がご迷惑をおかけしました」

ああ、セレスの関係羊って言っていたな。

「実際、見るのは初めてなのですが……えーっと……お耳を拝借」

ん？

セレスが小声で教えてくれた。

「この羊、本当はもっと東の国に移動するはずが、はぐれてしまったらしく私に保護しろと神託《しんたく》が降りまして……」

神託？　え？　あ、いや、聖女だから神の声が聞けるのか？

「それが、ここ最近は調子が悪いのか、〝大樹の村〟以外では神の声は聞こえなくなっていたのですが、最近になってまた聞こえ出しまして……しかも、私が認識できるんです」

神託は神の声を代弁するだけで、聖女は覚えていないという話だったが……成長したということか？

「さあ？　ただその神の声なんですが、以前と違って格が落ちたように感じるんですよねー」

へー。よくわからないが、それって逆にセレスの格が上がったんじゃないか？

「ここ最近の私、お煎餅《せんべい》とお団子《だんご》の販売ばかりやっているんですけど……」

聖女のセレスは、《甘味堂コーリン》の店長代理でもある。

「儲かっているので、教会の経営が助かりますけどね」

それはなにより。それで、この羊を連れて行くのか？

「はい、お騒がせしてすみません。捜索を依頼していた冒険者たちから連絡をもらったところに、村長が向かったとの話をヨウコさまに聞きまして、駆けつけました」

それで慌てて走ってきたのか。

「お見苦しいところをお見せしました。それでは、引き取らせていただいてもよろしいですか？」

ああ、かまわないが……。

俺が注意する前にセレスは赤色の羊に近づき、倒れるように眠ってしまった。

セレスの頭が地面にぶつかる前にダガが駆け寄って抱えたので、怪我はなさそうだ。よかった。

ダガ、ナイスキャッチ。……ダガも眠ってしまったけど。

赤色の羊に近づく者は眠ってしまう。つまり、誰も赤色の羊に近づけない。

あれ？　これ、どうやってセレスに持っていってもらうんだ？

目を覚ましたセレスとダガ、それとガルフと共に少し離れた場所から、赤色の羊を見守る。牧場の管理人は仕事に戻った。牧場には赤色の羊だけでなく、ほかの羊や牛がいるからな。セレスの護衛たちは周辺を警戒している。

「このままではどうしようもありません。ちょっと待ってください。対策を聞きますので……」

セレスが瞑想《めいそう》をし、神との対話をする。なんだかすごいな。一気に神が身近な存在になった感じだ。

「いえ、対話というか……意思と意思のぶつけ合いなので、ニュアンスを伝えるのが難しく……ええい、私に羊の鳴き声を理解しろと言われても困ります！　……狐？」

瞑想を終えたセレスが言うには、赤色の羊の対策はヨウコが知っているとのこと。

なるほど。神関係はヨウコだったな。

ガルフに走ってもらい、ヨウコを呼んでもらった。

「殴って気絶させれば大丈夫だ」

ヨウコから教えられた対策はシンプルだった。

しかし、乱暴じゃないか？

「そうは言ってもな。あれだけ怯えては誰の声も届かん」

怯えている？　そうは見えないぞ？　どちらかといえば悠然《ゆうぜん》と構えている感じだ。

「獣《けもの》はそう簡単に弱みを見せんから、そう見えるだけだ。かなり怯えておるよ」

そうなのか。

「うむ、それゆえに眠りの魔法を発動させておるのであろう。近づけぬから投石が最善手だ。角を狙え」

待て待て。ガルフとダガに石を渡すな。怯えている羊をさらに怯えさせるんじゃない。

「放っておいてもこのままだぞ」

それは困るが……長い棒を用意するな。それで殴るつもりか？　ええい、対策を考えるから攻撃はしないように。

怯えていると聞いたからには、守ってやらねばと思う。

ん？　どうしたセレス？　また神託か？

「よくわかりませんが、謝ってます……えっと、手間取らせて申し訳ない的な？　え？」

神託だった。

「あの、神が言うには……えっと、この牧場で過ごせるならこのままでいいとのことでして」

セレスの言葉を聞いて、ヨウコが渋《しぶ》い顔をした。

ちなみに、この牧場は〝五ノ村〟が出資して経営している。つまり、牧場の代表は〝五ノ村〟の村長である俺になる。

…………村長代理《ヨウコ》、任せた！

「……赤色は困る。白く染《そ》めよ。それが条件だ」

ヨウコがそう言った瞬間、赤色の羊の毛が白くなった。

あれ？　こっちの声が聞こえてた？

「……いや、神のほうがなんとかしたようだ」

そうなの？　フットワークが軽いというか、神が身近というか……。

「そうだな。よろしくない事態だ。すまぬが村長、この羊のことは極秘……いや、忘れてもらえると嬉しい」

わ、わかった。

「それと、聖女がいるからであろうが、神はここまで身近ではない。大丈夫だとは思うが神を頼りにしすぎぬようにな」

ああ、もちろんだ。

神には十分に助けてもらった。これ以上を求めたりはしないさ。

「では、あとは我に任せてもらって大丈夫だ」

わかった。任せたぞ。

「うむ」

それじゃあ村に戻るか。ガルフとダガは大丈夫だな。

聖女のセレスも一緒にと思ったのだけど……。

「ああ、聖女は残ってもらえるか？　確認したいことがある。羊に関してだ。神の意思を間違えてはいけないからな」

ややこしい話があるらしく、ヨウコに引き止められた。

話が終わるまで待って一緒に帰ってもよかったのだけど、セレスも俺を先に帰るように望んだので先に帰らせてもらった。

護衛たちもいるし、問題はないだろう。あ、牧場の管理人に帰るって挨拶しておかないと。

…………。

俺、赤色の羊を見ただけだったなぁ。

まあ、こんな日もあるか。


「さて聖女よ」

「はい、羊の件ですね」

「それもあるが、それよりも伝えておかねばならぬことがある。護衛たち、少し離れよ」

ヨウコはそう言って、セレスの護衛たちを離す。

「聞かれては困る話ですか？」

「神が関わるからな。知る者は少ないほうがよい。お主は格の高い神の声を聞くために耳をすました。覚えはあるか？」

「もちろんです。毎日、そのように祈っております」

「であろうな。その祈りが通じたのか、お主には一部の神の声しか届かぬようになっておる」

「そうなのですか？」

「うむ。喜ばしいことではあるのだが……その一部の神のせいで、動物の神の声が聞こえるようになってしまっておる」

「……は？　動物の神？」

「今回の件では羊の神だな。相手の意向を汲《く》み取るのが難しかったのではないか？」

「たしかにそうですが……え？　また、どうして？」

「我に答えられる話ではない。お主はそうなっていると理解だけすればよい。理解すればある程度は声を選んで聞くことができる」

「……わ、わかりました」

「しばらくはうるさいであろうが、これも試練《しれん》と思って頑張るように。我のほうからも、むやみやたらと声をかけぬように言っておくが……」

「神は私たちの都合など気にしませんか」

「気にする神も多い。ただ、動物の神は直情的だからな……自制がきかん場合がある」

「か、覚悟しておきます」

「どうしようもなくなったなら、我かニーズに相談せよ」

「お手数をおかけします」

「うむ。我からの話はこれで終わりだ」

「えっと、では羊は？」

「あの羊は、これから羊の神の使いとなるべく修行に励む予定だったのが……当面はここでのんびりさせてほしいとの意向だ」

「それでよろしいのですか？」

「羊の神がそう言うのだから、かまわぬのであろう。神の使いとなる候補も、この羊だけではないだろうし」

「怯えすぎたので見捨てられたとか？」

「その程度では見捨てぬよ。まあ、焦っていたとの反省もあるのだろう」

「焦って……羊の神がですか？」

「であろう。そうでなくば、移動の途中で迷子になるなどありえん」

「…………」

「ん？　どうした？」

「いえ、私よりも神に詳しいですし、意思疎通《そつう》もできるのですから、ヨウコさまのほうが聖女に相《ふさ》応《わ》しいのではと思っただけです」

「ははは、我が聞ける声は動物の神までだ。お主のように遥か高みの神の声など聞けぬ」

「遥か高みですか」

「うむ。そして聖女に比べれば我など格下も格下だ。自信を持て」

「格下だなんて……ありがとうございます」

「うむ。では、戻ってよい」

ヨウコはセレスの護衛たちを呼び戻し、〝五ノ村〟に戻るセレスを見送った。


セレスの姿が完全に見えなくなり、周囲に誰もいないことを確認したヨウコは赤色の毛を白くした羊に向かって怒鳴った。

「怯えて声も聞かんと村長には言ったが、聞こえておるよな！　なにが迷子だ！　自分で逃走したくせに！　ええい、使いになりたくないとか言える立場か！　いや、我のことはいいのだ。我は使いになったあとに逃げたのだ。使いになる修行から逃げたわけではない！　ええい、すり寄るな！　まだ人の姿にもなれぬ未熟者が！」

なんだかんだ言うも、牧場の管理人に頼んで羊のための環境を用意するヨウコだった。

もちろん、羊に牧場を守ることを命じるのを忘れない。

「世話をするにも費用がかかるからな。それぐらいはやってもらう」

ヨウコに対し、情けなく返事をする羊がいた。

閑話　神の悪戯《いたずら》

我は名もなき神。昔は名を持ち、その名の動物を担当していたが、その動物が滅びてしまったので名を失った。いまは無職だ。

いや、ほかの神とのコミュニティを抜けたわけではないし、上の神から仕事を与えられるので無職はちょっと違うか。

ではなんだろう？　……担当を持たない編集者《へんしゅうしゃ》？　担当を持つほかの編集者たちの手伝いをしている感じ？　わかりにくい？　すまない。

すまないついでに話を変えるが、聖女をご存じだろうか？

基本、神は地上には干渉《かんしょう》できない。しかし、どうしても地上に生きる者に伝えたいことがあるときには、聖女を使って神託を降ろすことができる。

ただこの神託、大きい役目を担う神たちが相談してやっているぐらいだから、我のような下っぱの神ではできない。やろうとしても、聖女のほうが受け取ってくれない。まあ、降ろしたい神託があるわけじゃないけどね。

そう思っていたんだ。

ある日、気づいた。

聖女に神託が降ろせることに。いや、神託というか会話……言葉じゃないから、意思だな。こちらの意思を伝えられることに。

驚いた。

そして、なぜかと考えた。聖女の周囲に大きな変化があったのかと？

我の担当していた動物が滅んでから地上にはあまり興味がなかったが、しっかりと観察した。


……すっごい格上の神がそばにいるじゃん。


あれ、地上に降りて封印されてた神でしょ？　え？　聞いてないよ？

いやいや、封印された神のことは知ってるよ。話題に乏しい神のあいだで長く語られた事件だからね。

でもって、あの聖女、近くにいる格上の神の声を聞こうと変な調整……調律をしているな。ああ、でもその調律ではほかの神の声が聞けなくなると思うが……。

我は知らなかったけど、聖女に神託を降ろせなくなったと騒ぎになっていたらしい。ああ、やっぱりと納得。

しかし、なぜ我の意思が伝えられる？

格上の神、猫の姿になってるな。……つまり、動物系のパスなら通る？　え？　つまり、我以外にも動物系の神なら意思を伝えられる？

ちょっと待て、試してみて……駄目だな。猫に寄せたほうがいいのか？


にゃーご。


通った！　聖女、近くに猫がいるんじゃないかと驚いている！　おおっ！

いや、まあ、通ったからどうだという話なんだけどね。

我の担当している動物は滅んでいるから、聖女にそれを伝えたところでどうしようもないし。

まあ、動物を大事にという意思だけ伝え、我は満足した。

あとはこの件を偉い神に報告すればいいのだけど……まあ、そんなに急ぐこともないだろう。我だけが聖女に意思を伝えられる優越感に浸《ひた》りたい。うん、百年ぐらいかな。ふふふ。


そんなふうに笑う我の様子を見ていた者がいた。ほかの動物の神たちだ。

当然、我と同じように猫に寄せたら意思が伝わってしまう。

ちょ、駄目だぞ。一気に声をやったら迷惑がかかる！　近くに格上の神がいるの忘れたのか？

地上からこっちには手を出せないから、戻って来るまでは安泰《あんたい》って……戻って来るまで怯えて暮らすのか？　我はごめんだぞ。

我は止めた。うん、止めたんだ。頑張って止めた。

だが、止まらない動物の神たちの気持ちもわかる。わかってしまう。

なぜなら、これは聖女に動物の神たちの存在を教えるチャンス。聖女が知れば、それが人に伝わる。そして信仰となり、祈りが捧げられるのだ。

ならば乗るしかないこのビッグウェーブに！　そんな感じの流れに我は逆らえなかった。

ああ、偉い神にバレたら叱《しか》られる。

さっさと報告に行くべきか？　いや、ここで報告に行ったら動物の神たちに恨《うら》まれる。我はどうすればいいんだ！

とりあえず、列整理をした。順番を守るように。ん？　羊の神、急いで伝えたいことがあるから順番を……使い候補がトラブった？　聖女の近く？　わかったわかった、すまないがちょっと順番を調整するぞ。

あと、騒がないように。神託が使えなくなって困っている神たちにバレる。


問題の先送りと笑いたければ笑うがいい。我はできる範囲で頑張った。うん、満足。

偉い神たちにバレるまでの平穏を喜ぼうと思う。

……おや？

地上にいる神の使いからクレームが来たらしい。聖女を困らせるなって。

時間制限もしたほうがいいかな？

Farming life in another world.

Chapter,2

Presented by
Kinosuke Naito
Illustrated by
Yasumo

〔二章〕

旅の商人

01.鉄の森　02.滅多に使われない街道　03.かなり強い魔物がいる森　04.ガレツの森
05.強い魔物がいる森　06.ゴーンの森　07.五ノ村　08.シャシャートの街
09.魔王国の主要街道　10.比較的安全な平原

閑話　ジョローの商隊　前編

俺の名はジョロー。旅の商人だ。

旅の商人と言っても、一人でやっているわけじゃない。それなりの規模を誇る商隊を率いている。大型の荷馬車が七台に、小型の荷馬車が十台。部下は六十人を超えた。

つまり、俺はそれなりに腕のいい商人ということだ。

…………。

すまない、嘘《うそ》を吐《つ》いた。俺は実力に似つかわしくない規模の商隊を率いている。

俺の本当の実力じゃ、頑張っても小型の荷馬車一台。部下だって親族関係で二人いればいいところだ。重々承知している。

そんな俺が、こんな大きい商隊を率いているのには理由がある。とある国からの依頼だ。いや、あれは依頼ではなく脅迫だったな。

「魔王国を調べるための部隊を送り込みたい。部隊の人数は六十人だ。この数を怪しまれずに潜入させるには、どうすればいいと思う？」

夕方、宿を探して街中をウロウロしていた俺は、暗い部屋に連れ込まれてそう聞かれた。

正直、俺はどう答えたか覚えていない。ただ殺されると思ったので、必死になにかを喋《しゃべ》ったことだけは覚えている。

結果として、俺は五十年働いても稼げない前金を受け取り、商隊に扮《ふん》した部隊を率いて魔王国に行くことになった。真剣に逃げることを考えたが、前金の魅力に負けた。

この金があれば、小規模でも自前の商隊を持つことだってできる。やるしかない。

目的地は王都。ただ、道中に〝シャシャートの街〟を調べることも予定に組み込まれていた。

現在地から〝シャシャートの街〟に行くには海路が一番なのだが、人間の国から来る船はチェックが厳しい。とくに〝シャシャートの街〟のチェックはかなりのものだと評判だ。なので、大きく迂回《うかい》して別の港町に行き、そこから陸路で〝シャシャートの街〟を目指すことにした。別の港町でもチェックは厳しいのではないかと思ったけど、なんとかなるらしい。なんとかなるんだ？　危険な雰囲気を感じるので、詳しくは聞かない。

道中は穏やかだった。実績作りのために普通に商売をしているだけだからな。

俺が扱ったことのない量の売り買いができたのは、ちょっと楽しい。

「隊長、この街の者から聞いてきました。隣村までは二日ですが、そこでは食料は買えない可能性があるそうです。その食料が確実に買えそうな街までは五日かかるそうです」

わかった。

俺は緊急時を考え、十日分の食料と水を確保するように指示を出す。俺の指示に、商隊に扮した者たちは文句を言わずに従ってくれる。これは商隊としての体裁を守るためだが、それでも助かる。接した感じ、商隊に扮した者たちはある程度の教育を受けた者たちだ。たぶん、貴族の血が入っている者も何人かいるだろう。

俺が商隊の隊長だが、それは役割上の話。力関係は商隊の隊員に扮した者たちのほうが上。俺が下っ端。

なので俺の言うことを聞いてくれない可能性もあったのだけど……よく鍛えられている。いや、それぐらいで失敗できないぐらい重要な任務ということかな？

ああ、駄目だ駄目だ。俺は旅の商人。商隊の隊長。

気にすべきは、商隊に扮している者たちの正体や任務じゃない。売れる商品、買える商品、そして今日や明日の天気。

んー、明日は明け方に雨が降りそうだから、野宿の場所はよく考えないとな。

商隊の陸路の旅は、一年ほど続いた。少しずつ〝シャシャートの街〟に近づいていく。

当然、耳に入ってくる〝シャシャートの街〟の噂《うわさ》。

「近年になって、さらに発展した街じゃないかな？　ああ、でも材木とかは売れないよ。持っていくなら調味料とかにしたほうがいい」

「魔王国が重要視している街だからな。警備の者が多いんだ。だから治安はいい」

「あの街はゴロウン商会の力が強い。だが、排他的《はいたてき》じゃない。礼節さえ守れば、それなりの取引はしてもらえるよ」

「すごく美味《おい》しい料理を出す店があって、そこに行ったらほかの街に旅立てなくなるらしいよ」

「野球なる玉遊びが流行《はや》っているそうじゃ。なんでも国の偉い人も参加しているとか」

「量がなくても、変わった物ならゴロウン商会が買ってくれるらしい。ただ、あまり吹っかけると、いろいろと怖いとも聞くな」

「魔法で遠くの街や村に移動できる施設があるんだってよ。本当かな？」

「なんでも、あの街は幼いメイドが支配しているらしいぜ。いや、本当に。嘘じゃないって。あの街にいる代官よりも幼いメイドのほうが上の立場なんだって」

などなど。

まあ、間違った話もあるだろうけど、記憶には残しておく。なにがどう商売に繋《つな》がるかはわからないからな。

まあ、幼いメイドの話はさすがに間違いを越えて嘘の類《たぐ》いだろうけど。


しかし……。

「隊長、ここでも〝五ノ村〟なる村の話を聞きますね。なんでも、〝シャシャートの街〟並みに大きいとか」

商隊に扮している者たちの一人が、俺にそう話しかけてきた。さすがに一年も一緒にいれば、雑談ぐらいはする。

「俺が聞いた話では、〝五ノ村〟じゃなくて〝五ノ街〟だったぞ？」

「〝五ノ村〟が発展して、〝五ノ街〟になったのでしょうか？」

「〝五ノ村〟と〝五ノ街〟が別々にあるんじゃないか？」

正直、存在を疑いたくなる話ばかりだ。それこそ、竜が頻繁に飛んでくるだとか、大虎《おおとら》が酒を買い占めただとか、蛇の巫女《みこ》がいるとか……。

〝五ノ村〟、もしくは〝五ノ街〟は〝シャシャートの街〟の近くにあるらしいが、どこまで本当かわからない。ひょっとして、〝シャシャートの街〟のなにかを隠すための噂なのかもしれない。

まあ、それもこれも〝シャシャートの街〟に行けばわかる話かな？　わからなくても、商隊に扮している者たちが調べ上げるのかもしれない。危ないことはしないでほしいなぁ。

俺の身の安全もあるけど、一年も一緒に行動したんだ。それぐらいの心配はする。言っても聞いてもらえないだろうけど。

俺は小さくため息を吐きながら、最初の目的地である〝シャシャートの街〟に向けて商隊を進めた。なにごともなければ、あと十日ほどで到着できるだろう。なにごともなければ。

秋になる前には到着したいな。

閑話　ジョローの商隊　中編

俺の名は……まあ、名乗れないから適当でいいか。それじゃあ、ダンということにしよう。うん、ダン。いい感じじゃないかな。

さて、俺はいま、魔王国に潜入している。目的は魔王国の調査。失敗は死に繋がる危険な任務だ。緊張感を持ち、仲間との連携を忘れないようにしたい。

したいのだが……俺の目の前で、カレーの味で揉《も》める仲間の姿があった。

牛肉をメイン具材にしたビーフカレー派。豚肉をメイン具材にしたポークカレー派。鶏肉をメイン具材にしたチキンカレー派。海産物をメイン具材にしたシーフードカレー派。カツと呼ばれる油で揚げたものを乗せた、カツカレー派。カレー用に開発された専用のパンであるナンで食べる派。ナンにはバターチキンカレーが最強に決まっているでしょう派。

それぞれが、自身の信じる味が至高《しこう》だと言って譲《ゆず》らない。

醜《みにく》い。醜い争いだ。たかが食べ物で、こうまで争うとは……。

食べられるだけで感謝するということを忘れたのか？　味にこだわるなとは言わない。不味《まず》いよりは、美味しいほうがいいに決まっている。だが、この店では個別に注文を受けてくれるのだ。好きな物を頼めばいい。そうでしょ、隊長？

「むう……カレーうどん。新しい体験だ。すごい」

…………。

隊長。まとめようとしているのですから、派閥を増やさないでください。

え？　俺の派閥？　いや、俺はべつに……し、強いて言うなら……トッピング増し増し派だ。ホウレン草と、トマトのトッピングは至高だと思うのだ。そう、どのカレーに入れても大丈夫。つまり、全ての派閥がトッピング増し増し派に集えばこの醜い争いも収まるのではないだろうか！

ねえ、隊長？

「カレーチャーハン……これも新しい体験だ、美味しい」

…………。

調査隊、最大の危機だった。


前々から、〝シャシャートの街〟では新しい料理があると聞かされていたため、俺を含めて全員の期待が高まって暴走してしまった。反省。

だが、まあ、それも仕方がない部分がある。カレーは美味しい。

それに、カレーに使われているライス。あれは俺たちの国でも生産されている食べ物だ。他国からは馬のエサと馬鹿にされることもあるのだが、ライスは俺たちの魂の食《ソウルフード》だ。

俺たちは一年、国元から離れ、その魂の食であるライスを口にしていなかった。暴走してしまうのも、仕方がないことだ。しかも、ここで食べるライスは、国で食べるライスよりも美味《うま》い。

俺たちがこの〝シャシャートの街〟に到着してから十日ほど経過しているが、ずっとカレーになるぐらいだ。

ライス単品もあるが、ライスはなにかと一緒に食べるものだからな。カレーで問題はない。

ちなみに、ナン派は、国で食べるライスよりも美味いことを認めたくない派だったりする。

ふう。

まったく、こんなに美味いライスをどうやって作っているのだ？　この街に来るまで、ライスの畑は見たことがない。魔王国がライスの生産を隠しているのか？　いや、それだったら店で出したりはしないだろう。

カレーの値段も高いとは言えない値段だった。つまり、このライスは魔王国では一般的なのだろう。いや、このあたりでは一般的と考えるべきか。

となると……〝シャシャートの街〟の周辺を調べれば、この地でのライス作りがわかるだろうか？

そう言えば、〝五ノ村〟の噂があったな。

一応、ちゃんとあるらしく、この街から一日ぐらいで着くと聞いている。複数人から聞いた情報なので、間違いないだろう。

〝五ノ村〟がライス作りの拠点の可能性はどうだろう？　ありえそうだな。

…………調べたい。だが、勝手はできない。俺は魔王国を調査するために、この場にいるのだ。私心は捨てろ。

…………。

ライスは、この〝シャシャートの街〟の大事な収入源ではないだろうか？　つまり、調べる対象？　そうじゃないかな。

俺は仲間に、ライスの生産地を調べる方針を提案した。仲間は反対しなかった。

ふっ、さすがだな。

しかし、全員で〝五ノ村〟に行くわけにはいかない。俺たちの目的は、王都とこの〝シャシャートの街〟の調査なのだから。〝五ノ村〟には選抜した数人で行けばいいだろう。

何人にする？　五人？　わかった、五人だな。よし、希望者を募集する。希望者の数が多ければ、クジを作れ。

「クジなんて嫌いだー！」

俺は〝シャシャートの街〟の広場で、叫んだ。

いつのまに俺の横にいたのか、強そうな魔族の男性に、すごくわかると頷《うなず》かれた。わかってもらえて、嬉《うれ》しい。どこの誰か知らないけど。

あ、野球の監督ですか。野球は聞いたことがありますよ。棒と玉でなにかする競技ですよね。

これから試合を？　それじゃあ、観戦させて……参加していい？　ですが俺は……なるほど、魔族だけではなく、人間も参加しているようですね。つまり、魔族も人間も関係なく楽しめるということ。

わかりました。頑張らせてもらいます。野球のルール、よく知らないけど。

……………。

〝五ノ村〟に調査に行くことはできなくて気落ちしたが、野球をやってすっきりできた。今度は、ホームランを狙ってやる。

っと、違った。仕事を忘れてはいけない。この街の調査だ。

だが、まだ序盤。危ない真似はせず、街で噂を拾うことに終始する。

なんでも、この街の北に、変なゴーレムが出るそうだ。

どう変なのかというと、ゴーレムなのにすごく速く動き、物を売ってくるとのこと。

たしかに変だ。まず、ゴーレムなんて、動きが遅いことの代名詞だ。それがすごく速く動く？

……………見てみたい。幸い、危険な存在ではないようだ。俺一人でも調べられるか？

いや、この街から北に行けば行くほど、危険な魔物や魔獣があらわれるという話だ。さらには、その突き当たりにある山には、竜が住む。これは俺の国まで届く、有名な話だ。

こちらから手を出さない限り、竜がなにかをしてくることはないだろうが……調べられる場所まで、行ってみるという感じでいいかな。

俺は仲間たちに、ゴーレムを調べたいと伝えた。頑張れと応援された。

………。

希望者、ほかにいないの？

閑話　ジョローの商隊　後編

私の名はリグロン＝アウエルシュタット。歴史ある伯爵《はくしゃく》の家系に生まれた男だ。まあ、長男ではないので、それほど責任はない。だが、家名に恥ずかしくないようにと厳しく育てられた。だから剣の腕には自信がある。

そして、そんな私は魔王国への潜入任務に従事している。ああ、潜入時の私の名はミックだ。

さて、私は同僚のダンに連れられ、〝シャシャートの街〟の北にある森に向かっている。なんでも、変なゴーレムを見たいらしい。

私は見たくないので一人で行けと言ったのだが、無視された。まったく、強引な男だ。私は街の南の海岸で行われている養殖《ようしょく》場とやらを調べたかったのに。

まあ、変なゴーレムの情報も、なにかの役に立つかもしれないから、まったくの無駄とは思わないが……。

「このあたりで探すか？」

私はそうダンに提案した。

〝シャシャートの街〟から、私とダンの足で五日ほど北に進んだ場所。普通の冒険者たちなら八日から十日ぐらいの距離だが……正直に言えば、これ以上は先には進みたくない。というか進めない。

これまでは森の中にある道に従って移動してきたが、この先の森は雰囲気が違う。危険度が跳ねあがっている。二人では危険すぎる。

少なくとも、二十人ぐらいで隊を組んで進むべき場所だ。なのに道は普通に続いている。まるで、死に誘《いざな》うかのように。

「そうだな。この先はさすがに危険だ」

ダンも同じ判断だったようで、一安心だ。あとはこのあたりで三日も探せば、変なゴーレムが見つからなくても、ダンは帰ろうと言い出すだろう。

願わくは、見つかってほしいが……。

変なゴーレムは見つけられなかったが、奇妙な街を見つけた。

街はそれなりの規模なのだが、生活している者どころか歩いている者すらいない。廃墟《はいきょ》だ。

そんな廃墟を奇妙と表現したのは、その街並みに対してだ。整った道、規則正しく建てられた家々。これまで商隊の一員として、魔王国の各地を巡ったが、目の前にあるような街並みを見たことはない。ここはなんだ？　捨てられた街か？　それにしては綺麗《きれい》すぎるように思えるが……。

私はダンを見る。

「ミック。俺の考えはこうだ。ここが変なゴーレムの拠点じゃないか？」

……なるほど。

廃墟で動き続けるゴーレムというのは、英雄譚《ものがたり》でも定番だ。

「この街を調べれば、変なゴーレムと遭遇できる可能性は高いと思うんだが、どうだ？」

この街を調べる？　それなりに広いぞ？　三日じゃ絶対に終わらない。

「おいおい、さすがに二人で全部を調べるのは不可能だ。だが……」

ダンが指差す場所を見る。

石で舗装《ほそう》された綺麗な通り？　なにもないが？

「なにもないってことはない。ゴーレムがいるなら、その痕跡《こんせき》が残る。そして、俺には痕跡が見える。ほら、ここ。誰かが通った跡だ。最近だな。まあ、ゴーレムとは限らないが…………状況的にはゴーレムだろ？」

なるほど。

こういった方面の技術では、私はダンにかなわない。競おうとも思わないが。

ダンは誰かが通った跡を辿《たど》り、一軒の屋敷に着く。この街の長《おさ》の屋敷だったのかな？　大きい屋敷だ。

私が屋敷の敷地内に歩《ほ》を進めようとしたら、ダンが止めた。

「そこに仕掛けがある。踏むと作動する」

…………。

「ミック。俺の踏んだ場所以外は、踏まないように」

わかったが、私はこの場で待機というのは駄目かな？　うん、駄目っぽい。


ここからの調査は、緊張の連続だった。どうして、こんなに罠《わな》があるんだと言いたくなるほどの罠があった。

ダンが罠を解除し、私がその解除した罠を外に運び出す。突破するのに三日かかった。

そして、辿りついたのは大きな部屋。罠がこの部屋を守るように配置されていたので、ここが重要な場所なのは間違いない。

大きな部屋の中にあったのは、大量の書物だ。使われている文字が古いので、なにが書かれているかは理解できないが、豪華な装丁《そうてい》から重要なことが書かれているのだろうと予想できる。

ここにある大量の書物が全てそうなのか？

「ダン、これは大きな発見だ。一度戻り、仲間を連れて来よう」

これらを調べるにしろ回収するにしろ、人手がいる。また、ほかにもなにかあるかもしれない。

「しかし、まだゴーレムを発見できていない」

ダンが渋るが、私は強引に屋敷から連れ出す。これだけ罠がある場所で、ゴーレムが自由に動けているとは思えない。わかっているだろ？

「まあな……って、あれはなんだ？」

ダンが屋敷の外にいるゴーレムを見て、大きく驚いた。

はははは、残念ながらあれはダンが期待しているゴーレムじゃない。屋敷の中でダンが解除した罠で俺が作ったオブジェだよ。

正直、あまり自由に動けない私は暇だったからな。どうだ？　驚いたか？

「驚いたよ。あれ、強力な爆発物だぞ？　それで遊ぶなんて……」

え？

「俺、運ぶときに絶対に落とすなって言ったよな？」

たしかに言ってたけど……。

「まあ、詳しく説明しなかった俺も悪かったけど……」

詳しく説明したら、私が運ばないと思ったのだろう。うん、聞いていたら運ばない。

ということで、もうあのオブジェには触らない。近づかない。

「近づかないっていうか、あんな風に集めたら街全部が吹き飛ぶ感じに…………まあ、いいか。わかった、一度、戻ろう」

〝シャシャートの街〟にいる仲間を説得する材料として、私とダンは一抱えもある大きな本を持ち出した。もちろん、お金にもなることも期待して。

大事な物だと言わんばかりに保管されていた本だから、無価値ってことはないだろう。


私とダンは〝シャシャートの街〟に戻った。

道中、四人組の冒険者たちとすれ違ったときは、どう誤魔化そうかと悩んだが、冒険者の何人かがダンの知り合いだった。全員が女性の冒険者パーティだが、実力はありそうだ。私たちが進めなかった森に行くのだろうか？

それにしても、ダンはいつのまに知り合ったんだ？　一緒に野球をした？　ああ、ダンがやったという棒で玉を打つ遊びか。遊んでいるだけかと思ったが、役に立つものだな。

「ミックもやってみないか？」

遠慮しておくよ。

「楽しいぞ」

わかったわかった。やる機会があったらな。とりあえず、先にこの本を仲間のところに運ぼう。

街に入るときに目立たないよう、夜に戻ったのだが……大きな本を運ぶ私とダンの姿は、逆に目立っているか？　昼にすべきだったか？

まあ、仲間のいる宿に行くまでだ。そう遠くない距離だ。

そう思ったのだが、邪魔が入った。

女性だ。妙に雰囲気のある女性。容姿から魔族だとわかる。いや、悪魔族か。

「……香《かぐわ》しい匂いがする……そなたらの持つ本。私に見せることを許可しよう」

戦う？　そんな判断はできなかった。

強いとか弱いとかの問題じゃない。存在の格が違いすぎる。この女性の機嫌を損ねれば、私とダンの命はない。本能がそう感じた。ダンも同じだろう。だから、私とダンは言われるがままに持っている本を差し出そうとした。

しかし、それを止める声。

「その本……どうやって？　いえ、それはあとにしましょう。その本の所有権は、こちらにあります。いくら貴女《あなた》でも、勝手に読むことは許しません」

私とダンの背後に立つ、執事《しつじ》服の男性？

あ、駄目だ。こっちも格が違う。死んだ。お父さん、お母さん、不出来な息子をお許しください。兄さん、あとのことはよろしくお願いします。ああ、もっと生きていたかった。

私は生を諦めた。


だが、神はいた。

「待った待った待ったぁぁぁぁっ！」

一人の男が、叫びながら私たちのもとにやってきた。そして、悪魔族の女性と執事服の男性を相手に構える。

「ご両人！　なにがあったかは知らぬが、この者たちに手を出すことは許さぬ！　ここは争わずに、収めていただきたい！」

この男、私たちよりは強いだろうけど、悪魔族の女性と執事服の男性よりは弱い。圧倒的に弱い。でも、頼もしい。誰だ？

ダンの知り合いだった。

「監督……」

「ふっ。選手を守るのも監督の務《つと》めでな。有望な守備要員を、危ない目には遭わせんよ」

野球仲間だそうだ。

…………。

この先、私はどうなるかわからないけど、生き残ったら野球をやろうと思う。

閑話　ジョローの商隊　完結編

悪魔族の女性と執事服の男性に挟《はさ》まれ、監督と呼ばれる男に庇《かば》われている現状。

この先、どうなるのか不安で仕方がない私の名はミックだ。うん、本名は言わない。最悪を考え、ミックで通す。

そんなふうに覚悟を決めていると、さらなる乱入者が現れた。

「このあたりで殺気を出されるのは困ります」

声は上から聞こえた。なので、視線を上に向けると、建物の屋根の上に誰かいた。その者は屋根の上から飛び降り、監督と呼ばれた男のそばに着地した。背が低い……メイド？

メイドは、まず悪魔族の女性に顔を向けた。

「〝五ノ村〟で禁止されていることは、〝シャシャートの街〟でも禁止ですよ。それとも、承知の上の行為ですか？　村長に言いつけますよ」

メイドの言葉に、悪魔族の女性は露骨に慌てたようだ。続いて、メイドは執事服の男性に顔を向けた。

「ここで暴れるということは、村長を敵に回す覚悟がある。そう考えてよろしいのですか？」

メイドの言葉に、執事服の男性も慌てた。最後に、メイドは監督と呼ばれた男に顔を向けた。

「無茶は止めてください。私が村長に叱られます」

監督と呼ばれた男は、すなおにメイドに頭を下げていた。このメイド、何者だ？

強さは……どう見ても、監督と呼ばれた男よりも弱い。しかし、この場を支配しているのはこのメイドだ。

背の低い、幼いメイド。

魔王国では外見通りの年齢ではないことは承知している。見た目通りの幼いメイドではないのだろう。そういえば、〝シャシャートの街〟を支配している幼いメイドの噂があったな。あれは本当だということか？

幼いメイドは個別に話を聞き、状況を確認していく。私たちも話を聞かれた。おもに本に関して。

どう話すか少し悩んだが、ここは生死の分かれ目だと本を手に入れた経緯を正直に話した。

私たちは魔王国の外からやってきた商隊の一員。〝シャシャートの街〟に少し滞在することになり、暇をしているところで変なゴーレムの噂を聞き、それを探しに北に向かった。そこで廃墟の街をみつけ、その街の屋敷にあった本を回収したと。

もちろん、私たちが魔王国の調査をしているのは黙っている。バレたら捕まるから。

打ち合わせをしたわけではないが、ダンも私と同じように判断し、同じような話をしているので疑われることはないだろう。

「冒険者登録はされていないのですよね？　となると、廃墟から物を持ち出すのは犯罪ですよ」

…………。

しまったぁぁぁっ！　そう言えば、そうだった！

世の中には、廃墟や廃屋が無数にある。珍しくない。昔、いろいろとあったから。

同時に、廃墟や廃屋に見える場所や建物も無数にある。珍しくない。常に綺麗な建物に住める者なんて、限られているから。なので、廃墟や廃屋と思って、勝手に物を持ち出すとトラブルになることが多い。

事実、多かった。

それゆえ、魔王国に限らず、ほとんどの国で建物の中や、敷地内から物を持ち出すのは犯罪と定められている。

しかし、そうすると廃墟や廃屋を放置し続けることになる。それではいろいろと不便が生じる。とくに、廃墟や廃屋にある貴重な古代の品を活用することができず、泥棒《どろぼう》が盗み出すのを待つしかない。それは問題だと例外が定められた。

それが冒険者。

冒険者として登録しておけば、廃墟や廃屋の調査名目で物を持ち出すことができる。当然ながら、調査前にそこが本当に廃墟や廃屋かを調べる必要があるので、調査前に報告義務があったり、調査後に獲得した物品の目録を提出するなどの面倒な手続きが課せられる。

この面倒な手続きを無視すると、冒険者であっても泥棒扱いとなるぐらい、廃墟や廃屋から物を持ち出すことには厳しい目が向けられる。

知ってた。知っていたのに忘れていた。ここがほかの国だという意識が強かったから。

また、最初の目的は変なゴーレムを探すことだったから。あと、私やダンは貴族。軍の一員。軍は、正当な理由があれば廃墟や廃屋から物を持ち出しても許されるというか…………誰も文句が言えない。

王すら、将軍から勝利のための一手ですと言われたら、黙る。さすがに貴族の持ち家とかなら問題になるが、廃墟や廃屋に見える建物なら問題にされない。だから……意識から抜けていた。私たちのやっている行為が、犯罪だと。

失敗。大いなる失敗。ど、ど、どうしよう。逃げる？

悪魔族の女性と執事服の男性の姿が視界にある。監督と呼ばれた男もいる。そして幼いメイド。この幼いメイド、監督と呼ばれた男よりも弱いだろうけど、私たちよりも強い……気がする。うん、逃げるのは無理だな。よし、諦めよう。

だが、ほかの仲間は巻き込まない。そう決意した。うん、ダン以外の仲間は巻き込まない。


まずは……謝罪だな。

「すみません。うっかりしていました」

本当にうっかりしていた。

「うっかりですか……あの廃墟の街は少し前に発見された場所で、優先権を主張する札《ふだ》があったと思うのですが、見ませんでしたか？」

優先権を主張する札？　そんなもの、あったかな？

「ミヨ殿。冒険者登録していないのであれば、札があったとしてもわからないのではないか？」

監督と呼ばれた男が、そうフォローしてくれる。幼いメイドの名はミヨというのか。覚えておこう。

「待ってください。あの場所は、私共で管理している場所です。優先権どころか、調査する権利もありませんよ」

執事服の男性が、そう言って話に入ってくる。

「あの場所はグッチさまが管理しているのですか？　ドライムさまに確認しましたが、知らないと言ってましたよ？」

「ドライムさまが就任する前の話ですから。ブルガかスティファノ、もしくはプラーダに聞いてもらえればわかったはずですよ」

「あー、すみません。ブルガさんとスティファノさんはククルカンさまのお世話で忙しく、話を聞けなかったのです」

「プラーダは？」

「〝五ノ村〟の一員と認識していたもので聞く発想に辿りつきませんでした」

「なるほど。まあ、私も少し忙しく動いていましたからね。お互いさまということで」

「そう言ってもらえると助かりますが……実は調査の先発隊がすでに出発していまして、そろそろ到着するタイミングなのです。あの場所に危険はありますか？」

「あそこで問題があるのは一箇所です。その一箇所を調べられない限りは、危険はありませんよ」

執事服の男性はそう言って、私たちを見た。いや、私たちが持っている本を見たようだ。

「その一箇所に、その本があったのですが……まあ、いいでしょう。その本をこちらに返していただけるなら、持ち出したことは不問にします」

え？　お咎《とが》めなし？　なら返す。即座に返す。ダンもそれでいいな？　駄目だって言っても返す。

悪魔族の女性が文句を言っているが、幼いメイドにブロックされているので意識しない。

「ありがとうございます。持ち出したのはこの本だけですね？」

そ、そうです。

「これは確認ですが……この本、読みました？」

読みましたが、読めない字だったので……。

「そうですか。わかりました。今後、あの場所には近づかないでくださいね」

もちろんです。すみませんでした。


私とダンは解放された。よし。よーし。この幸運に感謝！　私は生き延びた！

ここまで運んだ本を返したのは、正直に言えば少し惜しいが、命のほうが大事だ。問題ない。ああ、すごい疲労感だ。もうすぐ夜が明ける。

それなりに時間が経《た》っていたんだな。宿に着いたら、すぐに寝よう。隊長への報告？　変なゴーレムは発見できなかったでいいだろ？　余計なことは言わない。忘れろ。

そう、この一件に関しては全部忘れるんだ。でも野球は絶対にする。監督と呼ばれた男には、そのときに改めて礼を言おう。


昼過ぎ。

私はダンに起こされた。寝る前、絶対に起こすなと言ったのに、聞いていなかったのか？　ん？　どうした？　深刻そうな顔をして。なにがあったんだ？

ダンは黙ったまま、私を宿の外に連れ出した。そして北の方角を指差す。

遠くに黒煙が上がっているな。火事か？

「爆発だ。でもって、たぶん廃墟のあった場所」

……………。

どうして爆発したんだとは聞かない。ただ、爆発したのは私が作ったオブジェだと確信できた。

………………。

あの執事服の男性、怒るかな？　怒るよな。爆発させたんだもんな。

………………………………。

ここから、すぐに移動できる場所ってどこだろう？

「転移門と呼ばれる魔法の門をくぐれば、遠くに行けるらしいぞ。仲間が調べてくれていた」

そっか。

私とダンは、その転移門を使って逃げた。まあ、王都で幼いメイドに捕まったんだけどね。

その幼いメイドも、村娘っぽい人に捕まえられていたけど、どうしてなんだろう？

後日。

執事服の男性からは、感謝された。

なんでも、契約で縛られていて、自分では破壊できなかった物があの爆発で大半を破壊できたからだそうだ。

そうですか。いえ、怒っていないならいいんです。

お礼がしたいので、なにか希望はないか？　いえ、そんなつもりは……わ、わかりました。

では、あそこにいる悪魔族の女性をどうかしていただければ……ええ、あの爆発で貴重な品が失われたと、ずっと睨《にら》まれているんです。

閑話　ジョローの商隊　おまけ編1

俺の名はサーモス。サーモス＝タッチホン。本名だ。偽名《ぎめい》じゃない。

たしかに周りのみんなは偽名だが、俺は本名を名乗っている。

理由がある。面倒な理由が。本当に面倒な理由が。

俺はある日、上司から任務を与えられた。魔王国に潜入し、調査する任務だ。

潜入となると難しそうに思えるが、魔王国は意外と外部からの来訪者に寛容《かんよう》だ。堂々と騎士であると名乗っても入国できる。行動も制限されたりはしない。

事実、俺は過去に二回、騎士の身分を隠さずに魔王国に潜入し、無事に戻っている。だから、今回も簡単な任務だと思った。

しかし、そうではなかった。俺と一緒に潜入する仲間なのだが、六十人を超えるそうだ。

…………。

馬鹿じゃないかと思う。六十人は、ちょっとした戦力じゃない。ちゃんとした戦力だ。

小さな戦場なら、戦況を左右する可能性のある数だ。盗賊団や山賊が六十人となれば、それはもう軍が出動して対処する数だ。魔王国が外部からの来訪者に寛容だとしても、この人数がまとまって行動することを見逃したりはしないだろう。

俺は上司に抗議した。任務を成功させたいなら、数を減らせと。調査するだけなら、俺を含めて三人ぐらいで十分だ。

俺の上司も、六十人は多いと理解はしていた。しかし、俺の抗議は通らなかった。逆に俺の上司は困った顔をしながら、俺を説得しにきた。

曰《いわ》く、派閥の問題だそうだ。

派閥？　たしかに同行する者たちのリストを眺《なが》めると、多数の派閥が絡んでいるのが嫌でもわかる。

王室騎士団派、第一騎士団派、第二騎士団派、中央参謀派、南方防衛隊派……国を守るという目的は同じでも、その方法や手段で派閥が生まれていく。軍人としては、避けられない派閥問題。

だが、派閥を考えるのであればこそ、人数を減らして一つの派閥に任せるべきだろう。それが無理でも、王室騎士団派がいるならそっちに任せて……違う？　その派閥じゃない？

え？　じゃあ、どの派閥なんだ？　まさか、貴族関係？　それでもない？　それ以外の派閥となると……。

「魔王国に関する派閥だ」

上司の言葉に、俺は黙ってしまった。

魔王国に関する派閥。簡単に言えば、魔王国とどの姿勢でつき合うかで分かれた派閥だ。

実は我が国と魔王国は国境が隣接しているわけではないが、交戦中だ。

なぜかと言えば、我が国の代々の王が、王に就任したときに魔王国を絶対に滅ぼすと宣誓しているから。それに反対する貴族もいないので、我が国は魔王国とは完全敵対姿勢で統一されている。

なので、派閥とかはなかった。魔王国とは完全に敵対。それだけだ。

ところが、最近というか……八年～九年ぐらい前からかな？　王の方針がぶれた。

「……あれ？　どうして我が国って、こんなに魔王国を憎んでいたんだ？　魔族が憎い？　そんなことはないなー。我が国にだって、亜人種は暮らしているわけだし」

王は、魔法にでもかかったかのように、魔王国に対する敵対姿勢を崩し始めた。いや、これまでが変な魔法にかかっていて、それが解けた感じなのかな？

ともかく、王の方針がぶれると、国全体を覆っていた魔王国とは敵対して当然という空気が薄れていった。

正直、魔王国と無理に戦争しなくてもいいんじゃないかな。王はそう思っているようだ。

だったら、素直にやめればいいじゃないかと思うのだが、そう簡単にはいかない。なにせ、魔王国との敵対姿勢は自国の長年の方針であり、経済の大半がその方向で動いている。急な方向転換は、国が滅ぶ。

そして、さらに面倒なのは周辺国と手を組んで魔王国と敵対姿勢を取っていたことだ。手を組んだのは一国、二国ではない。魔王国以外のほとんどの国と手を組んでいる。

そうなると、いきなり我が国だけが手の平を返して、魔王国との戦争を止めますとは言えない。言ってはいけない。

言うと、周辺国から攻められる。

しかし、敵対姿勢のまま放置もできない。国境を接していないにしても、海で繋がっている。魔王国が大規模な遠征軍を組織して、海から我が国に攻め込んでくる可能性がまったくないわけではないからだ。

だが、どうしようもなかった。魔王国と敵対する気はないが、周辺国との関係から敵対姿勢を崩すわけにもいかず、身動きがとれない。それが我が国の現状。

そんな現状なので、派閥が生まれた。

現状維持《いじ》でなんとかなるさ派。周辺国なんか無視して魔王国に頭を下げよう派。魔王国と同盟すれば全て解決する派。先人の言を守って魔王国と戦い続けよう派。国を捨てて逃げよう派。ほか細かく多数。

一応、王が現状維持でなんとかなるさ派だったので、我が国はなにもしなかった。

それが急にどうして？理由は一つ、王の年齢。

現在の王は七十を超え、僭越《せんえつ》ながら、そろそろ引退を考えてもおかしくない。後継者にも問題はない。後継者指名を受けた王子は健康で優秀だ。少なくとも煽《おだ》てる取り巻きの言葉を真面目に受け止めるほど無能ではない。

問題は、後継者の王子が王になったとき、魔王国を絶対に滅ぼすと宣誓するかどうか。

これまでも宣言していたのだから、気にするほうがおかしいのかもしれないが……宣誓は敵対行動になる。

宣誓してしまうと、当面のあいだは魔王国と交渉ができなくなってしまう。魔王国も、絶対に滅ぼす宣誓をされた次の日に、仲良くしようと言われても信用できないだろう。

だから、魔王国と揉めたくないのであれば、宣誓はしないほうがいい。しかし、宣誓しないと周辺国から疑われる。これには現状維持でなんとかなるさ派も困った。

そこで、俺の出番となった。

魔王国に潜入し、調査するのは名目だけ。俺の本当の目的は、魔王国との交渉窓口を作ること。

そして、できれば、可能であればだが……我が国が万が一、魔王国を絶対に滅ぼすと宣誓しても、それはポーズだけで実際には敵対したくないと魔王国に伝えることが任務となる。

なるほどと納得。

とても面倒な任務だ。それゆえ、もう一度確認しておきたい。

その面倒な任務なのに、なぜ同行者が六十人を超える数になったのか？

今回の派遣は現状維持でなんとかなるさ派の主導だったのだけど、それをほかの派閥が嗅《か》ぎつけ、勝手な交渉をしないように見張るために人が増えていったそうだ。

…………。

つまり、同行者の大半が俺の本当の任務を妨害《ぼうがい》する役目ということかな？

上司の言葉では、妨害ではない、見張るだけだ。そして、大半ではない、半分ぐらいだそうだ。

慰めにもならない。

まあ、人数を逆に利用して、商隊に扮すれば魔王国に潜入するのは可能かなと考えていると、いきなり王都に行くのは目立つから、遠回りして行けと言われた。

簡単に言ってくれる。

第一、六十人を超える集団の段階で、魔王国で目立つのは覚悟の上でしょう？　違う？　他国の監視から逃れるため、目立たないほうがいい？

他国って……我が国が独断で魔王国と仲良くしないようにってことですか。

そこも妨害に来る前提で行動しよう。


大きなため息がでる。しかし、これも仕事だ。やるしかない。気合いを入れる。

まず、商隊に扮するために商人の協力が必要だな。

俺は商人に協力を要請した。断られた。魔王国が怖いそうだ。

長年の敵対姿勢のため、魔王国は悪の巣窟と思われているからなぁ。

…………。

魔王国と交易している商人は、魔王国がそうじゃないって知ってるだろうがぁ！

「交易しているから、そんな面倒なことには関わらないんですよ。出入り禁止になったらどうするんですか」

交易商人よ。正論は誰も喜ばない。喧嘩《けんか》になるだけって覚えておこう。

仕方なく、旅商人に協力を要請した。快《こころよ》く引き受けてくれて助かった。

そして魔王国に所属する船に乗り、俺たちは魔王国に出発した。


俺の名はサーモス。サーモス＝タッチホン。俺が偽名を使わないのは、面倒な使者の役目があるからだ。

はぁ。まったく、魔王国に窓口を作る手段は全部、俺に任せるって……。

言うのは楽だよなぁ。

なんだかんだ一年ほど旅してやっと〝シャシャートの街〟に到着し、この街で二十日が経過した。

しかし、窓口となりそうな人物とは接触できていない。

〝シャシャートの街〟の商人に探りを入れても、駄目な雰囲気ばかりだ。王都に行く前に、きっかけぐらいは作っておきたいのだが、どうしたものか。

「サーモス、どうした？　飯、食わないのか？」

食べるよ。チキンカレーは至高だ。

ん？　少し離れた席で、仲間のダンとミックが見知らぬ者たちと食事している。大人と子供が混じっているが……ああ、野球仲間か。

俺も任務がなければ、あんな風に気楽に遊ぶんだけどなぁ。おっと、いかんいかん。ダンとミックも、気楽に遊んでいるわけじゃない。情報収集を頑張っているだけだ。幼いメイドとじゃれているようにも見えるけど、あれも情報収集の一環だろう。

俺も、もうちょっと頑張るとしよう。

1 のんびりする秋

秋。

村のあちらこちらで、武闘会に向けた訓練が行われる季節。みんな、頑張っているようだ。

ん？　俺は訓練をしないのかと？

しない。みんな、この時期の訓練は力が入っていて、素人が参加すると危ないからな。怪我《けが》はしたくない。


なので、俺は暇そうにしている者たちとのんびりする。

メンバー紹介！

頼もしき一人目、甘味大好き妖精女王！

強き二人目、鷲《わし》の庇護《ひご》下《か》でぬくぬく生きるアイギス！

不屈《ふくつ》の三人目、酒こそが我が人生、酒スライム！

知恵の四人目、自動開閉機能付き、四千五十一番の箱！

自由の五人目、低空の支配者、空飛ぶ絨毯《フライング・カーペット》！

そして、緊急参加の六人目、偶然通りかかった鬼人族メイドの美しきナンバーツー！　ラムリアス！　以上！

…………………。

ラムリアスよ。まともに会話できるのが自分と妖精女王だけって言わないように。

「甘味ー、甘味ー」

…………………。

まともに会話できる者が自分だけって言わないように。ちゃんとコミュニケーションをとれるから。大丈夫だから。

いつも暇そうにしているクロとユキはどうしたって？　訓練している子供たちの様子をみているよ。誘えばこっちに参加してくれるだろうけど、クロとユキが珍しくリーダーシップを発揮しているからな。邪魔をしたりはしない。

猫？　姉猫たちは虎のソウゲツから離れないし、妹猫たちは魔王が来るのを待ってる。父猫のライギエルと母猫のジュエルは、夫婦で仲良くやってる。邪魔はできないだろ。

いや、俺への気遣いは無用だ。誰かを無理に連れてくる必要はない。うん、本当に。のんびりするだけだから。大丈夫。本当に大丈夫だから。

ラムリアスは心配性なのか、ただ俺を子供扱いしたいのか……まあ、どちらでもいいか。のんびりしよう。

コンセプトは、秋風を楽しむ。

といっても、日当たりのいい場所にテーブルと椅子を設置し、簡単な食事を楽しむだけだ。ああ、妖精女王と酒スライムがいるから甘味と酒を忘れてはいけない。ないと不貞腐《ふてくさ》れるからな。

俺が用意しようとしたら、ラムリアスが素早く動いて俺をブロック。

…………わかった、ラムリアスに任せよう。

少ししてラムリアスが持ってきたのは、紅茶とクッキー。

俺と妖精女王は当然として、アイギス、酒スライム、四千五十一番の箱、空飛ぶ絨毯の前にも、ちゃんと置いている。

あれ？　酒スライムの前にも紅茶カップが置かれている？　酒は？　酒スライムの紅茶カップだけ、ほかの者より中身が少ないけど……同じ紅茶だよな？

俺の疑問に応えるように、ラムリアスは小さな壺《つぼ》を取り出し、酒スライムの前の紅茶に注いだ。なるほど、その小さな壺の中身が酒か。ブランデー入り紅茶みたいなものだな。いや、あの分量だと紅茶の酒割りかな？　酒スライムが文句を言う気配がないので、問題ないのだろう。

クッキーは作り置きだが、味に問題はない。紅茶に合う。さすがラムリアスのチョイス。

四千五十一番の箱と空飛ぶ絨毯は飲み食いできないだろうけど、雰囲気を楽しんでくれ。

はいはい、四千五十一番の箱は紅茶とクッキーを中に入れてほしいのね。了解。

空飛ぶ絨毯は…………置いてある紅茶カップと、クッキー皿の下に無理やり入ろうとしているな。テーブルクロス引きの逆バージョンかな？　いやいや、絨毯はそれなりに厚いから、入れるのは無理だろう。クッキー皿はともかく、紅茶をこぼすと染みになるぞ。置いてやるから無理するな。

妖精女王、自分の分を食べたからって、空飛ぶ絨毯のクッキーを狙わないように。俺のをわけてやるから。

酒スライム、ラムリアスの持つ酒の入った小さい壺から視線を外すんだ。え？　思いのほか、いい酒だった？　そうだとしてもだ……わかったわかった、あとでドワーフに頼んでやるから。

アイギスは……大人しくちゃんと飲んでるな。なにも問題はない。

問題はないのだが……紅茶カップ、翼で持てるのか？　器用だな。いや、問題はないぞ。

ん？　ラムリアス、どうした？

「その……村長はのんびりできてます？」

のんびりしているぞ。ああ、のんびりしているさ。

自分に正直に。反省。

のんびりできなかった。楽しくはあったが。

なにが悪かったのか？　人を集めすぎたことだろうか？

次の日、ラムリアスのプロデュースでのんびりすることになった。

窓が大きく日当たりのいい屋敷の一室、ソファーを窓際に設置し、そこで寝転がる。

たしかに、のんびりだ。

ん？　ああ、枕《まくら》か。このまま頭をあげればいいんだな。

枕を差し込んでくれるのかと思ったら違った。ラムリアスが膝枕してくれた。

…………のんびり。

ところで、部屋の外が賑《にぎ》やかだが？

「村長の独占を許すなー！　突入部隊前へー！」

「ラムリアスさまのためにここは死守！　鬼人族メイドの底力、見せてやれ！」

俺が気にしたら、ラムリアスが防音の魔法で部屋の外の音をカットした。

…………。

部屋の扉が突破されるまで、のんびりするとしよう。

閑話　ジョローの商隊　おまけ編2

俺の名はサーモス。サーモス＝タッチホン。

生《なま》の魚を食べることに抵抗があったのだけど、食べてみるとこれはこれでありじゃないかなと思い始めている男だ。

…………。

この醤油《しょうゆ》という調味料、どこで手に入るんだ？　持ち帰りたいんだが？

問題が発生した。

〝五ノ村〟に調査に向かった五人が、戻ってこない。転移門なる装置の利用者の数を考えて、多少の遅れはあるだろうとのんきにかまえていたのだが、戻って来る予定の日から、すでに二日が経過している。

俺たちのいる〝シャシャートの街〟から〝五ノ村〟までは、転移門を使わなくても一日で移動できる距離と聞いている。転移門なる装置でトラブルがあったとしても戻ってこないのはおかしい。

〝五ノ村〟でなにかあったのか？　追加の人員を〝五ノ村〟に送るべきか？　判断に悩む。

だが、俺はこの商隊の隊長ではない。多数の派閥の人員で構成されたこの商隊の隊長は、雇われた旅商人のジョロー。ジョロー隊長の判断に任せるとしよう。

その隊長は……あれ？　どこに行った？　いつものこの時間なら、《マルーラ》と呼ばれる大きい食堂でカレーを食べているのだと思ったが……仲間がいたので聞いてみた。

「隊長なら、何人か連れて〝五ノ村〟に行ったぞ」

…………いつ？

「昨日」

………………俺、聞いていないのだけど？

「近くにいた者だけで行くことにしたんじゃないか?」

なぜ、そんな勝手な行動を。

「一人で行動したら勝手な行動かもしれないけど、何人か連れて行ったんだから勝手な行動じゃないだろ?」

たしかにそうだが……むう。

「あと、俺も明日、〝五ノ村〟に行くぞ」

目的は?

「野球観戦。ほら、ダンとミックがやっているやつ。明日は〝五ノ村〟でやるから、応援に来いと言われた」

…………。

俺も同行していいか? いや、野球が観たいわけじゃない。先行した仲間を探すのと、隊長たちと合流するのが目的だ。


〝五ノ村〟。

小さい山に密集してできた街のようだが、一瞬、巨大な城にもみえた。

計算されて作られているのか? 〝五ノ村〟は想像していたよりも栄えている。活気に溢《あふ》れていると言うべきか。人が多い。これは〝シャシャートの街〟以上かもしれない。

目立たないように一人で行動しているのだが、失敗だった。この村から先行した仲間や隊長たちを探すのは至難の業《わざ》かもしれない。

ええい、なぜ村と呼んでいるんだ。街でいいだろう、街で。

そう文句を言っていたら、先行した仲間と隊長たちは、すぐに見つかった。

まず、隊長たちは〝五ノ村〟の麓《ふもと》にあるイベント施設で開催されていた、隠れている相手を探す遊びに参加していた。かなり楽しんでるようだ。隊長に同行した仲間たちは、観覧席にいる俺の姿を見ても気にせず遊び続けているからな。

遊びじゃない？　これは訓練？　そうだとしてもだな……。

優秀な成績だと賞品が出る？　おいおい、貴様はそれでも栄光の第二騎士団の団員か？　賞品に目が眩《くら》むとは……　〝五ノ村〟にある美味しい店の食事券？　頑張れと応援しておこう。わかっているよな？　仲間の物は、みんなの物だぞ。

応援したのに、賞品を獲得できない不甲斐ない仲間に失望しながら、俺は隊長たちと合流した。

隊長、街を離れるなら仲間全員に伝えていただきたい。たとえ、すぐに戻るつもりだったとしても……伝言を残している？　あれ？　俺には伝わっていませんが？　どのように残しました？

ダンとミックに伝言を頼んだと。なるほど。隊長を責めたのは間違いでした。すみません。

問題のあった二人は隣のスタジアムにいますので、殴っておきます。ええ、例の野球です。

隊長たちの目的は先行した仲間の探索だったが、まだ見つかっていない。残念。

とりあえず、隊長たちとスタジアムに向かい、俺に伝言を伝えなかった二人を殴ろうとしたのだが、監督と呼ばれる男に止められた。試合のあとにしてくれと。仕方がない。

俺は隊長たちと別れて、先行した仲間たちを探すことにした。

そして、その先行した仲間たちだが、彼らはラーメン通りなる場所で見つけた。

彼らはなぜか店員をやっていた。いろいろな店で。

…………。

全員、集合。はい、こっちに集まって。店長さん、すみません。ちょっと借ります。

あー、まさかと思うが、食い逃げの罰か？　違う？　弟子入りを希望した？　全員？　全員ね。

なるほど。

…………。

ごめん、ちょっと考えたけど理解できない。

弟子入り？　なにゆえに？　いいから、黙って親方のラーメンを食べてみろ？　食べろというなら食べるが……。

まて。ちらっと見たが、あのサイズだとどれだけ頑張っても二杯までしか食べられん。たくさん持ってこられても……小《ミニ》サイズのラーメンがある？　いろいろな味を楽しみたい人のために考案されたと。親切だな。

わかった。とりあえず頑張って全部食べるから……食べさせる順番で揉めるなら、クジを作れ、クジを。

ミニサイズとはいえ、五杯も食べると腹が苦しい。

弟子入りの気持ちは理解した。たしかにラーメンは美味い。俺だって弟子入りしたいぐらいだ。

だが、受け入れられない。

大きな声では言えないが、俺たちには使命があるはずだ！　それを忘れたのか！　とくに貴様、先人の言を守って魔王国と戦い続けよう派だろ！　弟子入りなんかしている場合じゃ……簡単に主義を変えるな！　頑張れ！　貴様はもっと強情だったろうが！　そっちの貴様も！　魔王国と同盟すれば全て解決する派なら、魔王国との関係改善の糸口を探す努力をしろよ！　ラーメン作りを極めれば、それも可能？　ラーメンは美味いが、そこまで万能じゃない！　ただの料理だ！

あ、ごめん。ただの料理は言いすぎた。うん、ごめん。本当にごめん。ラーメン、美味しいよな。ただの料理じゃないよな。いや、俺もちょっと興奮したから……。

あー、ごほん。仕切り直してだ。

さすがに、いきなり辞めるとか言い出すと迷惑だろうから、少しの間は見逃すが……十日後には〝シャシャートの街〟に戻るように。しぶしぶ返事をしない！

いいか、絶対だぞ。俺との約束だからな。よし、解散。

ん？　なんだ？　どのラーメンが美味かったかだと？

…………。

それ、答えると喧嘩になるやつだろ？　カレーで学習した。だから黙秘する。

夜。

俺は〝五ノ村〟のとある酒場にいた。ダンとミックを殴りに行ったら、監督と呼ばれる男にまた止められ、試合後の宴会に誘われたのだ。それで殴ることを許してやれということだろう。面倒見のいい男だ。

まあ、殴っても俺の気が済むだけだしな。二人も反省しているようなので許した。

おっと、宴会に釣られたわけではないぞ。これも情報収集の一環だ。

しかし、ろくに試合を観ていないので遠慮は忘れない。宴会の趣旨は、野球の試合に勝利したことを喜ぶことだそうだからな。俺は会場の隅で、余った物をいただくことにする。

そう思っていたら、この宴会には試合を観ていない者も多数参加していた。ジョロー隊長とか、ほかの仲間の姿もある。

…………。

俺の遠慮が小さくなっていく。

肉、美味い。酒、美味しい。いつの間にか、会場の隅から真ん中寄りの場所に来ていた。

おっと、注《つ》いでいただき、ありがとうございます。

えーっと……遠方から来られた村長さん？　お若いのに大変ですねー。ははは。いやいや、俺は野球のことはほとんど……野球はあそこの二人がやっているのです。

俺はその二人の仲間でして。商隊で働いています。しばらくは〝シャシャートの街〟に滞在予定ですけどね。

ところで、貴方《あなた》が来られると同時に縛られて連れていかれた女性がいましたが……。

はぁ。子供の手が届くところに危険物を置いたと？　それはいけませんな。しっかりと注意しなければ。はははははは。

俺の名はサーモス。サーモス＝タッチホン。

魔王国との交渉の窓口となる相手を探している男。そして、朝、二日酔い対策に食べるラーメンの美味さに感動している男でもある。

2 圧迫《あっぱく》

現在、屋敷の一室にて、文官娘衆の一人とヴェルサがザブトンの説教を受けていた。

いや、ザブトンはなにも言っていないから説教ではないな。とくに動いているわけでもない。

ただ、見ている。じーっと見ている。

それに対し、文官娘衆の一人とヴェルサはただ平伏《へいふく》しているだけ。

いや、ヴェルサがなんとか動こうとしているが、動くとザブトンが足で床を叩き、ヴェルサは平伏の姿勢に戻る。

なんだこれ？

うーん。……………圧迫かな？

その圧迫が長時間続いているので、周囲に影響を与えている。

どのような影響かというと、まずは猫たち。

父猫、母猫、姉猫、妹猫、虎のソウゲツは〝大樹のダンジョン〟に避難《ひなん》した。ソウゲツはともかく、猫たちは猫とは思えない統率のとれた団体行動だった。

次に中庭の鶏たち。

普段の鶏たちは自由に動き、それなりに賑やかなのだが、今日は小屋に籠《こ》もって身動きしない。

死んだふり作戦のようだ。

フェニックスの雛《ひな》のアイギスと鷲は、早朝に森に狩りに出かけた。

出かけたのはザブトンが圧迫する前だったから、野生の勘だろう。残っていたのか、野生の勘。

まあ、残っていたとしても鷲にだろうけど。

牧場エリアに、牛、馬、山羊《やぎ》、羊たちの姿はない。全て温泉地に避難した。最近やってきたペガサスたちだけが取り残されて、慌てている。連れて行く余裕はなかったのかな？

温泉地では山羊たちがライオン一家に囲まれ、とても大人しくしていると報告を受けている。今度、牧場エリアにライオン一家を招待してみようか？　そうすれば、山羊たちも大人しくなるかもしれない。

居住エリアの世界樹《ユグドラシル》に住む巨大な蚕《かいこ》たちは、世界樹を盾にして屋敷から隠れ、防御姿勢で一箇所に固まっている。

同じく、果樹エリアの蜂たちも、一箇所に集まっての防御姿勢。

花畑の妖精たちは……いない。どこかに隠れているのかな？

ため池のポンドタートルたちは……池の底から上がってこない。

それどころか、魔法でため池を凍らせて壁を作ろうとしている。それは勘弁してくれ。この時期にため池の水が使えなくなるのは、いろいろと困る。

こんな感じの影響。

ちなみに、子供たちは座学の時間なのだが、急遽《きゅうきょ》予定を変更して村の南にあるレース場で魔法の実技練習をしている。担当教師であるグーロンデの防御魔法で守られながら。

ザブトンが圧迫している原因はわかっている。

文官娘衆の一人が、ヴェルサの書いた本を子供の手が届く場所に置いたからだ。

まあ、あれだ。男性同士の。危険物。

子供が手にする前に発見されて回収されたが、だからといって許されることではない。ザブトンがそれを知って怒り、本を置いた文官娘の捕縛《ほばく》命令が出された。

捕まえたのは〝五ノ村〟でこっそり活動しているザブトンの子供。文官娘は魔王になにか交渉事があったようで、〝五ノ村〟の《酒肉ニーズ》にいた。

さすがにそこでザブトンの子供たちが捕まえるとトラブルになるので、俺が呼ばれ、俺の命令で捕まえることになった。《酒肉ニーズ》で楽しんでいた魔王たちには、騒がせて申し訳なかった。

まあ、その席で商隊の人たちと話ができたのは有益だったけど。

本を置いた文官娘は頑張って粘《ねば》ったが、翌日の朝には〝大樹の村〟に戻され、ザブトンの前に。

ヴェルサは騒動を知り、その文官娘の減刑を求めて、一緒に圧迫を受けている。

趣味はあれだが、同志を見捨てない姿勢には、感心する。

そして、朝から続いている圧迫は昼を過ぎている。ドースたちから、そろそろ止《と》めたらどうだと言われるが、俺は悩んでいる。本の内容が内容だからな。

読むことも書くことも規制する気はないが、子供が手にするのは早い内容だと思う。子供の手が届くところに危険物を置いたことは、十分反省してもらいたい。

結局。

夕食のときに、俺がザブトンに頼んで終わらせた。

圧迫が終わっただけで、ザブトンの怒りは鎮《しず》まっていなかった。〝大樹の村〟にあるヴェルサの趣味関係の本が、全て集められた。

所有者はいろいろと偽装して本を保管していたが、ザブトンの子供たちが次々と見破って回収していった。けっこうあるな。

ヴェルサは約束を守って〝大樹の村〟では趣味に関わる行動をしていないが、知らないうちに浸《しん》透《とう》しているということか？　違う？

成人男性が女性に興味を持つように、成人女性は男性同士の関係に興味を持つ？　ヴェルサがいなくても自然とそうなっていたと？　そんな馬鹿な。

…………。

そんな馬鹿なと信じたい。

ザブトンはこの大量の本を全て燃やすつもりだったが、焚書《ふんしょ》はよくない。文化の破壊だ。守るべき価値があるのかと聞かれると返事に困るが、それを判断するのは俺ではない。なので、俺は止めた。

ヴェルサ、俺はお前の趣味の保護者になる気はないから、持ち上げないように。

焚書をまぬがれた本は箱に詰められ、海岸のダンジョンの先にあるヴェルサの屋敷に運び込まれることになった。あそこなら、多少増えたところで影響はないだろう。海にコップの水を捨てるようなものだからな。

ヴェルサの屋敷までの輸送は始祖さんに頼むとして、それまでは厳重にザブトンの子供たちに見張られ、屋敷の一室に。

これでこの件は終わり。


ザブトンの圧迫がなくなり、村は普段の様子を取り戻しつつあった。

…………。

太っていた女王蜂、少し痩《や》せた？　痩せたんじゃなくて、やつれた？　なるほど。

いや、俺に文句を言われても……わかったわかった。

えーっと、ザブトンに言うのは違うな。ザブトンが怒らないように、注意しておくよ。

でもって、兵隊蜂よ。女王蜂のダイエットのためにザブトンを連れて来てくれと頼まれても困る。

第一、お前たちも怖がっていただろ？　ちがう？　あれは相手を油断させるための死んだふり？

わかったわかった、そういうことにしておこう。

閑話　本を置いた文官娘

失敗した失敗した失敗した。

私の名はララベルラルー。家名はラーベルラ。合わせてララベルラルー＝ラーベルラ。

〝大樹の村〟で文官娘衆と呼ばれる一団の一員。ええ、つまりは魔王国に属する貴族の娘です。

失敗しました。


はい、実はヴェルサさま趣味全開の本を安易な場所に置いてしまい、それを回収する前にほかの方々にバレてしまったのです。

大きな失敗です。

魔王様と大事な交渉があったので〝五ノ村〟にいたのですが、村長によって捕まりました。

魔王様は助けてくれませんでした。酷《ひど》いと思います。

そして、現在、ザブトンさんが私の前にいます。

安易な場所……子供たちの手が届くところに置いたのは本当に反省です。読む前だとはいえ、叱られても仕方がありません。反省しております。

なので私はザブトンさんの前で頭を下げ続けます。

私の横では、事情を知ったヴェルサさまが同じように頭を下げています。

………申し訳ない気持ちでいっぱいです。

しかし、言い訳をさせてください。急に仕事が入ったのです。そうです本を読んでいるときに。

だから私は本を置いて仕事を優先させただけなのです。

そう叫びたいのですが……言えません。ザブトンさんの圧が強すぎます。

それに考えてみれば、仕事に行こうが本をちゃんとした場所に置けばいいだけですからね。適当な場所に置いた私が悪いのです。大反省。


許されたのは夕食のときでした。

ただ、ヴェルサさま趣味の本は許されず、屋敷中の本が集められて焼かれることに…………なりそうなところを村長が止めてくれました。どのような本でも、焼くのはよろしくないと。さすが村長です！

ヴェルサさま趣味の本はヴェルサさまのお屋敷に置かれることになりました。よかったよかった。

そして、同好の士たちに謝罪です。すみません。監視の目が厳しくなりました。改めて、陰《かげ》で楽しむようにしましょう。

ん？　ええ、本は全て提出しましたよ。村長から出すように言われましたから。嘘は吐いていません。では、どうやって楽しむのか？　決まっているではないですか。創作の心は誰も止められないのですよ。

まあ、暇なときだけですけどね。忙しいときはさすがに自制します。

さてさて。

本業……いや、本業は〝大樹の村〟の文官でした。副業の魔王国のために情報を収集する仕事をします。

おっと、勘違いしないでくださいよ。〝大樹の村〟の不利益になるようなことは、一切していません。魔王様から、するなと厳命もされていますし、村長にも伝えています。隠れての行動なんてしていません。

私が情報収集をやっているのは、〝大樹の村〟に迷惑をかけないためです。結果、魔王国のためになるということです。

そんな私が最近、主に収集しているのは〝五ノ村〟関係ですね。

ええ、監視すべき相手が多すぎますので。

まずは聖女のセレスさま。次に剣聖のピリカさま。でもって白銀騎士《シルバーナイト》、青銅騎士《ブロンズナイト》、赤鉄騎士《アイアンナイト》。聖騎士シュナイダーことチェルシーさま。あと、滅んだとはいえエルフ帝国の皇女キネスタさままでいますからね。要注意人物だらけです。

まあ、それを上回る要注意人物、功名と悪名がバランスよく高いヨウコさまや、正体不明のマスコットキャラ、ファイブくんがいますから、いろいろと霞《かす》んでしまいますけどね。はははは。ファイブくんに中の人などいません。

え？　プラーダさま？　プラーダさまを監視するなんて、できるわけないでしょう！　ヴェルサさまとか、無理無理。あの人たち、ただの悪魔族じゃないんですよ。古《いにしえ》の悪魔族です。

魔族と古の悪魔族の間にはそれはもう血塗《ちぬ》られた歴史がありますが、最終的に古の悪魔族は去ったので魔族の勝利と歴史書には書かれています。ですが、それは魔族の勝利ということではないのです。

正直に言うと、魔族は古の悪魔族にまともに相手にされていません。無駄に抵抗する邪魔な存在ぐらいの認識だと思います。一部、頑張った魔族もいるのですよ。戦ってなんとか生き延びたとか、怪我ですんだとか。そういった魔族の血脈がいまの魔王国の貴族です。つまり、私のご先祖様はすごいということですね。

ですが、だからといって私が古の悪魔に喧嘩を売る必要なんて、欠片《かけら》もないと考えています。昔は知りませんが、いまは友好的なのですからそれでいいじゃないですか。

なので監視しません。余計な真似をして怒らせたらどうするのですか。魔族が滅ぼされても責任持てませんよ。魔王様なら古の悪魔族が相手でもなんとかするかもしれませんが……何度、シミュレーションをしても、魔王様が村長に泣きつく姿が見えます。もう村長が魔王でいいんじゃないかな？　いや、大魔王かな？

ともかく、監視する相手は選んでいます。私は優秀ですからね。でもって、今回は監視ではなく情報収集。

今回、私が情報を収集する相手は、ジョローの商隊を名乗る人間の国からやってきた商隊です。商人の率いる隊で商隊、隊商ではないので注意です。商隊と隊商の違いはよく知りませんが。商隊は旅商人のスケールアップ版みたいな感じですね。隊商も似たようなものだと思いますけど。商隊を名乗っているのですから、商隊でいいじゃないですかと私は思います。

そのジョローの商隊が情報を収集する対象になったのは怪しいからではありません。あの商隊は、〝シャシャートの街〟に到着する前にすでに調査が終わり、問題なしとの判断がされています。ええ、父や兄による調査です。大丈夫でしょう。

それなのに私が改めて調査するのは、その商隊のなかに危険人物に似た者がいるとの情報を入手したからです。

正直、そんな情報は山のように入るので全部を真面目に調べたりしないのですが、今回は万が一を懸念しました。

なにせ伝承《でんしょう》に残る者の異名、【病魔】の文字がありましたからね。ただのそっくりさんならかまわないのですが、本物だったら困ります。あと、本物だったら父と兄を罵倒《ばとう》します。許しません。

その【病魔】が本物でも、なにもしないのならいいのです。私が戦う必要もありません。もし戦う事態になったらすぐに逃げますよ。ええ、勝ち目がないですから。〝五ノ村〟であるなら、ヨウコさまのもとまで逃げ切ればなんとかなるでしょう。

〝大樹の村〟まで逃げたいですが、【病魔】を〝大樹の村〟に呼び込むことになるのであまりしたくありません。あの村、【病魔】よりも怖い人たちがいますからねー。誰とは言いませんが。

なんにせよ、調査開始……の前に、グッチさまに報告しておきたいですね。

ええ、【病魔】は古の悪魔族です。グッチさまにお伝えしておけば、本物であってもなんとかしてもらえるでしょう。

ですが……グッチさま、最近は〝大樹の村〟に姿を見せません。

仕方がありません。連絡しやすいヴェルサさまに伝えておきます。執筆活動の邪魔にならなければいいのですが……【病魔】が本物で暴れたら、執筆活動の邪魔になるかもしれませんからね。

用心のできる私は、優秀なのです。

閑話　ジョローの商隊　おまけ編3

パン職人の朝は早い。

〝シャシャートの街〟の真ん中にある古びた工房。最近、建て増ししたパンの販売所がよく目立つ。

ここがパン職人の職場だ。

日が昇る前から数十人の職人が集まってくる。なかには泊まり込んでいた者もいるようだ。声を出しての挨拶はない。日が昇る前では、近所迷惑だからだろう。ハンドサインで挨拶を交《か》わし、職人の一日が始まる。

それを見ている俺の名はサーモス。サーモス＝タッチホン。

朝、一番でできたパンを購入するために、日が昇る前から並んでいる男だ。

パン屋にここまで早く並ぶ必要などないように思うかもしれないが、並ばないと希望のパンが手に入らないのだ。

希望のパンを手に入れるため、ここにいる者は並んでいる。

「おはよう。早いね」

常連の男性が小声で挨拶をしてきたので、俺も挨拶を返す。

パンが販売されるまでの話し相手として、俺が選ばれたのだろう。俺も暇だから、話につき合うが……。

実はこの常連の男性。俺は少し前から気になっていた。

魔族の年齢は外見からわかりにくいが、五十歳ぐらい。着ている服は最良と言ってもいい品質で、財力を感じさせる。口調は穏やかで、人柄はよさそう。そこそこの家の主《あるじ》と思われる。

その男性のなにが気になるのかというと、朝に並んでパンを買いにきていることだ。金があるならパン屋に頼んで持ってこさせればいいし、なんだったら使用人にでも頼めばいい。それをしないのはなぜだ？　没落した貴族なのか？

　などと気になっていた。

「実は息子の妻が、ここで働いていてね。応援したくて、パンを買いに来ているんだよ」

　なるほど。

　それなら自分で買いに来なければいけないか。納得。

　前々から気になっていたことが解消されて、すっきりだ。


　そのままなんだかんだと話をしていたら、日が昇り始めた。

　そして、工房の扉が開かれ、職人が外に出てきて整列する。販売前の朝礼だ。

　パン屋のオーナーの娘さんが整列した職人の前で、声を張り上げる。

「我々はなんだ！」

「「「「パン職人です！」」」」

　そのオーナーの娘さんの声に、職人たちが声を合わせて応《こた》える。

「んー？　ただのパン職人？」

「「「「世界一、美味しいパンを焼く職人です！」」」」

「よろしい！　我々の目的はなんだ！」

「「「「美味しいパンを作ることです！」」」」

「我々の敵は誰だ！」

「「「「パンを食べない者たちです！」」」」

「我々はなにをすべきだ！」

「「「「世界にパンを！」」」」

「そうだ！　世界中のありとあらゆる者たちにパンを食べさせることだ！」

「「「「パンに栄光あれ！」」」」

「では今日も一日、頑張りましょう！　挨拶！」

「「「「いらっしゃいませ！　どれにしましょう！　承知しました！　こちら、おつりになります！　ありがとうございました！」」」」

あいかわらず、気合いの入った朝礼だ。しかし、こういった掛け声が客に聞こえるのはどうなんだろう？　こっそりやったほうがいいと思うのだけど……。

おっと、いかん。列が進んでいる。パンの販売が始まったようだ。

俺の狙いは醤油パン、味噌パン、そして焼きそばパン！

この三つは人気だが、俺の並んでいる位置なら買えるだろう。

うん、買えた。よかった。一人、一種類につき五個までのルールのおかげだな。おっ、常連の男性も買えたようだな。

そういえば、息子の奥さんには会えたのかな？　え？　あの前で声をかけていたオーナーの娘さんがそうなの？　へー。

将来、苦労しそうですねとは言わない。義理であっても娘が頼もしいのはいいことだ。

ちなみに、息子さんのほうは、あのカレーを売っている店があるビッグルーフ・シャシャートで、非公式で警備員をしているそうだ。

非公式なのは、常連の男性の仕事を手伝うことが本業だから。ひょっとして、知らないうちに顔を見ているかもしれない。

さて、俺は宿屋にパンを持ち帰り、朝食にする。

うん、美味しい。この〝シャシャートの街〟に到着してから、食事のときは幸せだ。

まあ、逆に言えば、食事以外は問題だらけなのだが。

たとえば、〝五ノ村〟に行ってラーメン屋に弟子入りしていた五人。約束の日が過ぎても戻ってきていない。代わりに引退届がきた。殴ってでも連れ戻そうと思う。

仲間の大半が、カレーやラーメンの食べ物で激しく対立している。

まったく、食べ物の主義主張で喧嘩するとは……これも美味しい、あれも美味しいでいいじゃないか。

野球に夢中な者、数人。

本業に影響がないのであれば、やるのはかまわない。情報収集、忘れてないだろうな？

このまま魔王国に定住しちゃったらいいんじゃないかと言い出すやつも出てきた。

定住する物件を探すんじゃない。そういったことは、一度、国に戻ってからにしてくれ。ここで抜けられると、いろいろと困る。

そして、俺は俺で、魔王国との交渉窓口をつくることができていない。

困った。困ったが……。

実は新しく重要な問題が、出てきた。

〝五ノ村〟には映画と呼ばれる、昔の映像に音楽と声を合わせて楽しませる見世物がある。

評判だったので、これも情報収集の一環と俺も観た。なかなか面白かった。だから、三回観た。

三回目でも十分面白かったのだが、それで気づいてしまった。うん、気づいた。

映画の映像に出てきた三つの道具に、見覚えがあることに。

我が国の王家と、二つの貴族家に伝わる三種の神器《じんぎ》だ。二つの貴族家に伝わる神器は、毎年公開されているので見知っている。

王家に伝わる神器はなかなか公開されないのだが、俺は王子の遊び相手をしていたことがあったので、見ることができた。

三種の神器の用途はわからないが、神秘的な輝《かがや》きがあった。ただそこにあるだけで幸せを感じさせてくれた。

その神器が、映画の映像では食器を洗っていた。その神器が、映画の映像では料理をしていた。

その神器が、映画の映像では生ゴミを処理していた。

………。

正直、二回目で気づいていた。三回目は確認作業だ。間違いであってくれと思っていた。

だが、間違いじゃなかった。どうしよう。

我が国の三種の神器が、あのような物だったなんて。

この事実を伝えるべきか？　いや、それはできない。黙っておくべきだろう。

とくに、王家に伝わっている神器が、生ゴミの処理をしていることは絶対に伝わってはいけない。

いけないのだが……あの映画の面白さだ。将来的に国に伝わる気がする。

あー、本当にどうしよう。忘れたい。パンでも食べて…………もう全部食べてしまっていた。くっ。もっと味わって食べればよかった。

ええい、少し早いがカレーでも食べにいくか。常連の男性の息子さんに会えるかもしれないしな。

名前は……たしか、ギルスパークだったな。うん、何人かに聞けばすぐにわかるだろう。

3 文化爆弾の研究余波

現在、俺たちが観ることができる映画は二種類ある。

昔の映像記録に声をつけている映画と、最近になって撮影制作されている映画だ。

映画の完成度は、昔の映像記録のほうが上になるだろう。なにせ、最近になって撮影されている映画は、やれること、やってみたいことを優先しているからだ。撮影者や出演者が楽しいことを優先しており、観客を楽しませる視点が欠落しているといえる。

まあ、映像を観せる楽しさに気づけば、少しずつ変化していくと思う。

それはそれとして、昔の映像記録を観ると、当然ながら昔の生活スタイルを知ることになる。

その影響が大きかったのは、料理と酒。映像で美味しそうな料理が登場し、それを出演者が美味しそうに食べているところをみれば、あれはなんという料理だ、どうやって作っているのだと気にする者が出てくる。

酒も同じ。あれはなんという酒だ、原料はどうなっていると気にする者が出てくる。

〝大樹の村〟では、鬼人族メイドたちとドワーフたちだった。

鬼人族メイドたちは料理の再現に挑んだ。幸いなことに大抵の料理は見た目から材料が判別しやすく、また出演者たちの感想から味の方向性が判明したため、それっぽい料理にすることができた。鬼人族メイドたちは満足した。

一方、ドワーフたちは苦戦していた。見た目だけで、酒の材料はわからない。出演者たちの感想からヒントをもらおうにも、「美味い」ぐらいしか言わない。

もっとこう、なにそれの香りがどうこうとか、一口目にガツンとくるとかの感想があればいいのだが、そんな説明的なセリフが許される映像は少なかった。

しかし、それで諦めるドワーフたちではなかった。映像の端々からヒントをかき集めた。

酒の入っている樽《たる》や瓶のラベルに使われている記号や文字、デザインから材料を予想し、酒を出している店の雰囲気、メニュー、料理の方向性などから、味を特定していった。

…………。

記録映像ならそれも効果があるかもしれないが、作られた映像だと大道具係や小道具係に強いこだわりがないと空振りするぞと注意したいが、できなかった。楽しそうだったから。

あ、ちょっと待った。出演者の「彼女にはこの酒を」というセリフから、アルコール度数が弱いことを想定しているようだけど、逆だぞ。たぶん、甘い系で飲みやすいけどアルコール度数が高い酒だ。

そうアドバイスしたら、「女に強い酒を飲ませるとはなんていいやつだ」と褒めていた。うーん、文化の違い。

次に影響があったのは、服飾《ファッション》。

ザブトンとザブトンの子供たちが刺激を受け、これでもかと服を作っていた。

昔の服をそのまま作るのではなく、現在に適した形に昇華した服にしているのがすごい。普段着にはできそうにないけど。

…………。

ザブトン、その服は普段着にはできそうにないんじゃないかな？

…………わかった。今日だけだからな。

しかし、帽子や眼鏡はあまり変化がないんだなぁ。いや、廃《すた》れずに受け継がれただけかな？

そして、最後に魔道具。

見慣れぬ魔道具にルー、ティア、フローラ、そして山エルフたちが興奮。

始祖さん、ヴェルサが知っている物は用途や製造方法を説明してくれるが、二人が知らない物はどうしようもない。

なので研究が始められつつ……あれ？　ルー、ティア、フローラはなにもしていないな？　べつにほしい機能じゃない？　そうなの？

ほしい機能であれば研究するけど、ほしくない機能の研究はしない。また、過去に完成している物を後追いするのは研究者としてやる気が上がらないと。なるほど。

しかし、あの生ゴミを分解する道具は便利そうだが……スライムがいるから不要と。たしかに。


ちなみに、山エルフたちは全力で作った。興味がある物を。

そうして俺の目の前にあるのが電気シェーバー……もとい、魔動シェーバーがある。

かなり苦労し、資金もそれなりに投入されたが、完成して山エルフたちは満足している。

…………。

この魔動シェーバーは、安全に髭《ひげ》が剃《そ》れる道具だ。

剃る髭の長さを調整はできるみたいだが、本質的にシェーバーは髭を整える道具ではない。剃る道具だ。

そして、このあたりに住む者で、髭を剃る者はほとんどいなかった。

ドワーフ、巨人族は、髭はあればあるほど喜ぶ種族。天使族、ハイエルフ、リザードマン、ラミア族には髭が生えない。

獣人族、魔族、人間、ミノタウロス族、ケンタウロス族、ハーピー族は、髭は整える者が大半だ。

髭を整えて維持できるのは財力の証明なので、綺麗に剃る者はほとんどいないそうだ。

とある国では、成人男性への罰に髭を剃るというのがあるそうだ。それぐらい、髭は剃らない。

…………。

俺は剃りたくても、髭がまだ生えていない。

子供も生まれているし、威厳のためにも髭を蓄《たくわ》えてもいいと思うのだが、俺の体はどうなっているのだろうか。毎朝、髭を気にしなくていいのは便利だけど。

ともかく、魔動シェーバーに活躍の場がなかった。

髭剃りに使わないなら、ムダ毛剃りにどうだろうと思ったのだけど、ムダ毛を気にする文化がなかった。うーん。

どこかで文化の改革が起こらないと、魔動シェーバーに活躍の場はなさそうだ。

しかし、投入した資金分はなんとかしたい。

山エルフたちは魔動シェーバーを改良というか分解。魔動毛刈り機にした。

俺の知識では電動バリカンだが……山エルフたち集合。これ、魔動シェーバーを分解して作ったわけじゃないいな。新しく作ったな。

毛刈りハサミを魔力で動くようにしただけだな？　いや、たしかに羊や山羊の毛を刈るのが楽になるだろうけど。

わかった。認めよう。

ただし、名は魔動毛刈り機ではなく、魔動バリカンで。あと、量産するように。ほかの村にも渡すから。

ところで、根本的な話なのだが、なぜ山エルフたちは魔動シェーバーに興味を持ったんだ？　魔道具はほかにもいっぱいあっただろ？

肌《はだ》を傷つけずに髭を剃る機能に痺《しび》れたと。しかも、手に持てるサイズなのがいいと。

なるほど。わかる。

異世界のんびり農家

Farming life in another world.

Chapter,3

Presented by
Kinosuke Naito
Illustrated by
Yasumo

〔三章〕

ラーメンを求めた者

01.五ノ村　02.深い森

閑話　〝大樹の村〟で探す者　ナナ＝フォーグマ

こんにちは。私の名はナナ。ナナ＝フォーグマ。太陽城を管理するために生み出されたマーキュリー種の一人です。

現在は〝五ノ村〟で働いています。仕事内容は……いろいろやっていますとしか言えないですね。

まあ、便利屋みたいなものです。ええ、裏側の。

さて、私は定期的に〝大樹の村〟に顔を出しています。村長に忘れられないようにです。

おっと、恋愛感情とかそんな浮ついたものではありませんよ。ただ、忘れられないための切実な努力です。

私はお世辞にも目立つ顔立ちではありませんし、服装も一般的な村娘になるように心がけています。つまり、覚えられにくいのです。自覚はあります。

〝五ノ村〟でも、何年も一緒に仕事をしている人に、初対面の挨拶をされたことがありますから。

それを見ていたヨウコさまに、名札をつけるように勧められたときの私の気持ち、想像できますか？　仕事の邪魔になるので名札はつけませんでしたが、数日は名札を持って活動しましたよ。

そして村長。

村長は私のことをちゃんと覚えてくれています。さすがは村長です。

…………。

だったら、なぜ私は村長に忘れられないように、定期的に顔を出すのでしょうか？　疑いたくはないのですが、村長が私と会うときは、必ずヨウコさまが一緒なのが気になるからです。

そして、村長が私を見たとき、ヨウコさまに助けを求めるような視線を送っています。その視線が送られると、ヨウコさまが村長に耳打ちをしているのです。

なにを言っているかは知りませんが、気になります。ええ、気になります。村長のことは信じていますが、気になります。

もう一度言います。村長のことは信じていますが、気になります。

おっと、怖い目になっていたようです。鬼人族メイドの一人に注意されました。すみません。

さてさて、気をとりなおして元気に村長に挨拶をと思うのですが…………村長はどこに行ったのでしょう？　そして、屋敷のそこかしこで伏しているドワーフのみなさまはどうなされたのですかね？

映画で飲まれているお酒は、お酒じゃない可能性に気づいた？　はぁ、まあ、撮影のことを考えればそういったこともあるのではないでしょうか？　出演者がお酒を飲んで酔っぱらっちゃ駄目ですしね。

とりあえず、気にしなくていいとのことなので気にせず、村長を探します。

大きな部屋の真ん中にあるテーブルに、五段重《がさ》ねの大きなケーキがありました。

そのケーキのあるテーブルの周囲を、妖精女王と村の子供たちが無秩序《むちつじょ》に踊《おど》っています。

あれはなんでしょう？　五段重ねの大きなケーキに対する喜びの舞いと。

グーロンデさんが教えてくれました。ありがとうございます。

そしてオルトロスのオルくん。いい加減、覚えてくれませんかね？　会うたびに不審者として吠《ほ》えられるのは、心が痛いです。


グーロンデさんは村長の所在を知りませんでした。

判明したのは、あの五段重ねのケーキを作ったのは暇をもてあました村長だということ。

なるほど。村長は暇をもてあましているのですね。となると……。

屋敷のなかにある工房に向かいました。山エルフたちと変な物を作っていると予想して。


工房には山エルフたちしかいませんでした。残念。

ただ、山エルフたちは村長の所在を知っていました。助かります。

ところで、作っているのは魔動バリカンですか？　〝五ノ村〟でも評判がいいですよ。近く、まとめて発注がいくと思いますので、よろしくお願いしますね。

あれ？　喜ぶと思ったのに、疲れた顔をされました。なぜでしょう？

ああ、同じのを量産するのはあまり好きじゃないと。なるほど。

理解はしますが、〝五ノ村〟の発注分までは、頑張ってくださいね。

なんでしたら、私の権限でいま、発注しますよ。とりあえず、五百個ほど。いえ、冗談ではなく。

それぐらいの発注がいきますよ。頑張ってください。

私は悲鳴を上げる山エルフたちを放置し、工房を出ました。


山エルフたちの情報では、村長はハイエルフたちの家の近くでなにかを作っているそうです。なにを作っているのでしょう？

クロさんの子たちや、ザブトンさんの子たちに挨拶をしながら、私は村長のいる場所を目指しました。


…………。


村長発見。

村長はハイエルフのみなさんと一緒になって、草を編《あ》んでいました。

私が村長に近寄ろうとすると、ハイエルフのみなさんが武器を持って私の前に立ち塞がりました。

またですか。私ですよ、私。ナナです。ナナ＝フォーグマ。わかってもらえたようで、嬉《うれ》しいです。

ですが、いい加減、覚えてくれませんかね。それは無理？　恐ろしい。人を傷つける言葉を平然と放つとは。さすがはハイエルフです。村長に報告しておきましょう。覚えられないのは私が悪い？

非を認めず、責任をこちらに押しつけてくるとは……さすがはハイエルフです。村長に報告して、注意してもらいましょう。

村長、ハイエルフのみなさんが酷《ひど》いんですー。

村長はハイエルフのみなさんの味方でした。酷い。

え？　村長も私が悪いと言うのですか？

たしかに地味なのは自覚はしていますが、それをなんとかしようと頑張っているのに…………そうじゃない？　では、どういうことですか？

…………。

ええ、たしかに普段の私はスカートですが、今日はズボンです。動きやすいようにです。最近、走ったり跳んだりする仕事が多いもので。

髪型もズボンに合わせて変更していますが……まさか、それで私と判別できていないのですか？

いや、これで変装と言われても……ただのお洒落《しゃれ》ですよ。

歩き方のクセとか、匂いとか、心臓のリズムとかを変えていないでしょ？　心臓のリズムを変えるのはやりすぎ？　そんなことありませんよ。通常時の心臓のリズムで判別したりされたりは、どこだって普通にやっていますよ。ええ。嘘《うそ》じゃありません。〝五ノ村〟に侵入してくる密偵対策でもやっていますし。

変える方法？　緊張状態の維持で、変わります。慣れると自由自在ですよ。あ、子供には教えないでくださいね。危ないですから。

話が逸《そ》れました。

まさか、私のお洒落で、私とわかってもらえなかったとは。そう言えば、〝五ノ村〟で村長に会うときも、村長に会うからとお洒落をしていました。むう。反省。

普段は、できるだけ同じ服装、同じ髪型でいるようにしましょう。

まあ、それはそれとして、村長に覚えてもらうために私は村長と行動を共にします。なにを作っているのですか？

鎧《よろい》？　草で作っているのですか？

動物の骨や皮を煮詰めた汁《しる》を塗《ぬ》ればそれなりに堅くなり、軽量の鎧になると。なるほど。

私も作ってみていいですか？　ありがとうございます。


後日。

村長たちに変装とはなにかを教えようと、本気で変装して〝大樹の村〟に行きました。

転移門を抜けたところでアラクネのアラコさんに捕縛されました。

……そうか、そうなるか。

閑話　〝五ノ村〟で働く村娘　ナナ＝フォーグマ

俺は信じない。絶対に嘘だ。騙《だま》されるものか。ちくしょう。馬鹿にしやがって。なにが安全なものだけ使っていますだ。そんなはずはないんだ。絶対にあれはおかしい。なにか入っている。怪しい物質が使われているに違いないんだ。

証拠？　それは俺が体験したからだ。

忘れもしない、あれは十日前。俺は腹を満たそうと、適当に店を選んで入った。場所はラーメン通り。どの店を選んでも、それなりに美味《おい》しいラーメンが出てくるから俺は心配はしていなかった。

そんな俺の目の前に出てきたのは、馬鹿みたいな山盛りラーメン。

ミノタウロス族用のラーメンかな？　違う？　じゃあ、店員がサイズを間違えたとか？　それも違う？　俺は普通のサイズを頼んだはずだけど？　これが普通サイズなんだ、そうかー。頼んだのだから、食べるしかなかった。

味は悪くない。詳しくは知らないが、豚骨醤油《とんこつしょうゆ》ラーメンだろう。正直、好みだ。

濃厚だが、大量の野菜がそれを中和してくれる。うん、その大量の野菜がきつい。

ええい、だらだらと食べていたらスープに浸されている麺《めん》が伸びる。どうすれば……俺は左右の客をチェックする。

右の客は……なるほど、麺を具の上に逃すのか。左の客は……店員に小皿をもらって、そっちに麺を逃がしている。それもありだな。

だが、店員は気にしないかもしれないが、汚す食器は少ないほうがいいだろう。俺は麺を具の上に逃すように作業を始めた。

そして、永遠と思われる食事を終え、腹はこれでもかと満ちた。値段も安い。満足。だが、しばらくは食べたくない。

そう思ったんだ。

なのに、俺は翌日も同じ店に来ていた。

わかるだろう！　おかしいのが！　絶対になにか入っているって！　間違いない！　じゃなかったら、俺は毎日通わないから！　あの山盛りラーメンを、スープまで飲んだりしないから！　俺はそんな男じゃないから！

こんにちは。私の名はナナ。ナナ＝フォーグマ。太陽城を管理するために生み出されたマーキュリー種の一人です。

いま、ピリカさまが捕まえた不審者を引き渡されました。なんでも閉店しているお店に侵入しようとしていたとか。時間も真夜中ですし、私も不審者で間違いないと思います。

ピリカさまが捕まえたときの会話から、この不審者はラーメンの味の秘密を知りたかったようですね。

いやぁ、増えましたねー。この手の不審者。はい、いつも通り、数日は牢《ろう》の中です。そのあと、一定期間の労働で解放します。

え？　この不審者、かなり強かったから警備隊に回してほしい？　これまでの不審者の中で、一番強かったと。へー。

わかりました。私からヨウコさまに伝えておきます。

ピリカさまからの要望ですから、たぶん通るでしょう。この不審者が、牢の中で暴れたりしなければ。

ん？　…………私は夜空を見ました。ピリカさまはすでに駆けだしています。つまり、間違いではないようです。

新たな不審者です。


新たな不審者は三人組のようです。

小さな山を覆うように構成されている〝五ノ村〟の、頂上から麓《ふもと》に向かっています。

頂上に大事な施設があることから、三人組は帰っている途中と予想。まさか、ヨウコさまの屋敷に入られた？

私は頭の中の疑念を、否定します。ありえないからです。

なぜなら、あそこはザブトンさんの子たちが守っていますから。

あれは私でも突破できません。いえ、入ることはできるでしょう。出ることができないのです。ザブトンさんの子たちを相手に、屋敷の中などの壁や天井のある空間から抜け出すのは奇跡に近いですからね。となると、ゴロウン商会にでも忍び込んだのでしょうか。

私は三人組の目的を推測しながら、追いました。

私が三人組に追いついたのは〝五ノ村〟から少し離れた森の中。

三人組はピリカさまと対峙《たいじ》していました。

いえ、いま三人組のうちの二人がピリカさまによって倒されました。さすがピリカさま。

残るは一人ですが……魔法を使う戦士でしょうか。剣を振り、雷《かみなり》を飛ばしてきました。

ピリカさまは慌てず、その雷を斬り……大きく避けました。

ん？　雷を斬りながら近づくと思ったのですが、どうしたのでしょう？

ピリカさまのその動きを見て、魔法を使う戦士は雷を連続して飛ばしてきました。ピリカさまは先ほどと同じように雷を斬り、大きく避けます。

避けているのは、雷ではありませんね。雷の横を避けているようです。なにかあるのでしょうか？

「なにもないわよ」

私の疑問に、ピリカさまが答えてくれました。隠れていたのに、バレましたか。

「さぼってないで、相手の背後《うしろ》に回ってください」

ご安心を。そこには、すでにいます。ザブトンさんの子が。

ええ、糸を張り、不審者の退路を断っています。

なので、あとはピリカさまが頑張るだけです。

「気楽に言ってくれますね」

ピリカさまが構えました。本気ですね。

魔法を使う戦士は……ピリカさまとやりあうようです。長い詠唱に入りました。見事な覚悟です。

まあ、ピリカさまには勝てないでしょうけど。

ピリカさまは、動かずに魔法の発動を待っています。楽しんでいますね。相手の詠唱が終わる前に近づいて斬ることもできるでしょうに。

詠唱が終わったようです。

ピリカさまの周囲に雷の球が無数に生まれました。

その雷の球が、ピリカさまに襲いかかって……雷の球が、不自然にピリカさまを避けました。

そして、ピリカさまがなにもないところで剣を振っています。なにを斬っているのでしょうか？

「さっきも言ったけど、なにもないわよ」

なにもない？

………。

真空《なにもない》ですか。

なるほど。ピリカさまはそれを避けたり斬ったりしていたと。

化物《バケモノ》ですね。魔法を使う戦士もそれを理解したようで、両手をあげて降伏しています。

あ、ザブトンさんの子が糸で縛りました。倒れている二人もです。お手数をおかけします。

すぐに警備隊が来るでしょうから、それまで確保をお願いします。


しかし、真空ですか。

見えやすい雷は囮《おとり》……いえ、真空を作った余波で雷ができたのでしょう。真空と雷の位置が一定でしたからね。雷がなければ、さすがのピリカさまでも対処は難しかったでしょう。

ところで、最後、不自然に雷の球が動きましたが？

「これ」

ピリカさまは、数本の鉄製《てつ》の釘《くぎ》を見せてくれました。

「投擲《とうてき》用として持っていたのだけど、雷にも有効だって聞いていたから」

なるほど。

私も持つようにしましょう。たぶん、初見だと私はやられていたかもしれません。

え？　この魔法を使う戦士より、さっきのラーメンの味を盗もうとした不審者のほうが強かった？

本当ですか？　はぁ、世の中は広いなぁ。


警備隊がやってきました。私は隠れます。

あ、ピリカさま。三人組の不審者の目的とほかに仲間がいないかを聞き出してください。

そう頼もうとしたところに、別のザブトンさんの子が手紙を背負ってやってきました。

手紙は私宛《あて》です。同僚のロクからですね。

えーっと。なるほど。

三人組の不審者は十二人組で、九人がヨウコさまの屋敷に侵入。この三人は侵入せずに、撤退時の援護要員ですか。

ヨウコさまの屋敷に侵入した九人はザブトンさんの子が確保。事情調査も終わっていると。了解です。

手紙を運んできてくれたザブトンさんの子に、お駄賃のクッキーを渡します。そして、さきほどまで三人組を糸で縛ってくれたザブトンさんの子にもクッキーを渡します。

二匹《おふたり》とも、ご苦労さまでした。またお願いしますね。ええ、ちゃんと村長にも活躍を伝えておきます。ふふっ。

こんなにかわいらしいのに、怖がる人がいるのは信じられませんね。

私は消えるように去っていくザブトンさんの子たちを見送りながら、気合いを入れます。

まだ夜は始まったばかり。しっかり働かなければ。


ラーメンの味を盗もうとした不審者が、牢の中で暴れました。

「あのラーメンを！　あのラーメンを食べさせてくれぇえっ！」

…………。

配達してもらいますので、暴れないでください。

あ、代金はちゃんと払ってもらいますよ。預かっている所持品の財布からでかまいませんね？

1 囚人

疲れた顔のビーゼルが村にやってきた。

孫のフラシアベルに癒されるためかと思っていたら、なにやら俺に話があるようだ。なんだろう？

「魔王国に潜入している密偵関連でご相談がありまして……」

…………。

えーっと、そういった内容だと、俺は不適当だと思うのだが？

そう言ったのだが、俺じゃないと駄目な様子。わかった。

話を聞くけど、そういったことに詳しい文官娘衆を同席させ……あ、フラウが同席してくれるのね。助かる。

ビーゼルの話では、魔王国には複数の国から密偵が送り込まれているらしい。判明しているだけで十三カ国、二十二組、人数は数百人を超える。

そんなに入り込まれて大丈夫なのかと思うが、多少の情報を抜かれるのは織り込み済みというか、相手に情報を与えるのも戦略の一つなので気にしなくていいそうだ。

「流出してはいけない情報は守っておりますし、破壊工作をしてくるようなところは潰しておりますのでご安心を」

なるほど。それで、相談とは？

「実は、とある国の密偵が〝五ノ村〟で捕縛され、牢に入れられております」

〝五ノ村〟で？　ああ、ヨウコ屋敷を調べていた連中のことか？　少し前に捕まえたと報告を受けている。十二人組の大所帯だった。

「いえ、そちらの者ではなく、別の者で……」

え？　ほかに密偵っていたか？

「名はクラウデンです」

クラウデンと言われても……密偵なら偽名を使っているんじゃないか？

「クラウデンが使う偽名は、クラウデンを少しもじった程度だと聞いています。クラウゾとかクライマスみたいな感じですね」

クラウゾ、クライマス……あー、そう言われればそんな感じの名前の者が一人いた気がする。

俺が思い出そうと頑張っていると、フラウが助けてくれた。

「村長。クラッタンのことではないかと。あのラーメン好き《フリーク》です」

そう、それだ！　あの大盛りラーメンが好きな男がたしかクラッタンだった。

ラーメンに怪しい成分が入っていると強く主張するので、ヨウコたちが念のため調査を行ったと報告を受けたから覚えている。

ちなみに、調査の結果は問題なし。ただ、どう考えても大盛を並と称していることに関しては注意を与えておいた。食べ残しが問題になるからだ。

大盛りで似た感じの野菜増量ラーメンを扱う店は、数量限定のうえに免許制にして対策をしている。同じように免許制にしろとはいわないが、食べ残し問題に関してもう少し考えてほしい。

話を戻して。

彼が密偵のクラウデンか。

…………。

彼、ラーメンの味を盗もうとした現行犯で捕まっているんだけど？　他国からわざわざラーメンの味を盗みに来たの？

俺がビーゼルに聞くと、困ったように教えてくれた。

「一応、本来の目的は王都の調査のようです」

まあ、密偵だしな。それで、そのクラウデンをどうしたらいいんだ？　魔王国に引き渡せばいいのか？

「あー、過程としてはそうなるのですが、その……」

？

「実は、その密偵を送り込んだ先の国から極秘の交渉がありまして、クラウデンを返してくれるなら敵対姿勢を改め、魔王国と友好的な関係を持つ用意があると」

………意外だな。

こう言っては失礼だけど、密偵とかは切り捨てられるイメージだった。密偵を大事にする国もあるんだな。

「それが、クラウデンはその国の王の隠し子……つまり、王族の一員でして……」

王族が密偵をしていたのか？

「はい。そのうえで、剣と魔法は国一番の実力者だそうで」

失うのは痛いと。

「魔王国としても、他国の王族を害するのは無駄に敵愾心《てきがいしん》を煽《あお》るので避けたいのです」

となると牢に入れているのも問題になるんじゃないのか？

「いえ、牢に放り込むのは相手国からも推奨されました。油断するとすぐに逃げるから、見張りを怠《おこた》るなとのアドバイスとともに」

えーっと……。

ひょっとして、クラウデンは国の方針を変えるぐらい、その国に恨まれているのか？

「そうではないようですが……それで、そのクラウデンの引き渡しをお願いできないかと」

死罪じゃないなら、問題はないな。

引き渡してもいいと思うが……そういった内容なら、俺じゃなくてヨウコに言ったほうが早かったんじゃないか？　ヨウコも、牢にいれた者の引き渡しに、わざわざ俺の許可を取らないだろうし。

「実はヨウコ殿にはすでにお話をしたのですが、問題がありまして」

問題？

「クラウデン本人が牢から出たがらないとヨウコ殿から言われまして……」

………え？

「無理やりに出せばよいのではないかと訴えたのですが、牢に入れた者への暴行などは村長が強く禁止したとヨウコ殿に止められまして」

たしかにそう指示した覚えがある。

こっちの世界、牢に入っている人の扱いが荒いんだ。牢番に殴られる蹴られるは当たり前、食事を満足に与えられない、場合によっては睡眠すら妨害される。

そういった扱いも罰の一部だと言われたが、そういった扱いをされないために捕まった人の親族が牢番に賄賂《わいろ》を送るのが習慣《しゅうかん》化していると聞いたので、禁止にした。一概に全ての賄賂が悪とは思わないが、牢番の懐《ふところ》を潤《うるお》わせるために捕まえているわけじゃない。

そういった賄賂を受け取らなくてもいいだけの給料を払っているはずだ。また、そういった賄賂が発生するとなると、小さなことで牢に放り込まれる者が増える危険性がある。

禁止にして正解。意識改革に時間がかかったけど。維持できているようでなにより。

だけど、牢から人を出せないのは問題だな。そのあたりは柔軟に対応してほしいが……勝手に弛《ゆる》めるのも問題だ。ヨウコと今度、相談するとしよう。

とりあえず、まずはクラウデンの引き渡しだな。〝五ノ村〟に行って、直接指示するのが早いか。

俺は〝五ノ村〟の牢に行き、クラウデンと対面。母国へ送り返すと告げた。

クラウデンは俺の言葉を聞き、牢の檻《おり》を両手で握りしめ、不動の構えをとってこう答えた。

「あのラーメン屋への就職が認められるまで、俺は牢から出ない！」

…………。

その要求、俺に言われても困る。

2 ラーメンは揺《ゆ》るがない

クラウデンの要求には、俺ではどうしようもない。ラーメン屋に頼むしかないのだ。

〝五ノ村〟の村長としての強権を発動すれば、ラーメン屋に受け入れさせることができるかもしれないが、俺としてはそういったことはしたくない。

なので、俺はビーゼル、フラウとともに件《くだん》のラーメン屋に向かうことにした。クラウデンが泣くから。

「俺はこんなわけのわからない要求をする男じゃないんだ。本当だ。ただ、あのラーメンのことを考えるとおかしくなる。俺はいったいどうしてしまったんだ……」

とりあえず、ラーメン屋にクラウデンの希望を伝えるだけ伝えてみようと思った。

ラーメン屋に到着。入店待ちの行列ができており、繁盛《はんじょう》しているのがわかる。

いきなり本題に入るより、客として入ったあとに話をしてみてはとフラウからアドバイスをもらい、それを実行する。

三人で列に並び、少ししてから入店。店員の誘導《ゆうどう》に従い、カウンターに並んで着席。メニューの並サイズの横に、【量が多いです】と注意書きがあるのは指導の結果だろう。

また、字が読めない人のために店員が注文のたびに注意してくれる。

「うちの並サイズは、そこらの並サイズじゃない。腹の大きさに自信がないなら、小サイズにしておきな」

…………。

少し挑発《ちょうはつ》気味なのは、このラーメン屋の個性だろうか。

まあ、そのような挑発に乗る俺ではない。ビーゼル、フラウもきっと同じだろう。互いに視線を合わせ、頷《うなず》いてから注文した。

「「並サイズで」」

挑発に乗ったわけではない。ただ、お腹が空《す》いていただけだ。


味は悪くなかったが、好みが分かれるところだろう。

ただ、量。やはり量が問題だ。

ビーゼル、フラウ、大丈夫か？　俺は駄目だ。どこか座って落ち着ける場所を探そう。

ビーゼルとフラウは反対しなかった。


甘味とお茶の店である《クロトユキ》で、席に座って休憩する。

店長代理のキネスタが、俺たちを変な目で見るがなにも言えない。三人とも、頼んだお茶に手をつけてないからな。すまない。少しだけ休憩させてくれ。

あー、お腹が苦しい。

『健康な肉体』はなにをやっているんだ？　いや、わかっている。『健康な肉体』は怪我《けが》や病気に関してはブロックしてくれるが、今回のような満腹に関してはブロックしてくれない。

食べすぎた俺が悪いんだ。八つ当たりをしてしまった。反省。

戻ったら神様の像へのお供えをして、許してもらおう。

ビーゼル、無理するな。下手《へた》に動くと逆流するぞ。わかった横になれ。許す。俺が許すから横になれ。

フラウ、下を向くな。上だ。上を見るんだ！　そしてなにも考えない。それが一番だ。俺もなにも考えたくない。


一時間ほど休憩したら、三人とも落ち着いた。

冷めたお茶はいまいちだったが、これは俺たちが悪いから仕方がない。

そしてクラウデンに関してだが、希望するラーメン屋に就職させることは駄目だった。一応、食べ終わったあとに店長に聞いている。従業員の募集はしているのかと。

残念ながら、少し前に新しく数人、雇ったので募集の予定はないそうだ。

たしかに、現状でも人手は十分足りているというか、過剰な感じだったしな。うーむ。どうしたものか。

困っていると、フラウが手を挙げたので発言をお願いした。

「こちらの望みは、クラウデンを帰国させることです。ラーメン屋に就職されては、さらに困難になるので就職を断られたのはよかったのではありませんか？」

それに対し、ビーゼル。

「それでは牢から出ず、動かない。あれでも、それなりの武人だ。無理に牢から出そうとして抵抗されると、被害が出る」

「ザブトン殿の子たちに任せればよいのでは？」

「それは友好的にやっていこうとする国の王族に対する扱いか？　逆に戦争を誘発する」

「むう……力では駄目ということですか」

ビーゼルもフラウも酷いな。

ザブトンの子たちなら、優しく縛るぞ。たぶん。

「村長。縛るのが駄目なのです。クラウデンには自主的に行動してもらわなければ」

「ですが、お父さま。それはラーメン屋に就職されても同じでは？　素直に帰国するとは思えませんが？」

「こちらは就職という要求を飲んだという形で、向こうにも一つ要求する。それが帰国だ。一度、戻ってくれさえすれば、かの国からの依頼を果たしたことになる。クラウデンがそのあと、どこに行くかは自由だ」

「なるほど。となると、就職できると嘘を吐くのは駄目ですね」

「騙すのは悪手だな」

「面倒ですね」

二人は、同じようにため息を吐いた。親子だなぁ。


キネスタに代金を払い、店を出る。

とりあえず、三人で考えてもなにも浮かばないので援軍を求めるという結論になった。

なのでヨウコ屋敷に行き、誰かいないかと探して捕まえたのがナナ。クラウデンのことを知っているし、ちょうどよかった。さっそくナナに相談。

「クラウデン氏の目的は就職ではなく、あのラーメンの近くにいたいということですから、就職にこだわらなくてもいいのではないでしょうか？」

…………なるほど。

で、就職にこだわらないとすると、どうすればいいんだ？

「村長ならあのラーメンを再現できますよね？　ラーメンの作り方をクラウデン氏に教えると言えば、牢から出ると思いますよ」

そんな馬鹿な。


クラウデンが牢から出た。

最初、就職を断られた件でがっかりされ、俺がラーメン作りを教えると言っても聞いてもらえなかった。

しかし、同行してくれたナナが、俺が屋台を引いてラーメンを売っている話をしたら、クラウデンの態度が変わった。

「師匠と呼ばせていただきます」

いや、そんな立派な者ではないのだが……まあ、牢から出てくれたのは助かる。ビーゼルも一安心のようだ。さっそくクラウデンを帰国させる準備を始めた。

クラウデンも、ラーメン作りをある程度マスターすれば帰国すると約束してくれたので、俺も頑張りたい。


修業は、〝五ノ村〟の麓の一角にテントを張って行う。

ビーゼルとフラウの二人は村に戻った。ラーメン作りになると、あまり力になれないからと。

ナナはテント設営に協力してくれたが、設営が終わると仕事に戻った。すまない、助かった。

ところでピリカはなぜいるんだ？　俺の護衛？　ああ、クラウデンが俺を害する可能性に対してか。あの目を見れば、大丈夫そうだが……護衛は受け入れよう。

ビーゼルの転移魔法で〝五ノ村〟に移動したから、ガルフとダガは同行させていなかった。あとで怒られるなぁ。反省。


二日で、クラウデンは挫折《ざせつ》した。

俺も挫折した。クラウデンにラーメン作りを教えるのは無理。クラウデンに料理経験がなく、さらに不器用だった。

「ううっ……使用人任せの生活が、こんなところで足を引っ張るとは……」

ちなみに、彼の母親は平民ではなく、公爵《こうしゃく》家の令嬢。

なので、隠し子であってもそれなりの待遇《たいぐう》の生活を送っていた。

…………。

よくそれで魔王国で密偵活動をしていたな？　単独なんだよな？　食事はどうしていたんだ？

「お金で解決です」

なるほど。

しかし困った。どうしよう？　ここまで料理の腕が壊滅的な人物は初めてだ。

いや、訂正。壊滅的な人物はいた。文官娘衆たち。

彼女たちは、食材をそのまま皿に乗せるという荒業《あらわざ》をやっていた。現在は改善されている。鬼人族メイドたちによる指導の成果だな。

そうか、鬼人族メイドに協力を求めるべきだろうか？

そう俺が悩んでいると、頼もしい助っ人《すけと》がやってきた。

ユーリの友人の一人で、〝五ノ村〟で音楽活動をやっている女性。そして、ラーメン愛好家。通称、ラーメン女王。

「ラーメンで困っていると聞きました。お手伝いしますよ」

3 心の中のラーメン

俺はクラウデンのことをラーメン女王に説明すると、ラーメン女王に変な顔をされてしまった。

「食べたいラーメンの作り方を覚えたとしても、国に帰ったら役に立ちませんよ。食材が手に入りませんから」

……え？　そうなの？

俺の疑問に答えるように、ラーメン女王はクラウデンに質問した。

「ここにある食材、貴方《あなた》の国で手に入るのですか？」

ラーメン女王は、クラウデンが食べたいラーメンを再現するために用意した食材に指を向けてる。

……………。

クラウデンが絶望した顔をしているから、手に入らないのだろう。

しまった。食材の入手経路の確保は、基本中の基本。うっかりしていた。

しかし、そうなるとどうすればいいんだ？

「私にお任せください」

ラーメン女王はそう言って微笑《ほほえ》んだ。

三日後。

〝五ノ村〟の麓の一角で、向きあって座禅《ざぜん》を組み、瞑想《めいそう》するラーメン女王とクラウデンがいた。

…………。

座禅って文化があったんだ。

そんな風に俺が驚いていると、二人が示し合わせたように目を開いた。そして、立ち上がって構えるラーメン女王。

「ラーメンは心！」

応じて構えるクラウデン。

「ラーメンは愛！」

…………。

そのまま二人は動かず、どうしたのかなと思っていると、クラウデンが膝をついた。

「くっ、俺はまだまだ未熟です」

「己《おのれ》の未熟を知って、やっと一歩目です。よくやっています」

「師匠……」

「さあ、ラーメンを食べましょう」

「はいっ！」

よくわからない。

よくわからないけど、俺は師匠の称号をラーメン女王に奪われたことはわかった。

「あ、大師匠も一緒にどうですか？」

違った。知らないうちに大師匠に昇格してたようだ。いいことなのかな？　あと、せっかくのお誘いだが、ラーメンを一緒に食べるのは遠慮したい。ここ数日、ずっとラーメンだったから。違うものが食べたい。

…………。

俺、そんな顔されるほど変なことを言ってるかな？


ラーメン女王がクラウデンに教えているのは、心の中にラーメンを存在させること。

うん、大丈夫。俺も理解できていない。

ラーメン女王に五回ぐらい説明してもらったけど、駄目だった。

「大師匠は、すでにラーメンと一体《ひとつ》になっているので、高みが違うのではないでしょうか？」

「なるほど、さすがです」

なにがさすがなんだろう？

いや、追及はやめておこう。変なことに巻き込まれる気がするから。あと、俺を崇《あが》めないように。

新しい宗教を始めるのもなしだ。看板を下げなさい。ほら、入信希望者が集まってきたじゃないか。

というか、一日一回はラーメンを食べるって、かなり厳しい《ハードな》教義の宗教に入信を希望するんじゃない。

俺が入信希望者を追い払おうとしたが、何人かは熱意を持ってラーメン女王を説得し、クラウデンと同じ教えを受けることになった。

………。

俺、関係ないよな？　これなら、ラーメン女王が教祖でいいんじゃないか？

「ラーメンを生み出したのですから、神です」

いや、俺が生み出したのではなく、故郷の料理を再現しただけで………だめだ。話を聞いてもらえない。

ま、まあ、宗教のことは置いておこう。大事なのはクラウデンのことだ。

ラーメン女王が言う、心の中にラーメンを存在させることができれば、クラウデンは国に戻るのだろうか？

「ラーメンが常に心にあるわけですから、食べない期間があっても耐えることができます」

「はい。すでに、あの大盛りラーメンを食べなくても耐えられています！　あとは距離の問題ですね……ラーメン屋から離れて、耐えられるのか……」

「心の中にラーメンがあれば、距離は無《む》に等しくなります」

「精進します」

よくわからないが、俺はラーメン女王とクラウデンを信じることにした。

だからビーゼル。もうちょっとだけ時間をもらえるかな。

心の中にラーメンが存在できれば、ちゃんと帰るって約束してるから。うん、気長に待つのが正解だと思う。

え？　あと五日ぐらいでなんとかする？

ラーメン女王の頼もしい言葉を信じるとしよう。

五日後。

〃シャシャートの街〃にある港に、俺とラーメン女王、クラウデン、それとビーゼルがいた。

「師匠、大師匠。お世話になりました」

「我慢できないときは、瞑想ですよ。ラーメンは貴方のそばにあります」

「はいっ！」

クラウデンは二日前に、まる一日のラーメン断ちに成功。

そして昨日。朝昼晩とラーメン三昧《ざんまい》だった。だからか、かなりさっぱりした表情をしていた。

「母国に戻ったら、父に魔王国との交易に力を入れるように伝えます。その際は、師匠の名を使ってもよろしいでしょうか？」

「国同士の交易だと、私では力不足です。大師匠のほうでなんとかなりませんか？」

俺に言われても困る。

ビーゼルに視線を向けると、ビーゼルはしかたがないとクラウデンに木札を渡した。

「私がお世話になっている商会の名と場所が書いてあります。そこでクロームの家名を出せば、話は聞いてもらえるでしょう。悪用防止として合言葉を決めておきましょうか」

「では、【ラーメン】で」

「できれば、もう少し使われそうにない言葉でお願いします」

「よくわかりませんが、ラーメン関連の言葉ですよね？　ラーメンから離れてもらえませんか？」

【野菜大盛】」

「ラーメンから離れて……」

クラウデンが長考に入った。

ビーゼル、ラーメン関連の言葉を合言葉にするのは駄目なのか？

「駄目ではありませんが、それならもう少し長くしていただかないと。単語だと、知らずに使われることがありますので」

なるほど。

それじゃあ、クラウデンが使っていた偽名を入れて……こんな感じでどうかな？　俺がアドバイスしたら採用された。

「合言葉は【クラッタンに大盛のラーメンを一杯】。覚えました。絶対に忘れません」

クラウデンは俺たちにそう言って、船に乗り込んでいった。

ビーゼルが転移魔法で送れば早いのだろうけど、転移魔法の有用性を見せびらかしてしまうのは得策でないと、魔王から送らないように言われているらしい。

たしかに警戒されるか。下手をすると、向こうで誘拐《ゆうかい》事件が起きたらビーゼルのせいにされる可能性もある。送らなくて正解。


クラウデンが乗った船が港から離れるのを確認して、今回の件は終了。

肩の荷がなくなった気分だ。

「大師匠。一安心されているようですが、クラウデンは半年ぐらいで戻ってくると思いますよ」

え？　そうなの？

「修業期間が短いですから。心の中のラーメンだけでは半年が精一杯です」

移動時間を考えると……クラウデンは母国で三ヵ月ぐらいは頑張れるかな？

「それと、これはクラウデンからの迷惑料です」

ラーメン女王は、羊皮紙の束を俺に渡してくれた。

これは？

「クラウデンが調べ上げた、〝五ノ村〟、〝シャシャートの街〟に潜んでいる密偵の情報です。お役立てください」

…………。

俺はその羊皮紙の束をビーゼルに渡そうとしたら、拒否された。面倒事の予感がするそうだ。偶然だな。俺もだ。

「村長。村の文官娘衆たちに渡してください。あの者たちが管理しているはずですから」

そうなの？　あ、でも前にそういった話をしていたような気もするな。

「私には、その文官娘衆たちから報告を受けるという形でお願いします」

わかった。

ともかく、いろいろと疲れたから村に戻ろう。ああ、ラーメン女王。今回は助かった。わかっている。報酬として、俺がラーメンの屋台を引くときは連絡するよ。

「ありがとうございます。またラーメン関連でお困りのときは、お声がけください」


俺は村に戻って、のんびり。

収穫はまだ少し先だからな。そうでなかったらクラウデンの件に、ここまで関わることもなかっただろうけど。

ここしばらくラーメンが続いたから、違うものが食べたい。そうだな。ピザにしよう。

妖精女王、デザートピザがほしいのはわかるが、焼く前のピザ生地に生クリームを乗せるのはやめるんだ。

いや、焼いたクリームも悪くはないが……たぶん、妖精女王の期待している味にはならないぞ。

4 山芋《やまいも》の梅肉《ばいにく》和《あ》え

秋のある日。

空飛ぶ絨毯を探したのだが、見つからない。どこに行ったんだ？

そう思って屋敷内をうろつくと発見。子供たちのお昼寝ベッドをやっていた。荷物運びを頼もうと思っていたのだが、どうやら無理そうだ。

仕方がない。何人かに声をかけて……ザブトンの子供たちが、足を挙げていた。

ちょっと遠い場所だが、大丈夫か？　大丈夫？　よし。それじゃあ、頼むぞ。ああ、もちろん俺も一緒に行く。


目的地は、〝大樹の村〟を出て西にある森。

川までは行かない。途中にあるエビの養殖池の近くだ。散歩気分で進む。

同行者のザブトンの子供たちは、俺の周囲を警戒するように散っている。

散っているが、数がそれなりに多いので、俺を中心に黒い物体が進んでいるようにも見える。まあ、見えるだけだが……。

ザブトンの子供たちのさらに外周を、クロの子供たちがいつのまにか警護していた。クロヨンのパートナーであるエリスと目が合うと、置いていくなと叱られた。

いやいや、誘おうとは思ったんだぞ。だけどエリスたちは、ちょうど鬼人族メイドたちからビッグサイズの秋刀魚《サンマ》の頭をもらって、嬉しそうにかじっていたから邪魔をしちゃいけないなと……言い訳だな。悪かった。次からはちゃんと誘うよ。

俺の謝罪にエリスは満足したのか、数頭を率いて先行した。俺のそばに来ると思ったけど……ザブトンの子供たちに譲ってくれたのかな？　気を使わせてしまった。今度、なにかで埋《う》め合わせをしよう。

だが、俺の目的地をエリスは知っているのだろうか？　まあ、まっすぐ進むだけだから大丈夫か。

気を取り直して、俺はザブトンの子供たちと一緒に歩いた。


先行したエリスたちが待機している、エビの養殖池の近くに到着。

なにもないように見えるだろうが、よく観察すると周囲の木にツタが巻き付いているのがわかる。

山芋のツタだ。

俺の目的はこの山芋。

もちろん、自然に生えているものではない。『万能農具』が頑張ってくれた。

『万能農具』で育てるなら、村の畑でいいじゃないかという意見もある。俺もそう思う。

だが、山芋のことを思いついたのはここだったんだ。以後、ここが山芋の生産地になっている。

まあ、収穫のために森に入らなければいけないのは不便だが、それなりの気分転換になっている。

さて、ザブトンの子供たちに運んでもらうためには山芋を掘り出さなければいけない。

山芋を折っていいなら、それほど難しくはない。だが、山芋を折らずに掘り出すのはそれなりに難しい。体力と根気が必要となる。一本の山芋を掘り出すのに数時間かかるというのも珍しくないらしい。

俺は『万能農具』を使って掘り出すので、それほど苦労していない。あと、調理するときには切るのだから、収穫時に山芋を折ってもべつにいいんじゃないかなと思う派。

でも、文官娘衆たちが山芋を販売するときのことを考えて見た目を気にするし、ハイエルフ、山エルフ、鬼人族メイドたちはなぜか折れていない山芋を喜ぶから、折らないように注意している。


ザブトンの子供たちを待たせるのも悪いので、さくさくと五十本ほど掘り出していく。

ザブトンの子供たちは俺が収穫した山芋を糸で縛ってまとめてくれる。サイズが小さい山芋は食べていいぞ。そう伝えると、小さい山芋にザブトンの子供たちが群がった。あっというまに消える。

もう少し収穫を頑張ったほうがいいかな。

護衛をしてくれるエリスたちにも渡してやりたいし……おっとエリス、そのサイズは持ち帰りたい。もう少し待て。このあたりのが小さそうだから。

ツタの成長具合でなんとなくわかるだろ？　掘ってみると……あれ？　それなりに長い。

………。

わかった、これはエリスたちで食べていいぞ。

掘り出した山芋をザブトンの子供たちが背負う前に、俺はちょっと寄り道をお願いする。

エビの養殖池ではなく、逆方向。少し行った先に平らで大きな岩があって、その岩を屋根に地下室を掘ったんだ。

実は、そこに俺が個人所有する酒や発酵食品の一部を隠している。村に置いておくと、いつのまにかなくなっているからな。

とくに酒。

犯人は酒スライムだと判明している。時々、代金として褒賞《ほうしょう》メダルを置いているから。そんな知能があって、酒を盗むのは酒スライムぐらいだ。

酒の盗み飲みはべつにかまわないと言えばかまわないのだが、酒を飲みたいときに無いのは辛《つら》い。

あと、寝かせておきたい酒が消えているのも辛い。

それゆえの、この村の外の地下室、保管庫だ。

村の外だと魔物や魔獣に荒らされる可能性もあるが、〝大樹の村〟や〝一ノ村〟、〝二ノ村〟、〝三ノ村〟に囲まれた場所のうえに、エビの養殖池が近いからか、いまのところは被害に遭っていない。

クロの子供たちの警戒網に引っかかるのだろう。

今回、俺が保管庫から持ち出したいのは梅干し。山芋を梅肉で和《あ》えて食べたい。

村にも梅干しはあるのだが、少し前にラーメン作りで使ってしまった。塩ラーメンに梅が合うのが悪い。使った分を補充しないとな。

山芋はここに置いておいて……不安？　持っていく？　そうか。すまない。そんなに遠くないから、許してくれ。

ほら、そこに平らで大きな岩が……あれ？　平らで大きな岩があった。いつもと変わらない感じに。だが、その岩の横に見知らぬ物があった。

天井と柱はあるけど、壁のない建物。一見、バス停のようにも見えるけどバス停ではない。

なぜなら、屋根の下にあるのはバスを待つ客に座ってもらうベンチではなく、バーカウンターなのだから。

屋根、柱、そしてバーカウンターの汚れ具合から、かなり最近作られたものだとわかる。

ついさっき、作ったんだ。へー。

俺の疑問に答えたのは、バーカウンターに隠れていたドワーフ三人。なぜこんな場所にバーカウンターを？　いや、これは答えを聞かなくてもわかっている。勝手に保管庫から酒を持ち出さない良識は褒めたい。

そして、俺が森に入ったのを見て、木材を抱えてここにバーカウンターを作った彼らの労力に負けた。

俺は岩の下の保管庫から、かなり寝かせた梅酒の入った壺を持ち出し、ドワーフたちに渡す。森の中だから、前後不覚になるほど飲まないように。ストレートで飲むのは……あ、割る用の水とかちゃんと用意しているんだ。おつまみも。

ご一緒したいが、ザブトンの子供たちを待たせるわけにはいかないからな。

俺は自分の目的であった梅干しの入った壺を保管庫から持ち出す。

…………。

ドワーフたちに山芋と梅干しをお裾分《すそわ》け。

俺はザブトンの子供たち、クロの子供たちに声をかけ、村に戻る。今晩の食事で出るであろう、山芋の梅肉和えが楽しみだ。

5 スイカと甘栗《あまぐり》

俺は畑を見回す。

『万能農具』で育てたということが大きいが、いい実り具合だ。満足。

だが、反省もある。

小麦畑のど真ん中。そこに、丸々と育ったスイカがある。三玉ほど。

理由はわかっている。『万能農具』で小麦畑を作っているときに、スイカのことを考えたからだ。

集中力が足りない。

それゆえ、こういったことが年に一回……いや二回……いや十回ぐらいはあるかな。反省。

そして、この狂い咲きならぬ狂い育ちのスイカ。夏の畑なら問題ないのだが、秋の畑なので出荷予定はない。

となると、村で消費しなければいけないのだが、数が少ないのでどうやってわけるかが……あれ？

丸々と育ったスイカの横に、妖精女王の名が書かれた札が刺さっていた。

…………。

畑を見張っているザブトンの子供に聞くと、妖精女王はスイカが実をつける前に見つけ、水やりなどの世話をしていたと。

なるほど。そういうことなら、ひと言ほしかったが……まあ、世話をしていたということだし、いいだろう。このスイカは妖精女王に渡す。

ただ、子供たちに自慢しないように注意はしておかないとな。夏と違って、スイカの追加ができないから。

俺がそう思ったところで、妖精女王が現れた。大勢の子供たちを引きつれて。

…………。

子供たちは俺の姿を見て、妖精女王を盾にした。見事な一体感だ。妖精女王が困っているが。

あー、何人か俺の子もいるのだが……隠れなくてもいいだろう。畑にもまだ入っていないようだし。それとも叱られるようなことをしたのか？

畑に入っていた妖精女王を見逃していたと……それはたしかに駄目だが、その妖精女王は君たちの盾として頑張っているのだから、それを裏切るのもよくないぞ。

まあ、攻撃するつもりはないから盾は必要ないのだけどな。

俺は妖精女王と子供たちに、スイカを渡した。

しかし、どう考えても子供たちの数に対して、スイカの数が少ないぞ。どうするんだ？　切ってわけるにしても、すごく少量になるぞ。

そんなふうに俺は心配したが、妖精女王と子供たちはちゃんと考えていたようだ。

三玉のスイカはそのまま食べるのではなく、加工してシロップにした。そして、それをカキ氷にかける。なるほど、それなら量は問題ないか。

問題は……季節だな。秋の畑の収穫が近いということは、冬が近いということ。昼はまだまだ暖かいが、油断は禁物。カキ氷を食べすぎて体を冷やさないように。

ちなみに、カキ氷は山エルフの作った機械を使って、俺が作っている。

本当に食べすぎは注意だぞ。俺が叱られるからな。

妖精女王と子供たちにカキ氷を渡し終わったので、俺は屋敷に戻る。

スイカ以外の収穫はもうちょっとだけ先だ。カキ氷を作る機械を所定の場所に置き、余ったスイカのシロップは厨房にいる鬼人族メイドたちに渡す。

無茶振りかもしれないが、料理にでも使ってほしい。駄目なら駄目で、砂糖の代わりにすればいいさ。

……………待って。俺からの挑戦とか課題じゃないから。そんなに真剣に受け止めないで。落ち着いて。気楽に。そう、気楽に考えてくれたらいいだけだから。

ああ、君たちへの挑戦なら、もっと量を用意するよ。捨てるには惜しいから、なんとか使えないかなってだけ。それだけだから。

鬼人族メイドたちにスイカのシロップを押しつけ、俺は厨房から離れた。


屋敷の応接室に行くと、ギラルとグーロンデがコタツに入っていた。

もうコタツを出したのか。まあ、いいけど。

グーロンデは、コタツに入りながら甘栗を剝《む》いていた。そして、剝いた甘栗は横で待っているオルトロスのオルの左右のどちらかの口に放り込まれていく。

オルは嬉しそうに尻尾を振り、次の甘栗を期待している。

甘栗。小さい栗で、天津《てんしん》甘栗の商品名でよく売られている栗のことだ。甘栗の名の通り甘く、美味しい。

…………。

最初、俺が育てた栗は大きい栗だった。それはそれで、食卓を豊かにしてくれた。栗ごはんは美味しかった。

だが、ある日、気づいた。小さい栗はどこだと。

正直に言おう。甘栗は、大きい栗の成長途中だと思っていた。

まさか、栗の種類が違ったとは。それに気づいた俺は、甘栗を願いながら『万能農具』を振るったことで甘栗と出会えた。しかし、よく気づけた。自分を褒めたい。

甘栗を収穫したあと、調理で手間取った。

大きい栗の調理で学んでいたので、栗を爆《は》ぜさせることはなかったが、普通に焼いたり蒸《む》したりは小さいので難しかったのだ。

甘栗はどんな風に調理されていたかをなんとか思い出し、熱した石で炒《い》る方法に辿《たど》りついた。

その際、砂糖を投入するかどうかで悩んだ。砂糖を投入するのは、香りやツヤのため。味が目的ではない。だったはず。だから、砂糖を投入する必要はない。なのだが、砂糖は村で作っている。ケチケチする必要はないと、投入した。

そうして炒られた甘栗は美味しかった。ただ、炒ってからの日持ちや、剝くのにコツがいるので、村での流行《はや》りはイマイチだ。

美味しいのに。

グーロンデは、村の住人の中では甘栗を剝くのが上手《うま》い。力加減が絶妙なのだろう。あと、性格的なものもあるのかもしれない。綺麗に剝けなかった渋皮《しぶかわ》を丁寧に取っている。

ハクレンやラスティは、甘栗を指ですり潰していたし、ルーやティアは渋皮に苛々《いらいら》していた。

ほかに甘栗を剝くのが上手いのは……フラウかな。ただ、剝けない人たちから頼まれ、苦労しているけど。

現在、ハイエルフたちが親指に装着する暗器を改造して、甘栗を剝く……いや、割る道具の開発を行っている。それが完成すれば、村でもっと甘栗が流行るかもしれない。期待だ。

山エルフたちはすでに甘栗専用の自動調理器を完成させているので、村の外に売りに行くことも検討している。

ところでグーロンデ。

オルの横で同じように口を開けて待っているギラルがいるのだが、そっちには甘栗を放り込まないのか？　ああ、喧嘩《けんか》中なのね。

原因は……グラルとヒイチロウの仲に対する見解の相違と。

……………早く仲直りするように。

あと、オル。甘栗を食べるたびに、ギラルに自慢するのは止めるんだ。無用な争いを生む。

その後、なんだかんだと村を見て回り、夕食の時間になったので屋敷の食堂に向かった。

夕食は焼き餃子《ぎょうざ》だった。大きな皿に、焼き餃子が綺麗に並べられている。

最初は俺が作ったのだが、鬼人族メイドたちによる研究が進み、俺が作った焼き餃子よりも圧倒的に美味しくなっている。

悔しくはあるが、食事は美味しいほうがいいに決まっている。

…………あれ？

え？　まさか……。

厨房にいる鬼人族メイド、集合！

餃子の中に、スイカのシロップが入っているものがあるのだが、どうしてかな？

遊び心？　遊び心は大事だが、ギャンブル要素はいらない。反省するように。あと、スイカのシロップは何個仕込んでいる？

十個？　…………それなりの数だな。

その日の夕食は、ちょっと騒がしかった。

小話　インフェルノウルフの序列

クロたちインフェルノウルフには序列がある。

基本、その序列は雄のみ。雌はパートナーである雄の次という形。

なので、現状は上から、クロ、ユキ、クロイチ、アリス、クロニ、イリス、ウノ、クロサン、クロヨン、エリスとなる。

この序列は絶対だが、崩れないわけではない。下位の雄が上位の雄と決闘して勝ったり、大きく群れに貢献したりすると序列が変動する。が、まあ、ほぼ固定だ。

決闘を挑むのはほぼ生まれてから一年以内の若い個体で、挑まれるのはほぼ同時期に生まれた者たち。つまり、若年世代の序列形成の一環で行われるだけだ。

あとは、群れの外からやってきた個体の序列形成で戦うことがあるが、だいたい下位での争いに収まっている。

群れへの貢献手段は多数あるが、もともとが序列に応じた任務を与えられるから、よほどのイレギュラーがないと評価されるほど貢献できない。

だから、クロの地位《トップ》は変わらない。仰向けに寝てても安泰だ。

…………。

下剋上《げこくじょう》とかされないのかな？

クロイチ、クロニ、クロヨンは直系の子供だからそういったことは考えないとしても……俺はちらりと近くにいたウノを見た。全力で首を横に振られた。絶対に嫌ですとの意思表示。クロの地位はやっぱり安泰のようだ。

それはそれでかまわないが、向上心がないのも問題じゃないのかな？　そう思ったら、ウノに「向上心うんぬんではなく、役割分担です」と言われた。そういうものか？

俺はもう一度、気持ちよさそうに仰向けで寝ているクロを見た。

………。

なにを分担しているのだろう？


そんな風に思ってから数日後。

屋敷の一角で、ユキ、アリス、イリス、クロサン、エリスが揉《も》めていた。

事の発端は、今朝。

今年生まれたクロの子供が、隠れて屋敷の外壁に小便《おしっこ》をしていたのが発覚した。排泄《トイレ》は決まった場所でというルールが徹底されていなかった。

これにユキが怒り、子供たちの教育はどうなっているのですかとアリス、イリス、クロサン、エリスが責められている。しかし、アリスたちにも言い分はあるので、揉めている。

そんなユキたちのところに、いつもより凜々《りり》しい顔をしたクロがやってきて、ひと吠え。内容的には「各々《おのおの》の言い分もわかるが、まずは頭を冷やせ」……みたいな感じかな？

それを聞いて、ユキたちは顔を見合わせたあと、解散した。なるほど、クロもちゃんとやることはやっているわけだ。

どこに隠れていたのか、クロイチ、クロニ、ウノ、クロヨンがやってきてクロを讃《たた》えている。クロも満足そうだ。

ん？　なんだ？　そのまま、クロイチたちがクロを誘導して……廊下に出て……少し進んで……部屋に入る？

…………。

その部屋には、ガタガタと震えながらお座りしているクロの子供と、怒気《どき》をまとうアンがいた。

状況から、その震えているクロの子供が屋敷の外壁に小便をしたのかな？　クロイチたちの様子から、そうみたいだ。

そして、クロイチたちはクロの子供を助けるためか、アンの機嫌を取るためか、クロをアンのもとに行かせようとしている。

さすがにあの場に行くのは嫌がったクロは、扉付近の床に伏せて断固拒否の構え。そのクロを、クロイチたちが鼻で押す。

クロは床に爪を立てて抵抗したいが、そんなことをすればアンに睨《にら》まれるのはわかっているのでできない。ずるずると床に伏せたまま、アンの前にまで運ばれてしまった。それをアンが見ている。

どうするのだろう？　クロは伏せたままの姿勢でアンの様子をうかがったが、すぐにお座りの姿勢を取った。諦めたのだろう。後ろにいるクロイチたちも同じく、お座りの姿勢。

そして、普段よりも五割増しでキリッとした顔で、クロは申し訳ありませんと頭を下げた。アンは動かなかったが、クロたちも動かなかった。

長い時間が流れた。

いや、実際には三十秒ぐらいだけど。さきに動いたのはアンだった。

「クロさん。この子はクロさんの直接の子ではないのでしょうが、群れの長としてルールを徹底させてください」

わかりましたと、クロが改めて頭を下げる。

「では、あとはクロさんにお任せします」

アンはそう言って、部屋から出て行った。しかし、それでもクロたちは頭を下げた姿勢のまま動かない。アンが戻って来るかもしれないからだ。だからダラけた姿は見せない。これまでの経験がそうさせるようだ。

クロたちが動き出したのはたっぷり五分ぐらい経《た》ってから。クロが、震えていたクロの子供に向かって軽くひと吠え。ちゃんとルールを守るように、と言った感じか。

震えていたクロの子供は弱々しく頭を下げて、部屋から出て行った。かなり反省しているようだ。

そして、クロはクロイチたちに向けて強めにひと吠え。こんなときばかり頼るんじゃない。そんな感じかな。

しかし、クロイチたちは気にした様子もなく、震えていたクロの子供を追いかけて部屋から出て行った。そんなクロイチたちにクロは大きくため息を吐き……俺を見つけた。

クロは怒ったように俺のところに来た。すまなかった。見てるだけでなく、助けるべきだったな。

だが、怒っているアンを相手に立派だったぞ。ん？　足を見ろ？　……震えているな。そうか、怖くないわけじゃなかったのか。よしよし。

俺はクロの頭を撫《な》でてやる。そしてアンのことをフォロー。アンはアンで、屋敷を思ってのことだ。お前たちに恨みがあって叱っていたわけじゃないからな。

わかっている？　そうか、それじゃあ、アンに言われたように、ルールの徹底を頼んだぞ。

我慢できなかったのかもしれないが、せめて外壁はやめてほしい。腐るからな。

そんな感じでクロを労っていると、ユキがやってきてクロを押しのけた。クロは文句を言いたそうにしていたが、ユキに睨まれるとそのままユキに譲った。

あー、アリスたちとの言い争いでユキの味方をしなかったことに怒っているのね。クロは、仕方がないだろーとユキに甘えるが、ユキはぺしっと叩《はた》く。仲のいいことだ。

…………。

しかし、序列ってなんだろうな？　俺はユキの頭を撫でながら、そう思った。

6 小屋

村の住居エリアにある世界樹の根元《ねもと》で、フェニックスの雛《ひな》のアイギスがなにかをやっていた。

…………。

どこから用意したのか大量の木材を鋸《のこぎり》で切ってサイズを合わせ、鉋《かんな》で整え、鑿《のみ》で加工しているようだ。

加工具合から、〝五ノ村〟産の木材かな？　できあがっていく木材を見ると……どうやら、家の部品を作っているようだ。

こっちに引っ越すのか？　違う？　これは鷲のための家？

鷲の家というか……鷲の巣は世界樹の上にあるだろ？　なにかあったのか？

それが開放的すぎるから、作ってあげると。なるほど。

そういえば俺も見たことはないが、鷲の巣は一般的な鳥の巣なのだろう。だから、新しく作ってやるとは、アイギスもなかなか優しい。

しかし、部品を見るに普通の一軒家っぽい感じになると思うんだが？　扉もあるよな？　鷲が使えるのか？

俺がそうアイギスに伝えようとしたら、鷲にブロックされた。

アイギスの気持ちを無駄にはしない。どんな家でも使いこなしてみせるから止めてくれるなと。その心意気は認めるが、体の構造を考えて無理なことはするんじゃないぞ。アイギスは……その、いろいろと特別だから。

腰の入った見事な鉋捌《さば》きをみせるアイギスを見ながら、俺はそう思った。

さて。

俺は世界樹から少し離れた場所にあるハイエルフの家の花壇《かだん》を覗《のぞ》いた。目的は花ではなく、花壇に隠れている山エルフ。

お前たちだな、アイギス用の大工道具を用意したのは？

その山エルフの横で、私が育てましたって顔しているハイエルフたちは建築の技術指導者か。

いや、べつにいいんだけどな。悪いことじゃないし。アイギスだけでなく、子供たちにもぜひ教えてあげてほしい。

あー、一番覚えと筋《すじ》がよかったのがアイギスなのか。そっかー。頑張れ子供たち。

でもって、暇しているなら、ちょっとつき合ってもらえるかな？　ああ、アイギスが作っているのを見て刺激された。屋敷の中庭に小屋を建てるから、手伝ってほしい。

まあ、小屋と言っても、俺が考えているのは和風の一部屋。

玄関を兼ねた土間《どま》と畳《たたみ》を敷いた部屋が一つぐらいのイメージ。部屋の壁の一面は、障子《しょうじ》が理想。

屋根は茅葺《かやぶ》きで……あ、縁側《えんがわ》があると嬉しい。

この小屋の目的は……えーっと……なんだろう？

気にするな。建てるのが目的だ。だから、完成してから考えよう。

中庭で日当たりのいい場所に……鶏たちが占領していたので移動してもらい、ここに建てることを決める。

縄を張って、だいたいの大きさを確認し、ハイエルフたちと相談して木材を調達。平屋なので、それほど必要ないかなと思っていたけど、一軒分となるとやはりそれなりの量になる。

その木材を加工するのはちょっと大変だぞと思っていたら、手伝ってくれているハイエルフや山エルフの数が増えていた。獣人族の女の子たちや、ザブトンの子供たちもいる。ありがとう。これなら、すぐに完成しそうだ。

あ、クロの子供たちもいるのか。えーっと、無理するな。応援でいい。うん、応援。心強いぞ。

なんだかんだで、小屋は三日ほどで完成した。うーん、人海戦術のすばらしさ。

部屋に敷いている畳は、完成した部屋から逆算して作った特注品。なので、四畳半になっているけど、実際の四畳半とは違う。

まあ、このあたりの規格化は、いつかやろう。いまは気にしない。この小屋の部屋は四畳半ということで押しとおす。

障子も特注品。これは山エルフたちが障子の枠《わく》の内側に木を張って細工を施し、紙を張って作った。

俺が考えていた障子よりも、高級感がある。すごいぞ山エルフたち！

屋根の茅葺きもしっかりしている。これはハイエルフたちが担当。

俺は要望というか、茅葺きをふんわりと説明しただけなのに、ちゃんとした茅葺き屋根になっている。

実は茅ではなく、用途的に耐えられそうな草らしいけど……気にしない。俺も茅って、どんな草か知らないし。茅って、いくつかの草の総称だったっけ？

細かいことは横に置いておこう。とにかく、完成したのだ。

…………。

改めて完成した小屋を見て、俺が想像したのは……茶室。うん、茶室だな。

畳の一部を外して、炉《ろ》を置く場所でも作ろうか。使うことはあるのかな？

俺は畳の部屋でごろんと横になる。うーん。

…………。

やはり畳の匂いというか、い草の匂いがいい。

〝五ノ村〟のヨウコ屋敷にも畳敷きの部屋を作ったけど、あそこはヨウコに取られたからな。ここは死守したい。

よし、とりあえず、完成したことを祝ってバーベキューでもしようか。手伝ってくれた人たちに報《むく》いねば。

バーベキューはなるべく小屋……茶室でいいか。

茶室の近くでバーベキューを行いたいが、火を近づけるのはちょっと怖い。完成直後に火事で全焼とかになったら、数日は立ち直れない気がする。

なので離れた場所でバーベキュー。ああ、手伝ってくれた人への感謝のバーベキューだけど、手伝ってない人も参加していいぞ。ほかの仕事をしていたのだろうし。茶室作りのほうが、どちらかと言えば遊んでいたわけだからな。

武闘会に向けての練習をしていた？　それでもかまわないさ。どんどん焼くから、しっかり食べてくれ。

翌日。

アイギスのほうがどうなったかと見に行ったら、完成した小屋を世界樹の上に運ぶところだった。

小屋を運んでいるのは、世界樹に住む大きい蚕《かいこ》たち。糸で小屋を引っ張り上げている。ああ、ザブトンの子供たちも何匹か協力しているようだ。

俺も手伝って……と思ったけど、手伝えることがなさそうなので見守る。

しかし、完成した小屋……扉があるけど、鷲は開けることができるのだろうか？　窓を開けっ放しにして、そこから出入りかな？　でもってアイギスはまだなにか作っているようだが……ベッドとテーブルと椅子か。

立派なものになりそうだが、使う鷲のことも考えてやろうな。うん、椅子の背もたれをなくすとか、そういうことじゃなくて……いや、うん、頑張れ。

鷲に睨まれたので、余計なことは言わない。


俺はアイギスのもとから離れ、茶室に向かう。

目的はないが、あそこでのんびりするのもいいだろう。

……………。

茶室は、鶏たちに占領されていた。茶室の中も屋根の上も。

……………。

いろいろと諦めた。

うん、だから畳と障子を回収してもいいだろうか？　あ、畳はすでにボロボロになっているのね。残念。

でもって障子は……これから寒くなるのに、障子を取るとはどうなんだと？　いや、すでに穴だらけにされているけど……えっと、じゃあ、そのままで。

茶室は、新鶏小屋になったようだ。


その日、村に新しい畑が増えた。

秋の収穫前だけど、新しい畑だ。動きたかったんだ。

疲れていないけど、すっきりした。

ああ、耕しただけ。すぐに冬だからな。なにか育てるのは春になってからにしよう。

閑話　ラーメン屋の店主の話

俺はとある村で農業をやっていた。だが農業だけでやっていけるほど村は裕福《ゆうふく》ではなく、村の男は定期的に山賊になった。

通行する商人を脅し、通行料を巻き上げる。

殺したり、商品を全て奪ったりはしない。そんなことをすると軍が動く可能性が高くなるからな。

酷い話だが、こんなことはあちらこちらでやっている。俺たちだけが悪いわけじゃない。

だが、現実は理不尽《りふじん》だ。

俺たちを討伐するために、冒険者が雇われた。やりすぎたのか？　商人にとって大事な物を奪った？　通行料として奪う商品は商人に選ばせている。高価な物を奪ったりは……村の男の一人の挙動がおかしかった。

少数で勝手に山賊をやっていたと。しかも、かなり派手に。この馬鹿が！

冒険者たちは俺たちを次々に捕まえ、牢に放り込んでいく。

牢に入れれば、あとは死ぬまで働かされるだけだ。つまり終わりということだ。ああ、終わりでかまわん。だが、勝手をやった者たちだけは許さん。

俺は逃げようとしていた勝手をやった者たちを捕まえ、冒険者たちにつきだした。

それがよかったのか、冒険者は俺を捕まえずに解放してくれた。ありがたい話だ。

だが、解放されてもなとも思う。

なにせ村の男はほとんどが捕まった。残った少しの男と大勢の女たちと子供たちでは村を維持できない。いや、山賊をやらないと駄目な時点で維持はできていなかったか。

彼らは村を捨て、遠くの知り合いを頼るそうだ。近くの知り合いは、今回の山賊退治で同じようにやられているからな。

俺には守るべき妻も子もいなかったので、彼らと一緒に行動せず、一人で生きる道を選んだ。

まあ、それで問題なく生きていけるなら山賊なんぞやっていないわけで……すぐに行き詰った。

だが、幸運が俺に微笑んだ。

盗賊団に拾われたのだ。しかも、その盗賊団は百人を超える大規模なもの。だが、残虐《ざんぎゃく》な行為はしない。俺たちがやっていた山賊と同じように通行料を巻き上げるスタイル。広い縄張りを持ち、それなりの生活ができた。

俺はこの盗賊団の一員になれたことを喜んだ。


しかし、現実は理不尽だ。

俺が盗賊団に身を寄せて数年後、一人の悪魔族が盗賊団を襲撃した。そして、脅された。なんでも探し物があるらしい。

勝手に探せよと言いたかったが、逆らえる相手ではない。俺たちはその悪魔族の探している物を求めて行動を開始した。

縄張りじゃないところまで足を伸ばしたのが駄目だったのだろう。俺たちは街の連中と警備兵により捕まった。

そして待っていたのは強制労働。

結局、山賊をやっていたときに見逃されなくても同じ末路だったか。はは、しかもその強制労働の監督が俺たちを脅した悪魔族のプラーダだと。酷い冗談だ。この悪魔族のせいで俺たちは捕まるようなことをするはめになったのだ！　それが監督だと！　ふざけるなっ！


そう叫んだのは最初だけだった。

捕まった先で用意されていたのは、ちゃんとした宿。一部屋に複数人が詰め込まれるが、これまでの生活を考えれば十分すぎる。

しかも、働く内容は選択肢が少ないながらも選べた。

まずは大きく、冒険者グループと労働者グループを選ぶことになる。

冒険者グループに所属した者は、冒険者として活動していく。魔獣や魔物退治、失せ物探しに、薬草採取など、体を使って働いて稼げということらしい。

労働者グループに所属した者は、大工の手伝いや、飲食店の店員をやって金を稼ぐ。

どちらを選んでも、日々の食事に困ることはなかった。

そして、罪に応じた額を納めることで、強制労働は終了。解放となる。

これらはこの街の……いや、村の村長代行であるヨウコさまの采配だと聞く。悪魔族のプラーダも素直に従っているし、ひょっとして女神なのだろうか？


なにはともあれ、俺は労働者グループに所属した。理由は働く先が選べて、さらに飲食店で働くと賄《まかな》いがでるからだ。食事に困らないのはありがたい。

俺は懸命に働いた。俺には料理人の才能があったらしい。いつのまにか店長からも頼りにされ、充実した毎日だった。

解放はあっというまだった。

監督のプラーダとしても、俺たちを早く解放したかったようだ。とくに渋ったりはしなかった。

いや、先に解放されていいなぁという感じの目では見られたけど。

働いているあいだの賃金は、全て納めたわけじゃない。それだと解放された瞬間に所持金がなく生活に困る。だからそれなりの金が手元にあった。

だが、俺は解放されたあとも働いていた店の店長に頼んだ。このまま働かせてほしいと。

この店で働くことに俺は幸せを感じたのだ。山賊や盗賊をやっていたときとは違う、充実感を。

しかし、店長の言葉は拒絶だった。

「馬鹿野郎。お前の調理の腕は十分だ。小さい俺の店で働いている場合じゃないだろう」

え？

「自分の店を持てってことだ。仕入先は紹介してやるし、資金援助もしてやる」

店長……。

「お前ならやれる。いや、やってみせろ」

……はい、やってみせます！　ありがとうございます！

俺はそう答えて、店を持つことになった。自分の店を。店長の資金援助だけでは足りなかったけど、この村にある商店を援助する仕組みを利用して資金を借りられたのでなんとかなった。


紹介しよう。

俺の店はラーメン屋と呼ばれる、〝五ノ村〟で流行中の料理を出す店だ。

やってきた客を満腹にするという目的で、ちょっと盛りを多くしている。ちょっと……まあ、ほかの店の大盛……いや、山盛ぐらいの量だけど、うちの店ではこれが並だ！

もちろん、ちゃんと完食しきれるように工夫に工夫を重ねている。麺が伸びないように太めにし、硬めで出す。よくわからんが野菜をたくさん食べると健康にいいらしいので、野菜もマシマシだ！

ニンニクが多めなのは俺の個人的な好み！

最初は不安だったが、通ってくれる常連客もできたし、〝五ノ村〟で有名なラーメン女王も来店してくれた。俺のラーメンの味を盗みに入る不届き者もいたが、俺の店で働きたいというありがたい奴《やつ》らも来てくれた。

まあ、食べ残す客が一定数いるので、食材を無駄にしないために免許制の導入や並の表記を変更するように指導を受けたりもしたけど、なんとかやっている。

ん？　指導のあとどうしたかって？

「うちの並サイズは、そこらの並サイズじゃない。腹の大きさに自信がないなら、小サイズにしておきな」

小サイズを用意し、注文前にこう注意することにしたんだ。我ながらいいアイデアだと思う。小サイズを頼む客がまだ来店してくれないのは、ちょっと残念だが。

なんにせよ、俺はこの店を守り、大きくしていく！　絶対にだ！

っと、プラーダさま。お久しぶりです。ええ、ちゃんとやっていますよ。

お食事がまだでしたら出しますよ、ラーメン。

え？　ああ、強制労働の労働先にうちの店を？　俺もお世話になりましたからね。もちろん喜んで引き受けますよ。

こちらからの希望？　そうですね……うちのラーメンの味を知って、それでも問題ないという方がいいですね。

よろしくお願いします。

閑話　クラウデンの帰国

俺の名はクラウデン。心の中にラーメンを持つ男だ。

〝五ノ村〟に骨を埋《うず》めたかったが、国に戻ることになった哀れな男でもある。

俺が生まれた王国の王都、その中央にある王城で俺は王である父と面会した。謁見《えっけん》の間ではあるが、父と二人だけなので非公式にだけど。

「馬鹿者！　なにをやっておるのか！　お前に好き勝手させておるのは国に迷惑をかけず、情報を持ち帰るからだ。なのに魔王国で捕らわれるとは……情けない」

ふむ、それは申し訳ありません。では国外追放にでもしてください。

「そうしてやりたいが、それはお前を喜ばすだけだ。罰にならん。あと、お前を追放するとお前の母が怒る」

でしょうね。それではどうしますか？

「どうもせん。これまで通りだ」

それでよろしいのですか？

「お前のことで魔王国との交渉が進んだ。その点は助かった」

では、怒鳴って出迎えることもなかったのでは？

「ふんっ、捕まったことには怒ってる。ワザとか？　それとも油断か？」

どちらでもありません。真面目にやった結果です。

「お前が捕まるほど手強《てごわ》いのか？」

〝五ノ村〟はそうですね。なにせ剣聖がいますから。

「……は？」

剣聖のピリカ殿です。俺はあの方に捕まりましたから。

「それはまた……ご無事でなによりと言うべきか、それとも裏切ったなと糾弾すべきか」

知らぬふりをするのが最善かと。

「そうだな。せっかくまとめた魔王国との交渉が、ひっくり返っては困る」

それともう一つ。

「まだなにかあるのか？」

ええ、聖女もそこにいました。

「…………聖女というと数年前の？　お前のことは？」

見られていないので大丈夫だと思いますよ。争奪戦のときは顔を隠していましたから、見られても問題ないと思いますが。

「聖女を敵に回すのだけは避けよ。神を敵にする気はない」

わかっています。だからこちらから近づいてもいませんよ。

「よし。しかし、ますます魔王国には勝てんようになるな」

魔王は剣聖も聖女も利用する気はなさそうですよ。

「だとしてもだ。なぜ天秤《てんびん》がこうも傾《かたむ》く前に気づけなんだか……」

ですね。俺も含めてですが、どこかから呪いでもかけられていたのではないですかね。

「何者かによって人間と魔族が争うように呪われていたのではないかという話か。笑えんな」

俺はかなり信憑性《しんぴょう》のある話だと思いますけどね。それに、呪った何者かが気になります。

「ふんっ。呪いが真実なら魔神が元凶であろうよ」

魔神は魔族の守護神では？　呪いで魔王国も疲弊していましたよ？

「地上に降りた魔神の最後は、神による封印だ。そのとき、世界を恨んだという話がある。人間も魔族も関係ないのであろう」

なるほど。

「まあ、伝承の話だ。真実かどうかはわからんし、呪いが本当かどうかもわからん」

ですね。

「それより、ほかの国はどうなっておる？　魔王国で見かけたか？」

ほかの国？　ああ、もちろん我が王国と同じように動き出しております。ただ、足並みが揃《そろ》っていないところが多いですね。

「そうか。妨害はしたか？」

俺はしていませんよ。ただ、魔王国と争いそうなところの情報は、魔王国に流しましたけどね。

「あれはお前か。次々と捕まっているとの報告は受けている」

耳の早いことで。

「まわりの国々が騒いでおるからな。嫌でも届く」

ああ、情報の報酬はすでに俺が個人的に受け取っています。魔王国にさらに求めないでください。笑われますので。

「するわけなかろう。そんなことをしたら、まわりの国が敵になるわ」

賢明な王に仕えることができて、幸せです。

「ふんっ。それでどうだ？　例の話は考えたか？」

……俺が次の王になる話ですか？　兄や弟たちが怒りますよ。

「もっとも強く、優秀な者が継いだほうが王国のためだ」

兄も弟も無能ではありませんよ。

「有能でもない。ほどよい貴族の操り人形よ。お前が俺の子なのは周知の事実だ。そこに公爵家の娘との結婚話を進めれば、お前が王になっても不思議ではない」

俺が隠し子なこと、隠してませんからね。隣国でも俺は王子扱いでしたよ。

「お前の母が頑張るからなぁ」

母には感謝しております。ですが、王になる話はお断りします。

「よいのか？　野心はあるのであろう？」

野心ですか。まあ、たしかにありましたね。国の王になって俺を隠し子だと蔑《さげす》んでいた者たちを見返す野心が。

全てくだらない過去です。どうでもいい。

「……嘘ではなさそうだな。なにがお前をそこまで変えた？」

ラーメンです。

「……は？」

ラーメンです。


一ヵ月後。

王国と魔王国の交易量を増やすことに成功。王国の商人たちに喜ばれた。同時に兄と弟から睨まれた。だから王位は狙ってないって。好きにしなさい。

さらに、俺はラーメンに関する本を書き上げた。


二ヵ月後。

周囲に読み聞かせることでラーメンの広報活動をする団体を設立した。
ラーメンは心！
ラーメンを知る商人と意気投合。ラーメンの話で夜まで盛り上がった。
ラーメンは愛！

三ヵ月後。
心の中のラーメンだけでは満足できなくなってきた。俺はまだまだ未熟だ！
師匠、大師匠！　すみません！　この未熟なクラウデンを笑ってください！
俺は国を出奔《しゅっぽん》した。
目指すは〝五ノ村〟！　ただ一人の男となったクラウデン、いま戻ります！

異世界
のんびり
農家

Farming life in another world.

Final chapter

Presented by
Kinosuke Naito
Illustrated by
Yasumo

〔 終章 〕

村外の騒動

閑話　困っている村

僕の名はゴール。獣人族の男だ。

職業は魔王国の貴族学園の教師となっているのだけど、ほとんど学園に滞在していない。

これでいいのだろうか？　駄目じゃないかな？　いや、そんなことはない。うん、そんなことはない。

僕が学園にいないのは、魔王国からの依頼が入ったから。

地方で困っている村があり、その解決を頼みたいとの内容。

どうしてそんな話が僕にと思ったけど、少し前にあった地方の反乱鎮圧《はんらんちんあつ》のときに知り合った地方官僚が、僕ならなんとかしてくれると強く要望したらしい。僕のどこを見てそう思ったのかは知らないけど、困っている人がいるならなんとかしたい。僕はその依頼を引き受けた。

一応、結婚したばかりの奥さんに相談してから。なにごとも相談が大事。勝手に決めると、揉《も》める。奥さんのお父さんたちから、妙に力強くアドバイスされたのが印象的だった。まあ、そんなアドバイスがなくても相談するけど。

そして、いま僕は二人の奥さんと一緒に、魔王国の地方に来ている。

…………。

浮気《うわき》を疑われたのだろうか？　いや、奥さん《シール》が九人のことがあるから、心配されたのかもしれない。注意しよう。


地方で困っている村とは、百八十人ほどのゴブリン族が暮らすそれなりに大きい村だった。

ゴブリン族は魔王国の主要構成種族の一つなのだが、独自の文化が強く、他種族と交流すると揉めやすいので村や里単位で独立して生活していることが多い。

そんな感じなので、本来ならゴブリン族の村でトラブルがあってもゴブリン族だけで解決するのだが、どうにも手に負えなくて魔王国に援助を求めたらしい。

「一度、このあたりの領主は、自身でなんとかしようとしたのですよね？」

僕の奥さんの一人、エンデリが村の様子を見ながらそう僕に聞いてくるが、答えたのはもう一人の奥さんであるキリサーナ。

「このあたりの領主……ギマ男爵《だんしゃく》の手には負えなかったようですよ」

奥さん二人はもともと知り合いらしく、仲も悪くない。二人の親は政敵の関係だが、本人たちは気にしていないのでなにも問題はない。

「村の防備は十分そうに思えますから、内政関係の問題でしょうか？」

「それでしたらギマ男爵がなんとかしたでしょう。わざわざ王都にまで援助の話が来るぐらいですから、外敵問題だと思いますが……」

「ギマ男爵から話を聞きたかったですね」

その通りだけど、ビーゼルのおじさんが僕たちをいきなり現地に放り込んだから仕方がない。ゴブリン族の村が困っているぐらいの情報しかない。

しかし、エンデリとキリサーナの指摘通り、村の防備は揃《そろ》っている。大きな破損もなさそうだ。ゴブリン族の人数を考えても、村に問題はないように思えるのだけど……。

「と、遠いところからお越しいただき、ありがとうございます。お待ちしておりました」

僕と奥さん二人は、村の代表を名乗るゴブリン族から挨拶を受けた。

…………。

この代表さん、僕より大きいけど覇気がない。いや、かなり疲労している様子。

代表さんの後ろに控えるゴブリン族たちも同じように疲労している様子から、なにか問題があるのは間違いないようだ。

さて、どんな問題なのか……。

僕たちは代表さんに連れられ、村の周囲にある畑のところに移動した。

「綺麗《きれい》に収穫されているでしょ？」

うん、たしかに。村を訪れる前にも見たけど、感心するぐらい綺麗に収穫されている。

「これ、ワシらが収穫したんじゃないんです」

え？

「あいつらが収穫《やっ》したんです」

代表さんは、近くの森を指差した。

そこには、いくつかの目。あれは……猿《さる》？

「そうです、猿です。あいつらが、勝手に収穫して持っていってしまったんです」

…………え？　猿がこの見事な収穫をしたの？

「はい。今年の収穫は全滅です。領主さまにもお願いし、軍を出してもらったのですが、猿相手ではどうにもならず……」

「ギマ男爵、軍を出したんだ」

「そして、負けたんだ……」

エンデリとキリサーナが驚いているが、ちょっと待ってほしい。

さすがに軍を出して、猿を退治できないのはおかしい。猿以外になにかいるんじゃないのか？

「いえ、猿だけです。三十頭ほどの群れです」

ギマ男爵は何人の兵を出したんだ？

「二十人ほどの兵を送ってくれましたが、森に陣取る猿を追い払うことができないまま負傷者を増やしてしまい……」

撤退したと。

相手が三十頭だとしても、二十人の兵で負けるのか？

追い払うぐらいはできると思うのだけど……。

「実はその……ワシらが注文したことがありまして……」

注文？

「はい。ワシらには、殺したなら食べるという掟《おきて》があるんです。食わないなら殺さない。それでその、猿を殺したなら食べてもらいたいと……」

…………。

猿を食べる？

僕は少し考え、エンデリとキリサーナを見た。両者とも首を横に振っていた。たしかに猿は食べたくないかな。

ギマ男爵の兵たちも同じことを考え、殺さないようにしたので負けたのか。

「あと、追い払うのはちょっと……」

追い払っちゃ駄目なのか？

「追い払えばワシらの村は助かりますが、ほかの村に迷惑をかけることになりますので」

むう、たしかに。

「最後に、このあたりで魔法の使用はちょっと……」

魔法を使っちゃ駄目なのか？

「森の奥にある山、見えますか？」

え？　ああ、たしかに山があるな。

「あそこにはこのあたりの秩序を守る強い竜が住んでいまして、万が一、魔法が敵対行為と思われたら……」

あー……納得。

あそこの山は、南方大陸の中央に広がる天秤山牢《てんびんさんろう》の一角。ライメイレンさんの巣になる。

しかし、それだとあの猿たちをどうすればいいんだ？

「村の作物に手を出さないように躾《しつ》けてもらえれば」

……………。

思ったより、難題だった。

閑話　考えるゴール

僕の名はゴール。無理難題を出されても、笑顔で応える男……に、なりたいと思っている今日この頃。現実は、なかなか厳しいようだ。

苦笑いで応えてしまった。

慌ててはいけない。冷静に思考を進める。

…………。

猿はいつからこのあたりに？

「数年前から森で見かけてはいました。ただ、畑に手を出されたのは今年になってからです」

なるほど。今年の収穫が駄目になったと言っていたけど、村は大丈夫なのか？

「狩りと森での採取でなんとか食べていけるぐらいには」

狩りと森での採取……その狩りと森での採取で、猿の生活が圧迫された可能性は？

「それはないと思います。村の近くでも、それなりに採取できる場所は残っていますし、ワシらが狩りで狙う獲物は猿にとっては敵でしょうから……」

逆に、猿の生活に余裕ができた可能性のほうが高い。生活に余裕が出て、子供をたくさん産んだから食料が足りなくなって畑に手を出した？　いや、それだと村の近くで採取できる場所が残っているのが変だ。

畑に手を出される前に、こちら側から猿に対してなにかやったとか？

「畑や村に近づけば威嚇《いかく》ぐらいはしていましたが、こちらから手を出すようなことはしていません」

だよね。

うーん。とにかく、猿の様子を見てみようか。かなり賢いみたいだし、敵意を見せなかったら、攻撃してこないんじゃないかな。

僕はそう判断し、エンデリとキリサーナを村に残して森に入った。

猿による密集陣形《ファランクス》で出迎えられた。

…………撤退。


猿が武装してた！

「領主さまの兵たちから奪ったものかと」

だろうね！　そして、そういった情報は先にくれないかな！

「す、すみません」

次からちゃんとしてね！

…………ふう、冷静に。

えーっと。猿たちの鎧《よろい》はサイズが合っておらず、盾と槍《やり》は数が足りなかったけど、しっかりとした密集陣形だった。

ギマ男爵の兵たちから学んだのだろうか？　猿真似にしても、すごい。そして、交渉の余地《よち》がなさそうにみえたというか、ない。

僕が森に入っただけであの出迎えだからね。猿相手に交渉ってなんだと思われるかもしれないけど、村長はどんな動物が相手でも丁寧に接して従えている。

知能が高い猿なら、交渉できるかもと思ったのだけど……うーむ。

「ゴールさま、そろそろ日が沈みます。宿泊の準備をしませんと」

「村で寝る場所を用意してくださるそうです」

エンデリとキリサーナの提案に、僕は頷《うなず》く。村での情報収集をするとしよう。

代表さんが嘘《うそ》を言っているとは思わないけど、視点を変えると意見が変わるかもしれない。

ああ、その前に。

「代表さん、村の中に猿が入ることは？」

「何度か入ろうとしてきましたが、まだ入られたことはありません」

それはよかった。寝るのを邪魔されることはなさそうだ。


夜。

「ゴールさま、どうでした？」

「なにか新しい情報はありましたか？」

僕たちのために用意された小屋の中で、エンデリとキリサーナが聞いてくる。

「新しい情報はなかったよ。やっぱり明日も森に入って猿たちの観察かな」

「観察ですか？」

「うん。躾けてと言われているけど、まずは猿《ターゲット》の生態を知らないと」

「たしかにそうですね」

畑に手を出した理由も調べないと、今回の猿の群れをなんとかしても、ほかの猿の群れがやってきて畑に手を出すかもしれない。

「なんにせよ、簡単には終わりそうにないですね」

「となると、注意しないといけないのは私たちの食料ですね」

援助を求めてきた村に、食料を出してとは言いにくいので持参しているが、三人で五日分ほどしかない。まあ、ビーゼルのおじさんが三日後に様子を見に来ることになっているから、大丈夫だろうけど……。

ビーゼルのおじさんが遅れることも考えておかないといけない。僕は猿の観察に専念して、エンデリとキリサーナには森での採取を頼もうかな。

二人は僕と一緒に行動するにあたって、いつものお嬢さまな恰好《かっこう》ではなく、ズボン姿の冒険者だ。二人とも、髪型はいつもの金髪クルクルだけど。

「とりあえずゴールさま。数日はお任せしますが、あまりに進捗《しんちょく》がない場合はさらに援軍を頼むことも視野に入れてくださいね」

僕はエンデリの言葉に頷く。自分だけでなんとかできるのがベストだけど、無理はしない。うん、わかっている。

ただ、誰に援軍を求めるかが問題だ。猿が相手だからなぁ。

真っ先に思いつくのは村長。だけど、いまは秋の収穫と武闘会の準備で忙しい時期。お願いできない。

シールとブロンは、村長からまわってきた情報の裏取りと交渉で忙しい。こっちに来る余裕があるなら、一緒に来ているだろうしね。

アルフレートさま、ティゼルさまは……適任ではないように思える。ウルザなら、なんとかしそうだけど、王都でアルフレートさま、ティゼルさまを見張ってもらわないと。

そうなると、魔王のおじさん？

魔王のおじさんが来られるなら、僕がここに派遣されたりはしないだろう。

村からクロの子供を一頭、借りられれば……駄目だな。余計に騒動を酷くしそうだ。

ライメイレンさんの巣が近くにあることから、ライメイレンさんに頼むことも考えられるけど、これも駄目だ。

あの人、なんだかんだ言ってもハクレン先生のお母さん。面倒なことは踏みつぶす性格。なので、猿だけでなくゴブリンの村ごと滅ぼす可能性がある。

ヒイチロウさまに頼んでもらえれば大丈夫だろうけど、ヒイチロウさまを利用したことに対してライメイレンさんは怒る。悪手中の悪手。

ハクレン先生に頼んでもらうのもありだろうけど、ハクレン先生は生まれた子供の世話で忙しいだろうからなぁ。面倒をかけたくはない。ハクレン先生に来てもらうのも、もちろん駄目。

となると……あとは誰がいる？　ラスティさんも子供を生んだばかり。ドライムさんも、その子供に夢中との連絡を村長からもらっている。駄目だ。

ヨウコさんは〝五ノ村〟から動けないだろうし……〝大樹の村〟関係ではなく、〝シャシャートの街〟で考えるべきかな？

「あの、ゴールさま？」

キリサーナが、心配そうな顔でこっちを見ていた。

ああ、すまない、誰に援軍を頼むか考えていた。

「そうでしたか。急に黙るので、心配しました」

「すまない」

「いえ。援軍なら、南方大陸《こちら》の貴族に頼めばなんとかなるのではないですか？　ゴールさまにはそれなりの権限を持たされているわけですから」

ここに転移する前に、たしかにそれなりの権限を持たされた。しかし、使いどころを間違えないようにとも言われている。

とくに、南方大陸では大物のギリッジ侯爵とは揉めた過去があるしな。

「逆に、ここで頼ることで、ギリッジ侯爵とのあいだの蟠《わだかま》りを一掃できるかもしれませんよ」

エンデリがそう言いながら、食事の用意をしてくれた。

ありがとう。食事をして、明日に備えるか。

「はい」


深夜。

村の中に猿が侵入したことはないと言っていたけど、一応の用心として二交代制で見張りをすることにした。

と言っても、外を見張るわけではなく、室内で起きているだけだけど。

まずは僕が寝て、エンデリとキリサーナに起きててもらう。別に僕に気を使って、黙っていてとは言わない。ただ夜も遅いので、小声で。

こういった見張りのためだけでも、冒険者を雇えばよかったかなと反省しつつ、僕は寝た。

そして起こされた。キリサーナの声で。

「エンデリが猿たちに連れ去られました！」

…………。

は？

閑話　猿たちの事情

冷静に。うん、冷静に。冷静に猿を潰さねばならない。

一頭残らず、この森から消え去るように。

ゴブリン族、深夜に起こしてすまない。緊急事態だ。可能な限り武器を持ち、集結してほしい。

ああ、猿どもを駆逐《くちく》する。

甘い顔をするのは終わりだ。君たちの掟は尊重したいが、向こうは一線を越えた。

掟だなんだと言っている場合じゃない。協力してもらいたい。

代表さん、すまないが灯《あか》りを準備してほしい。キリサーナ、指揮を任せる。やれるな？　僕は先行する。よろしい。


僕は森に入った。夜目にはそれなりに自信がある。問題ない。

猿の一団が移動した痕跡も発見できた。エンデリが抵抗したのか、痕跡が乱れている箇所がある。

これなら、すぐに追いつく。ゴブリン族に指示などせず、すぐに追いかけるべきだったか。

いや、なにが待ち構えているかわからない。手数は必要だ。

ああ、しまった。村を出る前にビーゼルのおじさんに手紙を書くべきだった。冷静じゃないな。

相手が罠《わな》を仕掛けていたら、引っかかるかもしれない。

…………。

なに、全て踏み潰してやる。


猿はかなり森の奥に移動していた。すぐに追いつくと思ったが、甘かったか？　まあ、もう追いついた。猿の群れ発見。

大きな木の根本《ねもと》に集まっている。エンデリの姿は見えない。どこだ？　根本の陰か？

それにしても猿の数が多い。三十頭以上いる。五十、いや六十頭ぐらいか。

別の群れと合流でもしたのか？　それとも、僕やゴブリン族たちに見せたのが三十頭だけってことか？　かなり賢い。感心する。だが、死んでもらう。

狙うは猿のボス。

ボス猿を倒せば、群れは統率を失うだろう。あとは個々に潰すだけだ。ボス猿はわかりやすく目立つ位置にいる。風格からして、間違いないだろう。

僕は近くの木に登り、猿たちがいる大きな木に移動。

ああ、木の上にもちゃんと見張りを置いているのはたいしたものだ。鳴かれた。猿たちが一斉に僕のほうを見るが、関係ない。

僕は剣を抜き、一気にボスを目指して落下した。その勢いのまま、ボス猿を叩《たた》き切る。


僕の剣が止められた。

槍の穂先が、剣を受け止めている。文字通り、横槍だと笑えない。

僕は槍を剣で払い、ボス猿を狙うが槍を持つ者がそれを許さない。時間を稼がれた。

ボス猿とのあいだに、盾を持った猿たちが入っている。奇襲は失敗だ。撤退するか。

いや、場を荒らして混乱させる。

「待って待って待って！　戦う必要はないから！」

槍を持つ者が、僕に停戦を申し込んでくる。

なにをいまさら。

…………あれ？

槍を持っていたのは、ニーズさんだった。

「お久しぶりです、ゴールさん」

ニーズさんが僕に頭を下げる。

ニーズさんは、〝五ノ村〟にある酒と肉の店、《酒肉ニーズ》の店長さん。〝五ノ村〟で野球をやったあとの打ち上げで何度も会っている。

「店長ではなく、店長代理です。猿たちがお騒がせして申し訳ありません。エンデリさんは、あちらです」

ニーズさんの示す木の根本を見ると、エンデリがいた。無事なようだ。

ん？　え？　なにそれ？

エンデリは、生後……三ヵ月？　ぐらいの赤ちゃんを抱いていた。


ニーズさんから事情を聞いた。

なんでも、猿たちは一年ぐらい前に、森に入ってきた魔族の女性を仲間にしたそうだ。

まあ、仲間と言っても共生関係な感じで、魔族の女性と猿が互いに不得意な分野を補《おぎな》いながら生活をしていくだけで、過度に干渉はしなかった。

しかし、魔族の女性が数ヵ月前に倒れた。森に来る前に妊娠していたらしく、出産だった。無事に子供は産まれたものの、魔族の女性の体調が戻らず、伏せってしまった。

困ったのは猿たち。なんとか魔族の女性と産まれた子供を助けようと、できる範囲で頑張った。とりあえず、産まれた子供はなんとかなる。猿の母乳で生き延びることができる。

なので、魔族の女性の体調を戻すのが大事。そのため、森の外の食料を求めた。

魔族の女性が体調を崩したのは、森での生活が合わなかったと考えたからだ。

猿たちが考えるなかで、森と森の外の生活で一番違うのは食事。畑でできる食べ物を食べれば、魔族の女性の体調が戻ると思ったそうだ。

それがゴブリン族の村の畑に手を出した理由。

対価として、それまでは猿たちが食べていたゴブリン族の村の周囲の山菜とか果物には、手を出していないそうだが…………伝わらないよね。

そうして魔族の女性の世話をしていたが、それでも体調は戻らず、悪化。さらに、産まれた子供も体調を悪くした。

困った猿たちは、猿の神の使いである聖猿に助けを求めた。助けを求められた聖猿だが、正直な話、専門外。なにをどうすればいいかわからないので、猿の神に助けを求めた。

その猿の神から、蛇の神のところに話が行き、蛇の神から蛇の神の使いであるニーズさんのところに話が届けられた。

それがニーズさんがここにいる理由。

え？　ニーズさんって、蛇の神の使いなんですか？

「何度か〝五ノ村〟で祭事やったし、お店の中にも蛇神さまを祭っているのを見てるよね？」

見てるけど、蛇が好きなんだなぁという程度で。

「くっ、もっと広報活動に力を入れなければいけませんね」

それで、どうしてエンデリを連れ去ったのですか？　僕としては、もっとも聞いておかなければいけない点。

「言ったでしょ？　子供の体調が悪くなったって」

エンデリは治癒《ちゆ》魔法の使い手ではありませんよ？

「母親役を求めたのです」

母親役……。

子供を抱いているエンデリを見る。子供の機嫌はよさそうだ。

…………あれ？　体調が悪くなったのでは？

「それに関しては私が来たからね。村長にお願いして、葉を何枚か持ってきたの」

ニーズさんはそう言いながら、世界樹の葉を見せてくれる。

「母親も無事よ。ただ、体調不良が続いたから、寝てもらっているわ」

そうですか。

「ゴブリン族の村に迷惑をかけたのと、エンデリさんを無理やりに連れて来たのは謝るから、今回の件はここで収めてくれないかな？」

まあ、こちらとしては、ゴブリン族の村の畑に手を出されなければ問題ないわけだけど、その話はゴブリン族の代表さんとしてもらえるかな。

エンデリの件はともかく、畑の件は僕が勝手に決めていいことじゃない。

「たしかに、そうですね。では、夜が明けたら私が話に向かいます」

そうお願いします。

ああ、こっちに向かっているキリサーナとゴブリン族たちを止めないと。はぁ。

昼。

ゴブリン族の村で、ニーズさんとゴブリン族の代表さんの話し合いが行われた。

魔族の女性もニーズさんに同行し、子供を抱きながら猿側として参加している。

魔族の女性は、一年前の反乱に巻き込まれた貴族の奥さん。反乱側に領地が落とされる直前、逃がされたそうだ。

ただ、森に逃げ込んだため、反乱や領地がどうなったかの情報が伝わらないまま、森での生活を続け、出産となってしまったようだ。

奥さんが一人で森にいたことが不思議だったけど、従者や侍女が何人かいたらしい。ただ、途中ではぐれてしまったと。ふーむ、逃げたか。

そのあと、猿と協力しながら生活を続けられたのは、すごい。

「お猿さんたちが食料を持ってきて、私が料理する関係で……」

なるほど。

僕とエンデリ、キリサーナで、知っている限りの南方大陸の最新の現状を伝え、今後どうするかは任せた。

夫が無事かどうかは、調べないとわからない。そのあたりは、ビーゼルのおじさんが来てからだ。


ニーズさんとゴブリン族の代表さんの話し合いは終わった。

今後、猿たちは畑の収穫を手伝うことで、畑の作物を得ることができるらしい。今回の騒動の罰《ペナルティ》を、ゴブリン族は求めなかった。

「赤ちゃんがいるなら、仕方がありません」

君たち、お人よしすぎるぞ。あと、ギマ男爵にも謝っておかないと……こっちも、ビーゼルのおじさんが来てからだな。よし、丸投げしよう。


しかし、ニーズさんの槍の扱いはすごかった。今度、指南してもらおうかな。

「私より、ピリカさんに習うほうが上達しますよ」

あれ？　ピリカさん、槍を使うの？

「槍使いに対処するには、実際に槍を扱うのが一番だそうで」

それで、槍も上達するのだからピリカさんもすごい。そういえば、去年の武闘会でピリカさんは魔王のおじさんといい勝負をしたと聞いている。うーむ。僕も頑張らねば。

僕がそう決意していると、キリサーナがやって来た。僕ではなく、ニーズさんに聞きたいことがあるみたいだ。

「私ではなく、エンデリが連れ去られたのには理由があるのですか？」

「え？　えーっと………ありませんよ。たぶん、適当に選んだだけではないかと」

ニーズさんはそう答え、笑っていた。

しかし、僕は見た。ニーズさんが答える前に、キリサーナの胸元を見たことを。

エンデリとキリサーナの両者はズボン姿だが、胸はしっかりと強調されている。そして、胸のサイズはエンデリのほうが母親らしい………ごほんごほん。思考を止めよう。

うん、偶然。適当に選んだだけだ。きっと。

閑話　神の使いニーズ

私の名前はニーズ。〝五ノ村〟で働きながら、蛇の神の使いをやっています。

最近の力の入れ具合は、労働が九で蛇の神の使いが一です。ですが、神の使いを疎《おろそ》かにしているわけではありませんよ。ちゃんと毎朝のお祈りは欠かしていません。

ただ、人並の生活を享受《きょうじゅ》するにはある程度のお金が必要ですからね。頑張って稼がないといけません。今日も頑張りましょう。

おっと、その前に。ん、朝から飲むお酒は美味《おい》しい。

そんな感じに日々を謳歌《おうか》していたら、神託が届きました。

神からの連絡です。拒否はできません。一方的に届くだけですから。

そして、その神託がどんな内容かと頭を働かせると……は？　え？　なにこれ？　猿を助けろ？

ご冗談を。私は蛇の神の使いですよ。蛇のためならともかく、猿のために働く理由がありません。

拒否です、拒否！　絶対に引き受けません。

…………。

無言の神託を無数に送りつけてくるのは、神としてどうなのでしょう？　無言でも、神託を受けるたびにガンッとくるので、それなりに辛《つら》いのですけど。

……わかりました、わかりましたから止めてください。はいはい、頑張ります。頑張りますよ。ですが猿たちが保護しているのは、魔族の女性なのですよね？　私の治癒魔法は蛇にしか通用しませんよ？　世界樹の葉を使え？　私の所有物じゃないのですが？　いや、交渉しろって、対価がありませんよ。…………後払い？　猿の神や猿の神の使いがなんとかすると。

一応、交渉しますけど、駄目なときは駄目ですからね？　それでも無理を言うなら、私にではなく上のほうの神に言ってくださいよ。狐《ヨウコさん》の神の部下をなんとか引き込め？　無理をおっしゃる。


…………。


村長との交渉を終え、私は世界樹の葉を五枚、手に入れました。

私が指摘するのもなんですが、簡単に出しすぎじゃないですかね？　いや、人命が大事というのもわかりますが……もう少し、出し惜しんだほうが、あ、はい、すぐに行きます。そうですね。手遅れになってはいけませんから。武闘会の準備中、お邪魔しました。お店のほうは、聖騎士のチェルシーさんに私の代理をお願いしましたので。ええ、蛇の神が聖女にも連絡したようで……ご迷惑をおかけします。

はい、チェルシーさんにはこれまで何度か手伝ってもらっていますし、ほかの店員たちにも手助けをお願いしていますので。

はい、できるだけ急いで戻ってきます。


私は南方大陸に移動しました。

移動方法は秘密。と、言いたいのですが、軽く説明しましょう。神の力です。

冗談ではないですよ。神の力によって維持されている通路を使い、遠方の地へと移動できるのです。本来は簡単に使用できるものではありませんが、今回は使用の許可をもらいました。

ですが、この通路。自由に出入り口を設置できるものではなく、決まった場所から決まった場所に移動できるだけです。

なので、ここから目的地までそれなりに移動しなければなりません。はいはい。頑張ります。

なので無言の神託は止めて……え？　とても面倒なことになるから急げ？　…………私は目的地に向けて、全力での移動を開始しました。


目的地に到着したのは夜でした。

猿たちが出迎えてくれますが、言葉がわかりません。そうですよね。私は蛇とは会話できますが、猿と会話できません。うっかりしていました。

…………！

蛇の神よ。いきなり『猿の神の加護』を渡されても困ります。いや、会話できるようになりましたけど。

ああ、『猿の神の加護』を渡したのは猿の神ですか。そうですよね。蛇の神が、『猿の神の加護』をどうこうできるのは変ですから。ありがとうございます。

ですが、この件が終わったら『猿の神の加護』は返上させてもらいます。持ってたら、猿の件で便利に使われそうだからです。私は猿の神の使いではなく、蛇の神の使いなのですから。

蛇の神よ、嬉《うれ》しいのはわかりましたから、『蛇の神の加護』を重ねて渡さないでください。人の身体を維持するのが難しくなります。

おっと。猿たちの相手をしなければ。はいはい、体調を崩した者はどこですか？　よく効く薬を持ってきましたから、すぐに治りますよ。

ああ、こちらの女性ですね。…………はい、これで大丈夫。しばらく寝かせておいてください。それと、子供も体調を崩したのですよね？　そちらは？　ああ、この子ですね。はい、これで大丈夫です。

…………。

ところで、子供を抱えているお嬢さん。どこかでお会いしたことがありませんか？　その金髪のクルクルヘアーに見覚えがあるのですが……エンデリ？　ああ、ゴールさんの奥さん。いや、奇遇ですね。こんな場所でお会いするなんて。どうしてここに？

猿たちに連れてこられた？　なるほど。子供のために母親役が必要と。なるほど。

ところで確認ですが、平和的にですか？　ああ、やっぱり無理やり。はははは。猿どもっ！

そう叫ぼうとした瞬間、木の上から警戒の声が上がりました。そして剣を持って飛び降りてくるゴールさん。狙いはボス猿のようです。

ああっ、もうっ！

私は槍を持って、ボス猿を助けに飛び出しました。

危ないところでしたが、なんとか凌《しの》げました。ここでボス猿というか猿がやられると、猿の神がなにをするかわかりません。

人の立ち位置で思考するなら、怒るゴールさんのほうが正しいのでしょうが、猿の神は猿の神の思考で動きます。方法に問題があれど、魔族の女性と子供を保護していたら攻撃された。最悪、世界中の猿が魔族や獣人族に牙をむきます。保護する方法に問題があるのが駄目なんですけどねぇ。ゴールさんが冷静で、助かりました。

ああ、事情を説明する前に、猿たちから事情を聞く時間をください。実は私もさっき到着したばかりで。

はいはい、事情を知るお猿さん、ちょっと来て説明してくれるかな？　あ、君ね。よろしく。それで、さっそくだけど、あの作物は？　魔族の女性のための食べ物？　近くにあるゴブリン族の村の畑から持ってきたと。

畑の食べものが必要と思ったのはわかりますが、ちょっと量が多くないですか？　魔族の女性に食料を持っていくと、美味しくなるけど量が減るから、これぐらいないと駄目と思った？　美味しくなる……ああ、料理ですね。

なるほど。それで、その持ってる槍とか盾は？　攻めてこられたので奪った。なるほど。その者たちに魔族の女性を預けようとは考えなかったのですか？　魔族の女性が嫌がった？　魔族の女性は女性で事情がありそうですね。

昼、ゴールさんが森に来た？　嫌いな犬の匂いがするから、密集陣形で出迎えたと。

ああ、ゴールさん、犬系の獣人族でしたね。私からも嫌な匂いがする？　ああ、〝大樹の村〟に行ったときの匂いですね。数日前ですが、匂いがまだしますか。ええ、狼《おおかみ》です。なので逆らわないでください。

辛い。疲れた。しんどい。

なぜ蛇の神の使いである私が、猿のために。説明や謝罪をする相手が多すぎて泣きそうです。

ゴブリン族が温厚で助かりました。ギマ男爵は……猿に負けた事実はないことで決着しました。

もちろん、裏で金品が動いてます。

猿の神の使いから今回の件の費用と報酬が送られてくる手筈《てはず》になっていますが、たぶん物品になります。私はその物品を売却し、金品にして支払わねばなりません。支払いを待ってくれて、助かります。

え？　支払いを待つかわりに、ギマ男爵の上のギリッジ侯爵に話を通してほしい？

それ、私の仕事ですか？　いえ、わ、わかりました。頑張ります。

ゴールさんには、あそこで戦いを収めてくれたことへのお礼と、エンデリさんを連れ去ったことに対する謝罪をしなければいけません。

エンデリさんがゴールさんをなだめてくれたので、あまり高額にはならないと思いますが……誠意は見せねばならないでしょう。まあ、困るのは猿の神の使いです。

…………。

彼は珍しい仙具《せんぐ》や神具《しんぐ》をいくつか持っています。まさか、それを送ってはこないでしょうね？あれらは金品にするのが不可能というか、誰も買い取れませんよ。

それに、一般に流していい物でもありませんし……あ、村長ならいける。うん、村長に渡して私はお金をもらう。そのお金を支払いにあてる。これでいけそうですか？　よし。万が一そういったのが届いたら、そうしましょう。

まあ、売却しやすい宝石とかが届くのが理想なんですけどね。最悪の事態を考えておけば、なんとでもなるものです。

…………。

猿の神の使いを疑うわけではありませんが、ちゃんと支払いますよね？　不払いは、戦争ですよ。本気の戦力を揃えて、攻め込みますからね。

猿の神よ。神託での謝罪は不要です。なので、猿の神の使いにしっかりと言い聞かせてください。よろしくお願いします。

あと……猿が魔族の女性と子供を助けようとしたことは立派です。方法が悪かったですが。

できれば、周囲と揉めないような方法を教育することは……私に仕事を振らないでください。私は蛇の神の使いです。はい、私は戻らねばなりませんので。頑張ってください。

…………辛い。疲れた。しんどい。

あー、早く〝五ノ村〟に戻ってお酒が飲みたい。

閑話　働くヨウコ

我の名はヨウコ。九尾狐《ナインテール・フォックス》のヨウコと名乗れば、それなりに畏《おそ》れられる存在……であったと言うべきか。

「ヨウコさま！　こちらの案件、決裁が今日までです！　急ぎお願いします！」

「ヨウコさま！　これ、三日前が締めのやつじゃないですか！　なにやってるんです！」

「ヨウコさま！　今日の働きが、明日の安寧に繋《つな》がるのです！　頑張ってください！」

最近は、ヨウコさま、ヨウコさまと気安く呼ばれている。これも〝五ノ村〟の村長代行などということをやっているからだろう。

昔は我の名を呼ぶのも憚《はばか》られたものだが、まあ……これはこれで悪くはない。

「ヨウコさま、思案するのはかまいませんから、手を動かしながらにしてもらえませんか？」

う、うむ、頑張る。

秋は畑の収穫時期であることに加え、冬の備えでなんだかんだと税が動く。

〝五ノ村〟の住人のほとんどが税を納めることに抵抗がない部分は楽なのだが、こちらが求める以上に納められるのは少し困る。倉庫にも許容限界というものがあってだな……ああ、これは駄目だ。倉庫を新しく作らねばならん。

どこに建てる？　考えるまでもない。麓《ふもと》しか空いている場所がない。

大工の手配は……ああ、手の空いている大工はいないか。では、当面はテントでも張らせて凌がせよう。

テントはどこから調達する？　ゴロウン商会は……地下商店通りで稼がせた。あそこばかり頼りにするとほかの商会がうるさい。しかし、大量のテントを用意できるところなど……。

そういえば、ティゼルから紹介があったな。ダルフォン商会系列のベイカーマカ商会。規模も十分。テントも一軍を収容できる程度には持っているか。うむ。

与える利は少ないが、信用調査を兼ねて今回は任せてみよう。我は近くに控えている部下の一人に方針を書いた木札を渡す。部下はその木札を担当する者に渡してくれるだろう。

部下たちはよくやっている。だが、それは与えられた権限内でだ。

権限外を意識して仕事のできる文官は、我の部下でも数えるほどというか、文官として〝四ノ村〟から派遣されたロクだけだ。これではいかんのだが、文官はすぐには育たない。

なので、〝五ノ村〟を内偵しているナナ、転移門の管理をしているフタを動員して、なんとかしている状況。うーむ。村長に相談だな。

あと、ティゼルが学園を卒業したら〝五ノ村〟で働くように要請しよう。駄目なら〝シャシャートの街〟にいるミヨを。


などと、我がそれなりに忙しく働いているところに邪魔が入った。

「たすけてー」

蛇の神の使い《ニーズ》だ。涙目なことから、神からの案件だろう。我は全力で逃げ出したかったが、まわりにいる部下に止められてしまった。お前らな、神からの案件《これ》に関わるほうが時間を取られるぞ。

まあ、いい。話だけは聞こう。

ん？　人払い？　ああ、そうだな。聞かれるわけにはいかんな。

では隣の部屋で……は無理っぽいので、しばらく我とニーズだけにしてもらえるか？　大丈夫だ。逃げん。お昼のお稲荷《いなり》さんを賭けてもいい。

…………。

お前ら、それで信用するのはどうなんだ？　いや、逃げんぞ。逃げんがな。……わかった。手早く終わらせる。


事情を聞いた。頭が痛くなる。

猿がらみだ。猿は面倒だ。だからといって、放置もできんか。

世界樹の葉はこの〝五ノ村〟に十枚、保管されているが渡せん。これは〝五ノ村〟のために使わねばならん。

高品質の治癒薬なら用意できるが……容体がわからんからな。村長に言って、世界樹の葉を何枚かもらうのがいいだろう。我はこの場を離れられん。勝手に……っと、フタをここに呼んでいるから転移門は閉めてた。ええい、フタを転移門に戻す。〝大樹の村〟に行ってこい。我にできるのはここまでだ。

フタ、ニーズが戻ったらすまないがすぐに帰ってきてくれ。頼むぞ。絶対、絶対だからな。


夜。

やっと職務と部下から解放されて、我は〝大樹の村〟に戻った。

夕食の最中、村長から労《ねぎら》いの言葉をいただきながら、酒を注いでもらう。

村長も秋の収穫や武闘会の準備で忙しくしている。我だけではないのだ。文句は言わん。我も村長のカップに、酒を注ぐ。

まあ、我が忙しいのはいまだけだ。冬になれば、仕事も楽になる。それを希望に頑張ろうではないか。

「ところでヨウコ、ニーズの件を聞いていいか？」

ん？

「ニーズはそれなりに慌てていたみたいだから詳しくは聞かなかったのだけど…………猿の揉め事にニーズが呼ばれるものなのか？」

あー、うむ。本来なら、呼ばれるはずはない。ニーズは蛇の神の使いだからな。蛇関連でないと動かん。

しかし、猿の神が蛇の神に頼んだことで、動かざるをえなくなった。

「頼んだだけでか？」

神の事情は知らぬが、頼まれるだけの貸し借りがあるのだろう。狐の神に聞けば詳しくわかるかもしれんが、そのために連絡を取ろうとは思わん。面倒が増える。

その点、ニーズは真面目だ。そこは感心する。見習いたいとは思わんがな。

「しかし、猿の神の使いはいるんだろ？」

うむ。

それなのだが……いると言えばいる、いないと言えばいない状況でな。

「どういうことだ?」

猿の聖獣セイテンの話はしたな?

「ああ、神域に近づいた獣のことだろ?」

うむ。

聖獣が進化し、神の使いとなる。

猿の聖獣ならば、猿の神の使いとな。

現在、猿の聖獣と猿の神の使いは同一だ。

「……どういうことだ?」

つまり、猿の聖獣と猿の神の使いが兼任中なのだ。

「…………それに、なにか問題があるのか?」

大きな問題だ。

猿に限らず、聖獣は人の言葉を解し、人の営みを知り、ほかの生き物の理《ことわり》を学ぶ。強かったり、頭がよかったりしたから聖獣になるのではなく、己の種族と他種族への理解を深めることができるのが聖獣なのだ。

そうして己の種族と他種族への理解を深め、神への信仰を持ち、聖獣は使徒に……つまり使いとなる。のだが、猿の神は未熟な猿の聖獣を、猿の神の使いとした。

「なんでまた?」

使いがいるのといないのでは、神の影響力が違う。猿の神はなんとしても影響力を強めたかった。

「それこそ、どうしてだ？」

神の縄張り争いだな。

「え？」

少し前、狐の神が幅《はば》を利かせていたのだが、その狐の神の使いが逃亡して、力を落としたのだ。

狐の神をよく思っていなかった猿の神は、台頭の好機と未熟な聖獣を使いに昇格させたのだ。

だが、未熟ゆえに使いとしての役目は満足に果たせず、いまだ聖獣として修行中。猿の聖獣は悪い猿ではないのだが、環境に振り回されている。

「へー」

ちなみに、その逃げた狐の神の使いが我なのだがな。

「知ってるよ。少し前って、何百年前の話なんだよ」

ふふふふふふ。

「笑っているが、ニーズは大丈夫なのか？」

ニーズは正しく使いに至《いた》った逸材《いつざい》。なにも問題はない。

蛇の神の使いを辞めるのであれば、いつでも部下に迎えたいぐらいだ。

「ヨウコの部下？　《酒肉ニーズ》の店長を辞められるのは困るなぁ。副総支配人とかもやってもらっているし」

ふふふふ。まあ、その心配は必要あるまい。あのニーズが、蛇の神の使いを辞めるとは思えん。

それに、我の部下ではニーズが嫌がるであろう。

村長が拒絶せぬかぎり、ニーズは《酒肉ニーズ》の店長……店長代理だったな。押しつけるのは感心せんぞ。

「反省」

反省しているなら、和を乱す猿の神に天罰がくだるように……は、少しかわいそうか。猿の神は猿の神なりに、今回の件が無事に収束するように動いているようだからな。

今回の件で、蛇の神が猿の神の上に立てば、ニーズも少しは楽になるかもしれん。

ああ、楽になるで思い出した。村長。〝五ノ村〟の件でいくつか相談が……。

閑話　王城のティゼル

私はティゼル。お父さまのことを一番に考える、天使族の娘。

今日も元気に頑張ろうと気合いを入れながら、朝ご飯を食べる。うん、美味しい。

「ティゼル、またゴー兄《にぃ》たちを使っただろう。結婚してまだ数年なんだから、少しは遠慮しないと」

私と一緒に朝食を食べているこちらの優し気な男性は、アルフレートお兄さま。私はアル兄と呼んでる。

アル兄は私のことが心配なのか、自室とトイレ以外では私を一人にしてくれない。常に誰かと一緒にいることを求めてくる。ちょっと過保護じゃないかな。

「ゴー兄だけじゃないわ。シー兄、ブロ兄にもなにかさせてるわよね？」

同じく、一緒に朝食を食べているこちらのカリスマの溢《あふ》れる女性は、ウルザお姉さま。私はウル姉《ねえ》と呼んでる。

ウル姉も私のことが心配なのか、私を一人にしてくれない。二人からの愛を感じるわ。腰に結ばれた紐《ひも》で物理的に。……愛って、物理的に感じるものだったのかしら？　もっとこう、精神的なものだったと思うのだけど？

ちなみに、この紐の先には、魔王のおじさんが繋がっている。

「あー、アルフレートにウルザよ。ティゼルがゴールたちを使うのは、私が頼んだからでもあるのだ。大目にみてもらえないだろうか」

さすがのアル兄もウル姉も、魔王のおじさんから言われれば仕方がないと、これ以上はなにも言わない。

……………あれ？　アル兄もウル姉も、私と魔王のおじさんを繋ぐ紐をじっと見てるわね。私が紐を引っ張って魔王のおじさんに助けての合図を送ったのがバレたのかな？　あ、二人同時に、大きなため息を吐いてる。どうやら、バレていたみたい。

さすがはアル兄とウル姉。見事な観察力と褒めておきましょう。

しかし、バレてもアル兄とウル姉がなにも言わないのは、この朝食の席に魔王の奥さんである学園長がいるから。魔王のおじさんが、奥さんをほうって私のようなかわいい娘《こ》と会話せずに意思を通じ合っている仲なんて、言えませんよね。

「アルフレートさん、ウルザさん。私のことは気にせず、叱ってかまいませんよ」

あれ？　学園長にもバレてる？　そして魔王のおじさん、学園長が怖いからって、紐を引っ張って私に助けを求めないで。

うーむ。長々と叱られてしまった。

もっと上手にやらないと駄目ってことね。頑張ろうと思う。

「ティゼル、そろそろ行くか」

魔王のおじさんが立ち上がりながら、そう言った。朝食は全員、食べ終わっている。叱りながら、叱られながらも食べていたからね。

私は魔王のおじさんの肩に乗り、王城に向かう。魔王のおじさんのお手伝いをするためだ。

アル兄、ウル姉、学園長は学園の校舎に向かう。アル兄、ウル姉は学園長のお手伝いではなく、学園に通うほかの生徒との交流会が中心。将来のことを考えたら、ここでの交流は重要だ。頑張ってほしい。

「おはようございます」

王城の正門を守る衛兵たちの挨拶を受けながら、私と魔王のおじさんは入城。

四人の護衛と八人の文官が現れ、そのまま一団となって執務室《しつむ》に向かうのだけど、このときから魔王のおじさんの仕事は始まっている。

魔王のおじさんは文官の報告に耳を傾け、手短に指示をしていく。ここでの内容は誰に聞かれても問題ないものばかり。

私と魔王のおじさんが執務室に入るけど、一緒にいた護衛と文官は入り口まで。執務室では、三人の文官と一人の将軍が待っている。

内務《ランダンのおじさん》、外務《ビーゼルのおじさん》、財務《レグさん》、軍務《グラッツのおじさん》の四人から派遣された文官と将軍。つまり、四天王の代理人たち。魔王のおじさんでも、気を抜けない相手だ。

…………。

うん、どうして四人とも、魔王のおじさんじゃなく、私に報告をしているのかな？　魔王のおじさん、窓の外を見てないでちゃんと聞かないと。

たしかに私の発案した内容ばかりだけど、だからって丸投げは問題があるんじゃ……いや、貴方《あなた》たちも私のほうが話が早いって言ってる場合じゃなくて。

とりあえず、火急の内容はすばやく処理。余裕があるのは、魔王のおじさんに投げる。

「魔国八将《はっしょう》？　なんだ、これは？」

昔あった魔王国の将軍関連の役職。これを復活させてはという意見があるのだけど？

「八将ということは、将軍を八人選ぶのか？」

ここでの将は、軍を率いる将軍じゃなくて、強い人って意味でいいんじゃないかな？　この役職を復活させたい人たちは、広大な魔王国の領土に対して、抑えとなる人が少ないのを問題視しているみたい。

「各地には、力を持つ貴族や代官がおるではないか？　それでは駄目なのか？」

それだと、魔王国じゃなくてその力を持つ貴族や代官の権勢が強くなっちゃうのが問題でしょ。ある程度の力は許容しなきゃ駄目だけど、中央を脅かすほどは不要よ。

「しかし、そう言われても……この八将も、どうせ軍の上層部か、貴族たちの持ち回りになるのであろう？」

実力主義の魔王国とは思えない考えね。目的は、中央の威信の維持なんだから、軍とか貴族とか関係なく、中央が選んだ強い人でいいのよ。

「それだと、ゴール、シール、ブロン、アルフレート、ウルザ。あとは、メットーラにアサ、アースか？　ああ、リグネ殿もいたな。九将にするか」

こちらの身内を自然と引き込まないように。

見逃せる人材だと……混代竜族のオージェスさん、ハイフリーグータさん、キハトロイさんぐらいかな。あの三人、人の姿だと弱いけど、竜の姿になればかなり強いわよ。

「ふむ。しかし、彼女たちには野球で頑張ってもらわねばならぬからな。そういえば、各地に野球場と球団を作る計画はどうなっているのだ？」

難航中。見知らぬ集団競技を広めるのは難しいわ。

〝シャシャートの街〟か〝五ノ村〟に呼んで、実際に見せるのが一番じゃないかな。もしくは、こちらから球団を二つ連れていって、やってみせるとか。

「うーむ。野球関連は私の個人予算でやっているから、二つの球団を移動させるのはなかなか……移動費とか宿泊代とか」

あれ？　各地にある軍の施設を使えば、宿泊費は浮くでしょ？

「公私混同はできんだろう」

国は王の持ち物だ！　みたいな感じでもいいと思うけど。

「暴君はちょっと……民衆に討たれるとか、考えたくない」

なるほど。じゃあ、そのためにも魔王のおじさんのすごさを宣伝しないとねー。

「派手なのは困るぞ」

大丈夫、大丈夫、任せておいて。あ、そろそろシー兄、ブロ兄たちから報告が来るかな。お父さまから来た情報だから、裏取りとか必要ないと思うけど、一応はやらないとね。

そうそう、リドリーのベイカーマカ商会が〝五ノ村〟に進出したけど、魔王のおじさんのほうで推《お》したい商会とかある？　私のほうからヨウコさんに紹介したら、話が早いわよ。

「それは助かるが、ゴロウン商会はいいのか？」

あそこになにかしたら、私がお父さまに怒られるじゃない。

「できれば、私が推薦する商会にも手を出さないでほしいのだが……」

出さないって。向こうが勝手に便宜《べんぎ》を図《はか》ってくれるだけで。

「行きすぎた便宜の場合は、ランダンやホウが怒るぞ」

上手《うま》くやるから大丈夫。

「そういう問題ではないのだが……まあ、いい。そろそろ、昼食だ。そのタイミングで紐をアサに任せるぞ」

昼食後になにかあるの？

「他国からの使者が来ている。さすがにその場にティゼルを出したら怒られる」

誰が怒るの？

「お前の母親《ティア殿》とか、お前の祖母《ルィンシア殿》とか。それに、天使族が魔王国側で前に出ると問題であろう？」

あー、そっか。

反魔王国勢力のガーレット王国には天使族の里があり、天使族はガーレット王国の王家に強い発言力を持っている。

私は天使族の里どころかガーレット王国にも行ったことがないから関係ないと思っていたけど、ほかの人はそうは見ないものね。うん、手札が一枚増えた。私が外交の場に出るときは、盛大にやろう。ふふふ。

「頼もしい笑いだが、そういった場に出すときは村長の許可をもらわねばならんだろう。村長が反対したら駄目だからな」

えー、なんでなんでー。魔王国のために頑張るのにー。

「〝大樹の村〟に悪影響がない範囲で、魔王国のため。だろ？」

魔王のおじさんと利害は一致していると思うけど？

「たしかにそうだが、父親としての気持ちもわかるのでなー。娘にはいつまでも家にいてほしいものだ」

うーん。村で暮らすのも悪くないのだけど、あそこはお父さまの力がすごすぎて、活躍の場がないのよね。

「そうか？　ビーゼルの娘を手伝うとか、ラスティ殿を手伝うとか、いろいろあるだろ？」

フラウお母さんにはフラシアがいるし、ラスティお母さんはラナノーンがいるから。私がでしゃばるのは問題があるのよ。

「でしゃばるもなにも、フラシアもラナノーンもまだ子供であろう？」

子供だからよ。将来の可能性を、私が潰すわけにはいかないじゃない。

「……お前はお前で、いろいろと考えているんだな」

当然よ。

まあ、フラシアやラナノーンに手伝うつもりがなかったら、私の出番になるのだけど……まだまだ先の話。だから、私はこっちで頑張るの。魔王のおじさんも、助かってるでしょ？

「たしかにそうだな。できればあと五年は頑張ってほしい」

どうして五年？

「五年もすれば、アルフレートとウルザがもう少し自由になるだろ？」

まあ、五年もすれば……そうなるかな。

「アルフレートかウルザのどちらかが魔王を目指してくれれば、私は楽に引退ができると思うんだ。私の引退後は、ティゼルの好きにしたらいい。次の魔王の補佐をするのも、もちろん自由だ」

もう引退のことを考えているの？

「まあな。人間の国はガタガタになっておるし、魔王になっても苦労はない。ティゼルからも、アルフレートかウルザのどちらかに……希望はウルザだ。うん、あれは魔王になっても通用する精神力がある。こっそりと誘導してもらえれば」

ウル姉が魔王って、想像するだけで怖いんだけど。

いや、ウル姉はいい王にはなると思うよ。ただ、ウル姉は王よりも前線指揮官が似合うから……こう、ばーっと、人間の国を滅ぼして進む未来が……。

「あ、私にも見えた」

……………。

私と魔王のおじさんはにっこりと微笑《ほほえ》み合って、この話題を終了。

昼食のために食堂に移動した。

閑話　揺れる王国

私はとある国の第三王子。今年で二十歳になる。自分で言うのもなんだが、優秀だ。文武に優れている。兄たちよりも。だから、私は無能のふりをしている。優秀だとバレると王位を狙うのかと兄たちに警戒され、最悪は命を狙われるからだ。

お陰で、私はこの年齢まで生き抜けたと思っていた。しかし、それは大きな勘違いだった。

上の兄は今年で二十七歳、下の兄は今年で二十五歳。

二人の兄は、まさしく私の兄だった。つまり、私と同じことをしていた。

二人の兄は私に負けず劣らず優秀なのに、上の兄は現在の王である父に警戒されないように、無能のふりをしていた。下の兄は、父や上の兄に警戒されないように、無能のふりをしていた。

私を含め、なにをやっているんだと言いたい。

お陰で、この国の第一王子から第三王子は無能だということになり、将来をかなり不安視されている。どれぐらい不安視されているかというと……私たち兄弟が揃って独身であると伝えれば、わかってもらえるだろうか？

………。

無能のふり、もう少し抑えるべきだったかもしれない。


私たち兄弟がやっていた無能のふりがばれたのは、そんな場合じゃなくなったから。

最初に下の兄が有能さを示した。次に私、最後に上の兄が。

まあ、有能さを示しても父や家臣たちに認めてもらえず、ちょっと悲しいことになってしまったが……。

私たち兄弟は互いを認めた。なにせ現状を正確に把握し、同じ心配をしていたのだから。

そして三人で話し合った。この現状をどうするか。

そう、人間の国が滅ぼされつつある現状について。


ああ、人間の国という名の国があるわけではない。

人間の国とは、魔王国以外の国の総称。

つまり、魔王国がほかの国を滅ぼし、一人勝ちになりつつあるということ。

私のいる国も、人間の国の一つなので、そんな現状を喜べるはずもない。

とくに私は王族。滅びた国の王族なんて、どこに行っても邪魔に思われる。最悪、殺される。私は死にたくない。なんとかしなければと足掻《あが》いているわけだ。

私たち兄弟は、まず父を説得した。

「すまないが、お前たちがなにを心配しているのか、私には理解できん」

父も無能ではないが、現状の認識が甘かった。仕方なく、一つずつ説明していく。

まず、人間の国はほぼ全てが魔王国に敵対姿勢を示して、団結している。

その中で重要視されているのが、中央大陸で魔王国と国境を接しているガルバルト王国とフルハルト王国、それと天使族を崇《あが》めて力をつけたガーレット王国の三つ。この三つの国は、歴史的にも英雄女王の後継国として、魔王国とは相容れない存在となっている。

この三つの国に対し、ほかの人間の国は大なり小なりの援助を行って、対魔王国の戦線を支えていた。

「うむ。なにも問題ないではないか？」

なにも問題ない？　そんなわけがない。

ガルバルト王国、フルハルト王国は以前からの食糧難から立ち直れず、戦線の維持どころか軍の維持ができていない。とくにフルハルト王国は酷い。

魔王国がなぜか攻勢に出ず、戦線を下げたことで国体を維持できているだけだ。

「ふうむ。フルハルト王国は剣聖の継承で揉めたのが痛かったな」

その剣聖は、いまでは魔王国にいる。

「え？」

剣聖など些細《ささい》な問題だ。ガーレット王国から、天使族が去ろうとしている。それをガーレット王国の王家が泣きながらすがって、なんとか留《とど》めている状態。

留まっている天使族からの要求は一つ。魔王国と戦うな。

魔王国に従う必要はないが、武力で殴り合うのだけはやめろと要求している。

「馬鹿な。あの国は天使族がいるからなんとかなっているのだぞ。天使族が去ったら、崩壊《ほうかい》する」

ちなみに、天使族の行き先は魔王国だと報告が届いている。

「はぁ？　天使族は魔王国を激しく憎んでいるのではなかったのか？」

憎しみを抑えてでも、魔王国に行く理由ができたのだろう。いや、本当に天使族は魔王国に憎しみを持っていたのか？　人間の国で生きていくため、そう言っていただけではないだろうか。

なんにせよ、ガーレット王国は軍を進めていない。完全に動きを止めている。

つまり、重要な三つの国は役立たず状態。そのうえで、後方の国をまとめていたゴールゼン王国の崩壊。魔王国の喉元《のどもと》を突き刺す位置にあったエルフ帝国の消滅。

魔王国に有利なことはあっても、不利なことがない。

「だとしてもだ。我々には勇者がいるではないか。何度殺されても生き返る不死身の勇者が。勇者がいれば、魔王国など恐れる必要はない」

父よ。いつの話をしている。勇者はすでに役立たずになっている。

「勇者が？　なぜ？」

本当に知らないのか？　生き返らなくなったんだ。

「馬鹿な？　試したのか？」

試して生き返らなかった。我が国の勇者は、その話を聞いて逃げた。

「なぜ逃げる？」

生き返るからと、これまで好き放題やっていた勇者は嫌われ者だからだ。勇者が生き返らないとわかれば、これまで勇者に虐《しいた》げられていた者たちも奮起するだろう。

「ぐ……な、ならば聖女だ。神の声を聞き、我らを導いてくれる聖女がまだいる」

いや、その聖女もいない。聖女の資格を持つ者を狙って各国が暗躍した結果、行方不明。新しい聖女も見つかっていない。

「……息子よ。この先、我が国はどうなるのだ？」

その話がしたかったんだ。だけど、その前に一つ、確認していいか？

「なにをだ？」

いま、魔王国が憎い？

「なにを言っている。魔王国は我ら人間の国にとって…………あれ？」

父も気づいたようだ。

我が国が、魔王国と敵対する理由がないことに。しかし、なぜか少し前までは魔王国は倒さねばならない国だと思っていた。私も思っていた。兄たちもだ。

これまでの歴史による先入観なのか、それとも悪質な魔法にでも集団でかかっていたのか……。

昔の魔王国のことは知らないが、ここ十年の魔王国の動きは理性的だ。侵略してくる様子もみせない。

エルフ帝国の件があるが、あれは竜によって滅ぼされたエルフ帝国の住人を守るためだ。

事実、いくつかの国がエルフ帝国の件で文句を言ったら、領地も住人も渡すからそっちで引き取れと返されたらしい。

エルフ帝国の技術は魅力的だが、魔王国に近い場所に領地など持ちたくないし、竜に攻められているのも評価を下げる。結果、誰も引き取らなかったので、逆に魔王国から期待させるようなことを言うんじゃないと文句を言われた。

「……争わずにすませることができるだろうか？」

父の言葉に、私たち兄弟は頷いた。

争わないことはできる。

「おおっ」

だが、問題もある。

我が国は、魔王国を攻撃するためという名目の支援を続けている。これは魔王国にとって、我が国を攻撃する大義名分になるので支援を止めなければいけない。しかし、支援を止めれば周辺国から魔王国に与《くみ》するのかと敵対される。それらを追い払えるほど、我が国は大国ではない。どちらかといえば、小国だ。

「どうすればいい？」

支援に関しては、なにかしらの理由をつけて規模を縮小。縮小した支援も、武器や兵を送るのは止め、金と食料を中心に。

そのうえで、魔王国に誰かが行って、我が国の方針を説明するのが確実だと私は思う。

うん、兄たちも賛成のようだ。

「誰が行くのだ？」

言い出した私が行くべきだろう。

え？　兄たちも行きたいの？　じゃあ、三人で行く？

父が上の兄の袖《そで》を摑《つか》んだ。上の兄は居残りのようだ。では、下の兄よ。急いで準備を……下の兄は、女官に捕まった。見事な低空タックルだった。

一応、下の兄も王子なんだけどなぁ……ああ、男女の仲なんだ。万が一を考えると、行かせるわけにはいかないと。なるほど。私一人で行くとしよう。まあ、護衛はいるけどね。


私は〝シャシャートの街〟に着いた。賑《にぎ》わっているな。

私は王子であることは隠し、一般の旅人としての入国をしている。バレることはないだろう。

この街に設置された転移門をくぐれば、すぐに魔王国の王都だ。だが、その前に腹ごしらえがしたい。

実は行きたい場所があるんだ。

《マルーラ》という店でな、我が国の密偵たちから、そこで出される料理がかなり美味《うま》いとの報告を受けている。〝シャシャートの街〟の隣にある〝五ノ街〟にも、違う美味い料理があるので気になっている。そっちにも行ってみるべきか？　うーん。

などと悩みながら《マルーラ》を探していたら、獣人族の男性が近づいてきた。

「お待ちしておりました。魔王国の王都までご案内します」

……………。

一応、確認。

私が何者かわかってる？

「魔王との謁見を求められるのでしたら、同行されたほうが話が早いと思いますよ」

あ、これは完全に私の正体がバレてる。ついでに目的も。

そのうえで、一人でやってきた相手。たぶん、囲まれている。つまり、逆らっても無駄。諦めよう。ああ、一つ、教えてもらえるかな？

「なにをでしょう？」

どうしてバレたのかな？

「貴方の国から来た方に聞きましたので」

それって……こちらの放った密偵が捕まって、情報を引き出されているということかな？

「痛いことはしていないので、ご安心を」

…………それは助かる。君の名を聞いても大丈夫かな？

「これは失礼。ブロンです。短い間ですが、よろしくお願いします」

私はブロンの案内に従い、魔王国の王都まで移動。

謁見の前に食事が用意され、マルーラで出される料理が並べられた。うーん、勝てる気がしない。

閑話　午前のシール

僕の名はシール。たくさんの妻を持つ、幸せな獣人族の男だ。

…………。

あ、いや、大丈夫。自分で自分を騙《だま》しているわけじゃないから。幸せだから。うん、心配されるようなことはないよ。

不満？　ないよ。本当にないから。心配してくれてありがとう。

あー、そうだね。強《し》いて言うなら、寝不足なことかな。そう、寝不足。ははは、理由は聞かないでくれると嬉しいな。うん。

なーに、村長に比べたら僕なんてまだまだ。よし、今日も頑張るぞ。

僕は自分の屋敷の執務室に用意された席に座る。ここが僕の仕事場だ。

屋敷は王城の近くにあり、元はこの地を治めていた貴族の持ち物だったらしい。つまり、元領主屋敷。なので大きく広い。

王城ができるまでは、魔王のおじさんも住んでいたことがある場所だそうだ。

そんな場所に住んでいいのだろうかと思うが、前の持ち主が僕の妻の一人であるホウの実家のレグ家。そのレグ家の偉い人が総出でやってきて、受け取ってほしいという圧《プレッシャー》に負けた。賃貸《ちんたい》でと抵抗したけど、僕の屋敷になった。

あのときは、自分はまだまだ未熟だと再認識したものだ。まあ、たくさんの妻たちがいるので屋敷が大きいに越したことはない。

妻たちが連れてきたメイドとか執事とか護衛とか文官とか商人とか殺し屋とかもいるしね。

…………。

細かいことを気にしてはいけない。うん、人材が豊富なのはいいことだ。

「旦那さま、本日分です」

妻たちが連れてきた執事同士で争い、執事長となった年配の男性が僕の前に数枚の紙を置く。

本当ならこの数百倍あるはずなんだけど、妻たちが連れてきた文官たちが事前に目を通して処理をしてくれているので、僕の仕事量はこれだけになっている。

だが、たかが数枚と侮《あなど》れない。文官たちで判断できない重要な内容ということだ。僕は気合いを入れて読み進めた。

…………。

全部、妻の親たちから、孫の名に関しての相談だった。気が早い。

気を取り直して……あれ？　ほかに僕の仕事は？　ない？　そんな馬鹿な。ティゼルからの依頼があっただろ？　妻たちが連れてきた者たちで対処している？　危険な密偵は捕まえ、情報を吐き出させている最中と。痛い系は駄目だよ？　美味しい食事を与えているだけ？　一回目はサービスだけど、二回目以降は有益な情報と交換と……。それで効果あるの？　あるならいいけど……。

あと、こっちにも情報を回してもらえると……いまはまとめている最中で、僕は昼食のときに聞ける？　了解。

えーっと、それじゃあ僕はどうしようかな。寝不足解消のため、寝ておいたほうがいい？

……………。

じゃあ、そうさせてもらおう。


お昼。

妻と一緒に屋敷の食堂で、昼食を食べる。妻たちは妻たちで仕事があるので、交代制になっている。今日はロビアのようだ。

ああ、なるほど。密偵の情報はロビアがまとめてくれたのか。密偵関連の情報を聞いた。

「危険な思想を持つ密偵はほぼ排除できたのではないかと。それ以外の密偵は……密偵というより、魔王国と話ができるように関係を作ろうとしている感じですね。もちろん、手段を選ばないところは捕まえております」

なるほど。

「一部の国はすでに関係構築に成功して、代表者がこちらに向かっているところもあります。詳細はこちらに」

紙に書かないと駄目なほどあるの？

ぱっと見た感じ、七つほどあった。小国ばかりなのは、密偵の質の問題なのかな？

「大国は大国で柵《しがらみ》が多くて動けない感じですね。少し前にゴールゼン王国の王子がやってきていましたけど、あれはほぼ王子の独断でしたから……」

しかも、そのゴールゼン王国は滅んで別の国になってしまった。

「そういえば、ゴールゼン王国の滅亡は、魔王国の仕業ではないかという噂《うわさ》があるそうです」

え？　そうなの？

「王子が魔王国に頼んで戦力を貸してもらったとかなんとか」

馬鹿馬鹿しい。どうやって魔王国からゴールゼン王国に戦力を運ぶんだ。どう考えても無理だろう。……転移門？　どこにでも設置できるような便利なものじゃないし、それを使って攻めているなら人間の国はもっと崩壊しているよ。

まあ、転移門の不便なところを知らなかったら、そんな風に考えるのかもしれないけど……。

「転移門の情報は各国に開示していますよ」

不便なところを知っているけど、信じていないってことかな？

「各国が転移門の情報を全て民衆に教えているわけではありませんからね。転移門の話だけが伝われば、民衆は魔王国がどこからでもやってくると思うわけで」

ああ、なるほど。

そのあたりの不安を利用して、魔王国憎しの流れを作っているのか。

「各国の王都ではそうなっています。ただ、地方はあまりそういった流れには乗っていないようで」

流れが統一されないのは、魔王国側としては朗報だな。

「クローム伯の成果かと」

ビーゼルのおじさん、頑張っているからなぁ。

「話を密偵に戻してですね。一つ、気になる商隊があるのですが」

商隊？

「はい。ジョローを名乗る人間が率いている商隊です。規模もそれなりに大きいのですが、〝シャシャートの街〟に到着したあたりから急に動きが止まりまして。〝五ノ村〟から回ってきた密偵の情報リストには名が上がってなかったので、あと回しにしているのですが……個人的にはかなり気になっています」

ジョロー？　聞き覚えがあるな。どこだったか…………ああ、思い出した。

ジョローの商隊は大丈夫だ。〝シャシャートの街〟のミヨさんがチェックしている。普通の旅商人だって。

「そうでしたか」

動きが止まったのも、商隊のメンバーが〝シャシャートの街〟や〝五ノ村〟で働き出したかららしいよ。

「つまり、《マルーラ》やラーメン通りが目当てですか？」

たぶんね。

あと、商隊のメンバーが魔王のおじさんに接触しているけど、なにも行動《アクション》を起こさなかったから暗殺者ということもない。普通に野球を楽しんでいたよ。

「承知しました。では、ジョローの商隊は問題なしということで進めます」

そうだね。それでよろしく。

………………。

ロビアにはそう言ったけど、僕もジョローの商隊は怪しいと思っている。魔王のおじさんに接触した速度とか、どう考えてもおかしいし、ミヨさんから大丈夫というメッセージが来るのも変だ。

ただ、今回の僕の仕事は、情報リストにある密偵が本当に密偵かどうかを確かめ、捕まえるというもの。リストにない者は、対象外。

密偵を一掃させたいなら、一掃しろと命じればいいのに、そうしていない。つまり、ジョローの商隊はすでに村長かティゼルさまが絡む案件に関わっている。

と、僕は勝手に予想するんだけど……こういったことを相談できるゴールとブロンがいない。妻たちには、村長やティゼルさまに関して、まだ全てを話していない。

〝大樹の村〟に連れて行ければ、そのあたりも解禁になるのだけど……〝大樹の村〟に連れて行くのはゴールやブロンの妻たちと一緒にという話になっていて、なかなかタイミングを合わせられないでいる。

妻の中ではホウに相談はできるけど、ホウだけに相談したらほかの妻が拗《す》ねるからね。

それに、ホウはホウで魔王国の財務で忙しい。余計なことは言えない。

まあ、〝シャシャートの街〟で問題を起こしたらミヨさんが許さないだろうし、〝五ノ村〟はヨウコさんやプラーダさんがいる。僕の予想があっていようが、間違っていようが問題はないだろう。

うん。この話はここまで。昼食も終わったし、仕事を頑張ろう。


ロビアが食堂から出ていくのを見送り、僕は執務室に。

えっと、僕の予定はどうなっているのかな？　僕は横に控えている執事長に聞いた。

「昼食後は、庭で野球の練習となっております。当家の参加希望者が準備しております」

…………。

「練習後、汗を流せるように湯を用意しておきます。頑張ってください」

いや、頑張るけど。

ちょっと確認していいかな？　僕を屋敷から出さないようにしているよね？　どうしてかな？

いや、バレるって。ここしばらく、ずっと屋敷の敷地内にいるもん。

「あー……これは独り言です。奥さまがたは、これ以上は先にいる者たちが妊娠してからにしてほしいそうです」

これ以上？

「妻が増えることです」

僕が外に出るたびに妻を増やしているような評価は不本意だが、自覚がないわけではないので反論はやめた。

よし、野球の練習、頑張ろう。魔王のおじさん、野球を各地で広めたいとか言ってたしね。練習は無駄にならないだろう。

閑話　舟上のブロン

僕の名はブロン。与えられた仕事を頑張る獣人族の男だ。

え？　外見《ビジュアル》はまだまだ男の子？　もう結婚しているから、成人扱いでお願いします。


さて、僕は〝シャシャートの街〟に来ている。

〝シャシャートの街〟には港があるので当然ながら海が近く、潮の香りが鼻をくすぐる。が、それをすぐにカレーの香りが乗っ取ってくる。これが〝シャシャートの街〟。

この街での僕の仕事は来客の出迎えなのだけど、まだ来ていないようだ。来客は船で来るらしいのだけど、船で予定通りに到着するのは難しいからね。十日ぐらいの日程の幅をみなければいけないんじゃないかな。

…………あれ？　それって、船が到着するまで僕はずっとここで待っていなきゃいけないのかな？　それはそれで面倒だなぁ。

来客のほうも、到着したからと連絡をくれたりはしないしなぁ。どうしたものか？

悩んだりしない。こういったときの冒険者だ。港を見張ってもらい、入港した船の名前をチェックしてもらう。

お金はかかるけど、それで僕が自由に動けると考えれば、たいした額じゃない。

「いや、冒険者を雇うぐらいなら、こちらを頼ってくださいよ」

冒険者ギルドに行こうとしたところで、待ちかまえていたミヨさんにそう言われた。

ミヨさんは〝シャシャートの街〟の代官の秘書をやっている。船の入港情報なら、すぐに手に入るだろう。

しかし、ミヨさんにはお願いしにくい。なぜなら……。

「実はこちらからも、お願いしたいことがありまして」

こういうところだ。

面倒は困るんだけど。

「いえいえ、この街で行われるちょっとしたイベントに参加してもらいたいだけです」

ちょっとしたイベント？

「はい。小型の舟での競争です。舟は八人で漕《こ》ぐ舟なのですが、こちらの準備したチームに欠員がでまして、その代役をお願いしたいのです」

代役って、舟に乗るの？　僕は舟に乗ったことがほとんどないけど、それでもいいの？

「漕ぎ手が八人揃わないと、出場すらできませんから」

チームワークに関しては？

「参加することが大事で、成績は気にしなくてかまいません」

まあ、それならいいか。それで、そのイベントはいつあるの？

「いますぐです」

…………。

「いますぐじゃなかったら、代役をお願いしたりしませんよ」

たしかに。


僕はミヨさんとイベント会場に移動した。

見物人がいっぱいだ。そして、その見物人目当ての出店もいっぱいだ。いろいろと美味しそうな香りがする。

「お腹が空いているのでしたら、適当に買って差し入れますよ」

それは嬉しいな。

「チームはこちらです。〝シャシャートの街〟で生活する漁師の息子さんたちで構成されていまして、チーム名は【フィッシャーマンズ】です」

僕はミヨさんに連れられた舟で、チームに挨拶をする。

ブロンです。よろしくお願いします。

「代役、助かるよ。よろしく」

こちらこそ。

ミヨさんは漁師の息子さんたちと言っていたけど、見た感じチームの全員が僕より年上。二十代半ばのベテラン漁師の風格がある。

「あははは。親父がまだ現役だから、いまだに息子扱いなんだ」

「独立して自分の船を持てれば、また違うんだろうけどね」

「結婚してないってのもあるかもしれない」

「この競技でいいところを見せて、俺はあの娘に……」

「ちなみに、君が呼ばれる原因となった者は、突然に結婚した裏切者だ」

突然？

「昨日の晩だ。許さん」

いや、祝福してあげようよ。あと、僕も結婚しているから。

「はぁ！　ミヨさん、どうして既婚者《こんなやつ》を！」

「そういうことを言うから、代役がみつからなかったのでしょ。それともメンバー不足で不参加になりますか？」

「ぐっ……」

「あと、既婚者《きこん》を敵にするより、味方にして妻の友人を紹介してもらったほうが有益だと思いますよ。そう何度かアドバイスしましたよね？」

「正論など聞きとうない！　…………が、不参加は困る。よろしくお願いします」

よ、よろしく。

どうして僕が選ばれたのか疑問だったけど、こういったチームだったからか。


なんだかんだで競技の開始時間になった。

僕たちが乗る舟は帆のない細長い舟。八人が一列に並んで乗り込み、両手でオールを漕ぐスタイルなんだけど……これって、本気でチームワークが必要なやつだよね？　代役、本当に僕で大丈夫？

あと、この手の舟って進行方向は前じゃないの？　進行方向が背面って……誰が進路を決めているの？　でもって、僕の前にチームメイト七人の背中があるってことは……僕が先頭？　え？　こって、一番危険なポジションじゃないかな？　めちゃくちゃ怖いんだけど。

軽くパニックになる僕に、チームメイトが振り返ってニッコリ。

…………。

それだけ？　ちょっ！


さすがに冗談だった。よかった。

各船には、進路指導役の舟頭《せんどう》が乗り込むそうだ。

つまり、一つのチームは八人の漕ぎ手と一人の舟頭。舟頭は競技開始の合図として、乗り込んでくるらしい。

乗り込んでくるって、どこからだろうと思っていたら舟の近くの海面から顔を出した。なるほど、どうしてそんな面倒なことをするのかなと思ったら、舟頭は海の種族なのか。

そして海の種族なら舟頭としての実力はたしかだろう。なにせ、文字通り海で生活しているのだから。頼もしい。

僕がそう感心すると、海の種族が次々に海面から飛び出して舟に乗り込んだ。僕たちの舟にも乗り込んできた。細身の海リザードマンだ。うん、重量的にもそれほどでもなさそう。よろしく。

彼は頷き、そして指で進路を指示した。

…………。

喋《しゃべ》ってくれないと従えなくない？　だって見えないし。困惑している僕を放置して、舟は移動を開始した。

いいの？　これでいいの？　いや、たしかに舟頭が乗ったらスタートって聞いてるけど。え、ええい、どうなっても僕は知らないからな。

僕は目の前のチームメイトに合わせ、オールを漕いだ。

競技の内容は、海上に設置された浮き《ブイ》の間を通ったあと、ゴールに向かうもの。

浮きは赤、黒、白の三色あり、ゴールはスタート地点。つまり、三つのチェックポイントを通過して、スタート地点に戻ってくればいい。

ただ、進行方向が背面であることを無視しても、僕には浮きが見えない。舟頭の指示を信じて、進むだけだ。

それと、もちろんながらこの競技は競争なので同じように行動している舟がそれなりにいる。

目立つところでは……〝シャシャートの街〟の商工会に所属する若手メンバーで構成されたチーム【マネーワールド】。イフルス学園の教師と生徒で構成されたチーム【イフルス・カレー】。あと、〝シャシャートの街〟の近郊の村の青年たちで構成されたチーム【スローライフ】。〝五ノ村〟からやってきたチーム【プラーダ御一行】。

…………。

プラーダ御一行とあるのに、プラーダさんは乗ってないんだな？　おっと、舟同士がぶつかって転覆《てんぷく》している。

同じチェックポイントを目指しているのだから、ありえることだ。転覆した舟の乗組員は、海の種族の救護隊が助けている。ある程度の安全面は確保しているわけだ。ちょっと安心。って、横波が僕たちの舟を襲う。

うーん、この細い舟。どう考えても川とか池向き。海の荒波に抗《あらが》うには、細長すぎる。絶対に転覆する。ほら、横に並んでいた舟が転覆した。次はこの舟の番だ。

そんなことを考えていたら、チームメイトから声をかけられた。

「ブロンくん。海の上で一番やっちゃ駄目なことは、弱気になることだ！」

「そんな気持ちじゃ、どんな舟だって沈む！」

「沈みたくなかったら、自信を持て！」

「あと、これは余計な情報かもしれないが、僕たちは泳げない」

………。

漁師の息子なのに？　ってか、泳げないから息子扱いなんじゃないかな！

「ええい、正論など聞きとうない！　だいたい、海って怖いだろ！」

「怖い、うん、怖い！」

「どうして海なんて存在するんだろうな。全部、陸地でいいと思うんだが？」

「まったくだ」

〝シャシャートの街〟の漁師の未来は暗いようだ。

だが、とりあえず沈みたくない気持ちは同じなようで、一生懸命に僕たちはオールを漕いだ。


僕たちの順位は九位だった。

参加したチーム数は三十三だったので、半分よりは上でまあまあの順位だろう。いや、完走できたことに感謝だ。それもこれも舟頭のお陰。認めたくないけど。無口なのはどうかと思うよ。今日、出会ったばかりで信頼関係とかできるわけないし。

「ブロンくん。ご苦労さま。このあと、反省会をやる予定だから参加してもらえると嬉しいな」

反省会ですか？

「反省会の名を借りた宴会だよ」

「宴会って言うなよ。商工会に対抗して、漁師たちが一致団結する場だ」

「ははは。そういった意味合いがないとは言わないけど、そこまで商工会とは敵対してないから」

「怪我《けが》なく終わってよかった、という意味合いの宴会だよ。参加者は俺たちと俺たちの家族、友人になる」

それなら、まあ。

「よかった。ああ、そうだ。ミヨさんから伝言。目的の船を沖合いで確認。ただ、このイベントで船の入港数が制限されているから、目的の船が入港するのは早くて二日後ぐらいだって」

…………。

なるほど。ミヨさん、この情報を知ってて隠してたな。まったく……無駄に日焼けしてしまった。

まあ、それなりに楽しくはあったけど。

ちなみに、競技の優勝チームは旅の商人有志で構成された【頑張れジョロー】。すごい操舟だった。見習いたいものだ。

閑話　戦うプラーダ

私の名はプラーダ。グッチさまの部下ですが、現在は〝五ノ村〟で働いています。

どうしてそうなっているかは……まあ、どうでもいいじゃないですか。〝五ノ村〟はいいところですよー。なんといっても、ご飯が美味しい。私に許された食費でも、それなりの美食を楽しむことができるのは嬉しいですね。

そして、娯楽もたくさんあります。とくに麓のイベント会場はいいですね。時間が許すなら、毎日通いたいところです。

もし、引っ越し先を考えているのであれば、〝五ノ村〟を候補に入れることをお勧めします。


さて、私は〝シャシャートの街〟に移動することになりました。

〝シャシャートの街〟で行われるイベントに、〝五ノ村〟の代表として参加するためです。

なぜ私がと思いましたが、どうやら〝シャシャートの街〟の経済に関してアドバイスがほしいので、指名されたそうです。なるほど、こうみえても私は経済関係は強いですからね。

〝シャシャートの街〟に滞在しているあいだの費用は出してもらえるので、断ったりはしません。

なんだかんだ言って、一ヵ月ぐらいお世話になろうと思います。

そんなことを考えていたのが悪かったのでしょうか。

〝シャシャートの街〟に到着し、出迎えてくれたミヨさんと挨拶をした直後でした。妙な気配を感じました。嫌な感じです。そして、私はその妙な気配に覚えがありました。

気づかなかったふりをするのも手なのですが、気づいていたのに放置したことがバレると怒られますよね。バレるわけないと思うのですが、こういったことはなぜかバレるんです。私は学習しています。なので、対処します。

「ミヨさん。緊急事態です。残念ですが、イベントに参加できなくなりました」

「え？」

「ところで、この街で殺されて困る人物は誰ですか？」

「は？　急になんですか？　どんな人物でも困りますよ」

「あー、では、殺されることで村長、もしくは竜が怒る人物を教えてください」

「あの、冗談……ではなく？」

「あはは、冗談ですよ。冗談。それで、誰がいます？」

「……村長関係だと、《マルーラ》の従業員とゴロウン商会のマイケル氏。もう少ししたらこちらを訪れる予定になっているブロンさん。竜関係はわかりません。あと、村長の奥さまのルーさまに関わりがあるのが、イフルス学園の教師や生徒です」

「それなりの数になりますね。ですが、タイミングよくイベントがあります。できるだけそのイベントに、そういった人物を集めておいてください」

「どうするのですか？」

「どうもしません。ただ、なにかあったときに、探し回らなくて済むでしょ？　それだけです」

「……」

「怖い目で見ないでくださいよー。私は村長や竜に迷惑をかけたくないだけですから」

「……わかりました。こちらはこちらで勝手に警戒しておきます。そちらに援軍は必要ですか？」

「これでもかってぐらいにほしいですが、殺される可能性があるので人選は慎重にしてください。村長や竜に恨まれるのは勘弁です」

「正直、プラーダさんの感じている脅威が私にはわかりません。プラーダさんは、どれぐらいの危機感をお持ちなのです？」

「うーん、寝ている竜に錆《さ》びた剣でちょっかいをかける子供の冒険者を見た感じです」

「……私なら全力でその場から逃げますね」

「私もそうしたいです。が、なかなかそうもいかなくて……なにも起こらないことを祈っていてください」

「わかりました。ご無事で」

「ありがとう。頑張ってみます」

私は妙な気配のもとに向かいます。

〝シャシャートの街〟の大きい通り。それなりに目立つ場所ですが……堂々とありますね。

魔法陣。

まあ、認識阻害《そがい》の効果も付与されているので、知らない人にはただの模様に見えますか。

ですが古式の正統な魔法陣です。この魔法陣の上を通行するだけで、生命力を吸われます。

警戒されないようにか吸収量は少ないですが、一時間もこの場に留まれば倒れるでしょう。二時間で死ぬかな？

私は魔法陣の一部を消して、無効化します。全部を消す時間はありません。なにせ、私が察知しているだけで、この街に四十近い数の魔法陣が仕込まれているのですから。

イベントのある港側から無効化していきましょう。すでに、いくつかの連絡手段を使って、グッチさまに連絡はしています。そう時間もかからずに手勢を引きつれて来てくれるでしょう。

私の役目は、魔法陣を無効化しつつ、この魔法陣を仕込んだ者の探索。

戦闘は避けたいですねー。相手が相手ですから。ああ、まだ確定じゃありませんが……魔法陣の置き方から、ほぼ本人でしょう。

もしくはその弟子か。弟子なら私でもなんとかなるかな？　弟子であってほしいなぁ。

などと考えながら、半数ほどの魔法陣を無効化したぐらいでした。

…………。

発見。はい、本人でした。

魔法陣が無効化されていることに気づいて、様子を見に出てきたようです。私には……気づいてない？　そんなわけありませんよねー。はいはい、そう睨《にら》まないでください。私は戦い向きじゃないのですよー。あー、この場ではなんですから、移動しましょうか。できれば街の外が嬉しいですねー。ここで暴れると、いろいろと面倒なので。


〝シャシャートの街〟の北西にある草原。〝シャシャートの街〟が遠目に見えます。

本当はもっと離れた場所に移動したかったのですが、相手があるので仕方がありません。

「プラーダ、私の邪魔をする気？」

「邪魔をする気もなにも、あんな危険な魔法陣を放置できないでしょう」

私の目の前にいるのは、私と同じ悪魔族の女性。

名はベトン。ベトン＝グリ＝アノン。かつて、グッチさまと覇《は》を争った者です。

まあ、最終的にはグッチさまが勝ったのですけどね。つまり、グッチさまより格下。いえーい、格下ー、格下ー。

「プラーダ、私を本気にさせたいの？」

「いえ、私はなにも言ってませんよ」

「馬鹿なことを考えたでしょ？　わかるわよ」

「あれ？　私、そんなにわかりやすいですか？」

「そりゃね。ねえ、プラーダ。私の手伝いをしない？」

「お手伝いですか？」

「ええ、そうしてくれたら昔のことは忘れてあげるわよ」

昔のこと。

ベトンがグッチさまと戦っているとき、私が横槍を入れたことですね。あれが勝敗を決めたともいえますので………まずい。恨まれている可能性が大です。ここはベトンに味方したほうが正解でしょうか？

なーんてね。手伝ったぐらいでベトンが昔のことを忘れたりするわけないじゃないですか。執念の塊《かたまり》みたいな悪魔なんですからー。

ですが、ここはグッチさまの手勢が来るまでの時間を稼ぐために、仲間になるふりをしましょう。

「いいですよー。なにをすればいいんですか？」

「プラーダ。ふざけてるの？　わかりやすいって言ったでしょ」

ベトンの足元から伸びた影が消えたと思ったら、私の背後から出てきて私を包み込もうとしてきます。これはまずい。

ベトンの誘導でこの場に来ましたけど、ベトンがあらかじめ魔法陣を用意していた場所のようです。そんな場所に私はのこのことやってきて、のんきに話をしようとしていたようです。自分の迂《う》闊《かつ》さに、思わず笑ってしまいます。あはははは。

迂闊さの代価を払いましょう。とりあえず、金貨三枚でいいですかねー。

私は金貨を取り出し、放り投げます。

私の放り投げた金貨は光り輝き、ベトンの影を押し返します。そのあいだに私は安全な場所に移動。役目を終えた金貨は泥に変化し、地面に落ちます。

「ちっ、いつも金がないと喚《わめ》いていたのに、よく出せるわね。いい就職先でも見つけたの？」

「いえいえ、安い給金でこき使われてます。ですが、生活費と戦闘用は分けるようにしていますので……戦闘で困ることはありませんよ」

「あら、そう？　それじゃあ、どれだけ貯め込んだか試してあげるわ」

「あはは、遠慮したいです」

発動する前の魔法陣なら、銀貨でなんとかなるかな？　でも、ここで銀貨を出すとベトンに笑われる。見栄《みえ》を考えて、金貨を出して構えましょう。うん、見栄は大事。悪魔族は見栄を気にするのです。

手持ちの金貨、残り十七枚。

…………思っていたより少ない。どうしよう。ベトンを相手に、どこまで耐えられるかなー。

金貨が尽《つ》きる前に、グッチさまの手勢が来てくれたらいいのだけど。

閑話　援軍？

はい、金貨が尽きましたー。私がピンチです。

私が誰かわからない？　またまたー。え？　本当にわかってない？　そんなー。

私はプラーダ。逃げたいけど逃がしてくれそうにない相手を前に、孤軍奮闘している悪魔族です。

うーん、おかしい。グッチさまの手勢が来ない。

私が〝ジャシャートの街〟に到着したのは朝。そのタイミングでベトンの気配に気づいたので、グッチさまに連絡しています。

ベトンと私が出会い、この場に移動した段階で昼過ぎ。十分な時間が経過しています。

この場に来られるようにちゃんと目印も残しているのに、どうして来ないのでしょうか？　このままでは、やられてしまいます。ええ、やられちゃいますよ。私は戦うタイプじゃないんです。対してベトンは戦うタイプ。そんなの勝負になるわけないじゃないですか。

…………。

あれ？　どうして私、まだやられていないのでしょうか？

考えられることは……一つ。ベトン、弱ってますね！　なにがあったかは知りませんが、私を倒せないぐらいに。

よし、光明。いける。

いけるいけるいけるいけるいける……わけないでしょう！　なにこれ？

思考が誘導されていますね。ベトンの得意分野でしたか。危ない危ない。

というか、なぜ私はベトンの得意分野をいままで意識しなかったのか。

それに気づけば、理解できました。ここは彼女の結界内です。この場に来た段階で、すでにベトンの策に嵌《は》まっているということですか。

つまり、私が認識している場所じゃない可能性が高い。グッチさまの手勢が来ないのは、そのためですね。あ、時間も惑わされていたようです。

私が結界を意識したからか、太陽がいきなり沈みました。かなりの時間、私はベトンと戦っていたようです。うぬぬ。

どうりで金貨が尽きるのが早いと思った。まいりました。どうしましょう。

私がまだ健在なことから、ベトンが弱っているのはたしかです。ですが、私の攻撃手段である金貨は尽きています。この状態が続けば、私は終わりです。くっ、まだまだラーメンを食べたかった。《マルーラ》のカレーも。〝大樹の村〟で出される料理もあと一回……いや、十回ぐらい。でもって美術品とか、もっともっともっと観たかった。あー。誰か助けてー。

「私が助けましょう」

え？　誰？

私とベトンの戦いに、横から顔を出したのはメイド服を着た悪魔族の女性。グッチさまの手勢？

そう思いましたが違いました。

彼女の着ているメイド服は、私の着ているメイド服とは違います。ひと言でいうなら、古風《クラシック》。少し古いタイプのメイド服です。そして、思い出しました。

彼女はエルメ。ヴェルサさまのメイドです。


ヴェルサさま。

グッチさまより古い悪魔だそうですが、その実力を私は知りません。ですが、グッチさまが丁寧に挨拶していたので、相当の実力者なのでしょう。

そのヴェルサさまに仕えるメイドですから、やはり相当な実力者と考えていいと思います。ええ、ベトンの結界内に乱入してきたのですから、期待していいでしょう。

私は素直に助けを求めます。

「助けてー、助けてー」

「プラーダ、もう少しプライドを持ちなさい」

ベトンが文句を言ってきますが、無視します。

「プラーダさん。彼女の言うとおり、もう少しプライドを持ってもいいのでは？」

うっさいわ。命の危機を前に、プライドがなんの役に立つというのですか。いいから助けてください。

「はいはい、わかりました。ですが、実は私は戦えません」

………は？　なぜ？　どうして？

「古《いにしえ》の契約です」

それ言えば、なんでも誤魔化せると思わないでくださいよ！

「そう言われても、悪魔族は契約には従うものでしょ？」

ぐぬぬ。

「ですが、貴女《あなた》を助ける手段がないわけではありません」

つまり？

「私は戦えませんが、戦える人を連れてくることは可能です」

おおっ！　では、それでお願いします。近くにグッチさまの手勢がいるはずですから、その方たちを！

「残念ですが、それは難しいでしょう」

どうして？

「〝シャシャートの街〟にある魔法陣を処分して、帰ったようですから」

…………。

帰った？　は？　帰った？　冗談ですよね？

「冗談を言うタイミングではないでしょう？　ですがご安心を、あの悪魔に対抗しうる人物を連れてきます」

ほ、本当ですね？

ベトンに対抗できる人物を連れて来ることができるのですね？

「お任せください。まあ、連れて来る時間、プラーダさん一人で頑張ってもらわねばなりませんが」

さ、最速でお願いします。

「なに、すぐですよ。強制的に連れて来ますから」

エルメさんはそう言って、姿を消した。

「私の結界を簡単に出入りしてくれちゃって……腹立たしいわね」

ベトンが怒っています。

ひょっとして、私は怒っているベトンを相手に時間を稼がないといけないのかな？

…………そのようです。


頑張りました。私、頑張りました。エルメさんがベトンに対抗できる人物を連れて来るまで、逃げ切りました。よし、勝った。

そう思ったのですが……。

エルメさんが連れて来た人物は……その、なんというか……恰幅《かっぷく》のいい年配の男性？

ごめんなさい、自分を偽《いつわ》りました。太っている魔族の中年男性です。いい服を着ているから、身分は高そうだけど誰ですか？　めちゃくちゃ弱そうなんですけど？　エルメさん、エルメさん、別の人、別の人をお願いします！

「彼だけで大丈夫ですよ。ほら」

ほらと言われましても。

あ、私は味方。味方ですよー。敵はあっち。はい、向こうです。

連れて来られる前にエルメさんに説明されていたのか、太っている魔族の中年男性は腰の剣を抜いてベトンに斬りかかりました。

おおっ、見かけによらず、それなりに鋭い斬撃。ベトンを上下に両断します。

が、駄目です。ベトンに剣は通用しません。なにごともなかったように、ベトンは立っています。

「なるほど、本物の悪魔族のようだ」

太った中年男性は、ベトンから少し距離を取り、剣を改めて構えます。

「いきなりの不意打ち、失礼した。名乗らせてもらおう。私の名はワトガング！　ワトガング＝プギャル。魔王国の伯爵の地位を預かるものだ！」

え？　魔王国のプギャル伯爵？　ちょっとエルメさん、そんな人を連れて来て大丈夫なんですか？　あとで揉めるのは困るんですけど。

私の動揺《どうよう》を気にせず、ベトンはプギャル伯爵に名乗ってます。

「ベトン＝グリ＝アノンよ」

「ベトン……歴史書に名を残す大悪魔が相手とは……光栄だ」

「ふふふっ、魔族が悪魔族に勝てると思っているの？」

「古い価値観だな。勝てぬ相手に勝つための努力は積み重ねてきた。いくぞ！」

いくぞって、待って。

ベトンに剣は通じない……プギャル伯爵は、ベトンに近づく途中で剣を捨て、素手で殴った。それだけじゃない。殴った勢いのまま、肘《ひじ》打ち、そして肩からの体当たり。どれも効いてる。ベトンが驚いた表情を見せているから嘘《ブラフ》じゃないはず。

「有名なのも困りものだな。【病魔】のベトン。病《やまい》に剣は通じぬ。病に対抗できるは、鍛えた肉体。殴り合いなら、私はそれなりにやれるぞ」

「ぐぬ……許しません」

ベトンの意識が完全にプギャル伯爵に行きました。よし、助かった。

と、喜んでもいられません。

私は思い出しました。プギャル伯爵は、ゴールくんの奥さんのお父さんです。ギリギリ、守らないといけない範囲と私は判断します。

つまり……。

「そこの悪魔族のメイド。防御は任せた」

そういうプギャル伯爵の言葉を断れません。

って、ちょ、うわっ、自分の身を守るだけでよかったさっきより面倒になってませんか、これ！

ああっ、前に出るときは一声かけてー。

閑話　真夜中のブロン

僕の名はブロン。宴会で芸を求めるのは悪い文化だと思い始めている獣人族の男。

まあ、多少ならつき合いもするけどね。

【フィッシャーマンズ】の反省会という名の宴会から抜け出したら、真夜中になっていた。

僕はあらかじめ取っておいた宿に足を向ける。〝シャシャートの街〟に設置された転移門を使えば、王都に戻ることも〝五ノ村〟に行くこともできるのだけど、出迎えという仕事内容を考えるとね。

できるだけ〝シャシャートの街〟にいたほうがいいだろうとの判断だ。間違っていないと思う。

だけど、僕はすぐにそれを後悔することになった。

…………。

いや、後悔はしていない。うん。流れに身を任せた結果だ。受け入れている。後悔はしていない。

反省しているだけだ。


宿の近くまで来た時、夜中なのに忙《せわ》しく動く集団を見かけた。怪しい。

けど、その服装はちゃんとした執事服やメイド服。そして、なにかを探している様子。

そこから考えられるのは……彼らの主人になにかあったのではないだろうか？　倒れて、治癒魔法の使い手を探している？　それにしては、探している様子というか場所がおかしい。

ゴミ箱の蓋を開けても、治癒魔法の使い手は見つからないだろう。なにか大事な物を間違えて捨ててしまったとかかな？

などと思っていたら、執事服の男性が僕を見ていた。なんだろう？　こっちをじっと見ている。

「ブロンさま！」

あ、向こうは僕を知っているようだった。

えっと、どこで会ったかな？　僕は覚えていないのだけど……。

「私どもはプギャル伯爵家に仕える者です」

プギャル伯爵家？　ゴールの奥さんであるエンデリの実家？　なら、どこかで会ったことがあってもおかしくない。

「すみません。ご当主さまを見かけませんでしたでしょうか？」

ご当主さまって……プギャル伯爵？

いや、見てないけど……まさか、プギャル伯爵がいなくなったの？

「はい。お一人で部屋に居られたはずなのですが、忽然《こつぜん》と……申し訳ありませんが、捜索のお手伝いをお願いできませんか？」

わ、わかった。この街の代官には連絡してる？

「はい。捜索の手を借りております。ただ、イベントがあったため、大々的な捜索は明日以降ですので……」

だよね。

でも、ミヨさんあたりは捜索に動きだしているだろう。この街の代官も優秀だと聞いているし、できる範囲で頑張ってくれているはずだ。

現在の捜索状況は？　転移門の使用の可能性は？

「転移門は使用されていないようです。ただ、誘拐の可能性を考えると使用していないと断定は難しいです」

なるほど。

箱にでも詰められたら、使用したかどうかはわからないか。転移門の問題点だな。あとで、魔王のおじさんに報告しておこう。

だけど、誘拐は最悪の場合だよね？　自分で移動した可能性は？

「十分あります。ご当主さまは、一人で行動されることを好みますので」

そうなの？

「はい。仕事関係ではとくに」

なるほど。

プギャル伯爵がこの街に来た目的は？

「なんでも、この街の近くで大きな爆発事故があったらしく、その調査だと聞いております」

え？　あの爆発事故って、魔王のおじさんが調査して処理したって聞いているけど？

「ここだけの話ですが、なんでもその爆発現場から本が持ち出されたらしく、ご当主さまはその本に興味を持たれました」

本？　それは聞いていないな。

「不確かな噂が情報のもとですので、真偽はわかりませんが……」

ふーむ。

まあ、その情報の真偽はどうでもいい。知りたいのはプギャル伯爵が行方不明になった原因となりえるかだ。

いまの話を考えると、プギャル伯爵は一人で爆発のあった現場に向かったのだろうか？　違うだろう。

プギャル伯爵が一人のときに、本の行方に関する情報を入手。本を手に入れるため、一人で行動した。

これならありえるかな？

伯爵ともなれば、一人で動くとしても誰かしらに連絡すると思うけど………とりあえず、僕はプギャル伯爵が本を探していると仮定して探すとしよう。

といっても、夜中だから本を扱う店の大半は閉まっている。裏で本の取引しているような場所の心当たりなんてない。

捜索している執事さんたちがこの街の代官に連絡しているなら、多少は大事《おおごと》になってもかまわないのだろう。手遅れでプギャル伯爵になにかあるほうが問題だしね。

…………。

でも、確認はしておこう。大事になっても、大丈夫かな？

「大丈夫です。すみませんが、よろしくお願いします」

了解。

僕は、〝五ノ村〟のヨウコさんに助けを求める手紙を書いた。急いでいるので簡潔《かんけつ》に。

プギャル伯爵が行方不明。捜索する人手がほしい。転移門の使用状況の情報がほしい。

こんな感じで。

ヨウコさんなら、事態の重さを理解し、すぐに人手を送ってくれるだろう。


ところで、執事さん。

「なんでしょうか？」

捜索のために確認したいのだけど……プギャル伯爵って、ゴミ箱の中に隠れることがあるの？

「プギャル家では、逃走は恥《はじ》ではありません。【逃げるときは全力で】が家訓です」

な、なるほど……つまり、なりふりかまわない場合はゴミ箱の中に逃げる場合もあると。

「ご当主さまはまだやったことがありませんが、何人かのお嬢さまはやったことがあります」

…………。

エンデリさんのことじゃないと願いたい。

さて、僕は一つ、忘れていたことがある。

〝五ノ村〟の村長代理はヨウコさん。これは間違いない。だけど、夜になるとヨウコさんは〝大樹の村〟に戻っている。

現在は夜。真夜中。僕の手紙は転移門を使って〝五ノ村〟に、そして〝五ノ村〟から〝大樹の村〟に移動したそうだ。

結果。

「人探しが得意なわけじゃないが、こういう場合は数がものを言う。頑張ろう！」

村長が現れた。

「孫や曾孫《ひまご》にいいところを見せんとな」

竜王《ドースさん》が現れた。

「私が収穫した大根を味わってもらおう」

門番竜《ドライムさん》が現れた。

…………。

なぜこの三人が？　村長の後ろにいるハイエルフのお姉さんたちや、リザードマンのお兄さんたちで十分なんだけど？　あ、グッチさんもいる。なんだろう、頭を抱えているけど？

ん？　グッチさんが僕を呼んでる？　なにかな？

「ブロンさま、事態は最悪です。ですが、ご安心を。村長はこの私が守ります。なにがあっても守ります」

えーっと……ドライムさんとかドースさんはいいのかな？

「あっちは放っておいても死にません。ただ、ブロンさまにお願いがあります」

なんだろう？

「ここにいるのは第一陣です。すぐに第二陣が来ます」

第二陣？

「村長の奥さまがたです。このように遅い時間でしたので、殺気が増しています」

あ、あー。夜は村長と語り合う大事な時間。それを潰されたら、怒るか。

え？　まさか、僕にそれをなだめろと？

「いいえ。ことが収まったあと、なぜか私に責任が来た時に庇《かば》ってもらえればと」

ひょっとして……この騒ぎって、グッチさん関連？

「私ではなく、古の悪魔族関連です。そのあたりを間違えてはいけません。いいですね」

あ、はい。えーと。

古の悪魔族《グッチさん》が現れた。

全力で身を守っているようだ。

閑話　倒れたワトガング

私の名はベトン。ベトン＝グリ＝アノン。グッチやプラーダと同じ、古い時代を生きた悪魔族です。

「よし、完成。簡単な汁物で悪いけどね。ドースのほうはどう？」

「こっちもできあがった。…………村長、そう意外そうな目でみるな。これでも若いときは自分で料理をやっておった。これぐらいはできる。ドライムはどうだ？」

「もう少し大根に味が染みるのを待つのがよいかと。こちらは私が見てますので、お先にどうぞ」

「そうだな。それじゃあ、お椀と皿を用意して……すまないが、そこの箱に入っている。取ってくれるかな？」

「箸は使えるか？　駄目ならフォークがあるぞ」

現在、私は見知らぬ男性たちと一緒に、夜の野外で食事の準備をしています。

…………。

どうしてこうなった？　あ、モチなる物は美味しい予感がします。二つ、お願いします。え？　三つでもかまわない？　ありがとうございます。では、三つで。

うん、やっぱりモチは美味しかった。四つと言うべきだったと少し後悔します。

…………違った。

えーっと、なぜ私は見知らぬ男性たちと一緒に食事をしているのでしょうか？　少し前まで、プラーダとワトガングなる魔族と戦っていたはずなのに。

あの戦いは大変でした。戦いの技量では私のほうが二人よりも上でしょう。ですが、プラーダが防御に専念し、ワトガングが攻撃に専念するスタイルに苦戦しました。正直に言えば、負けてしまう可能性が頭をよぎる程度には。

だが負けません。負けるわけにはいかないのです。

私は距離を取り、改めて構えました。ワトガングは追撃せず、その場で構えます。プラーダはそのワトガングの背に隠れました。

三者が動きを止め、少しの時間が流れました。なかなかの緊迫した空気です。楽しいとも言えます。ですが、戦いを楽しむ余裕は私にはありません。時間は相手の味方ですから。私から動かないと駄目でしょうと一歩踏み込んだその瞬間でした。

ワトガングが大きく横に吹き飛んで転がり、倒れました。なにが起こったのか、私には理解できませんでした。ワトガングの背に隠れていたプラーダも同じでしょう。

ワトガングは伏せたまま、ピクリとも動きません。プラーダが、私がやったのかとジェスチャーで聞いてきますが、私は頭を横にふります。私じゃありません。プラーダがやったのではないですか？

私がそうジェスチャーで聞きましたが、プラーダは全身で否定してました。嘘ではなさそうです。

しかし、そうなると……ほかの者がいる？

戦闘に関与してこないので私の意識から消えていましたが、この場にはもう一人います。プラーダからエルメと呼ばれていた悪魔族が。

プラーダもそれに気づいたのでしょう。私とプラーダはエルメを見て、貴女が犯人ですかとジェスチャーで聞いたら、否定されました。まあ、そうですよね。

彼女がワトガングを連れてきたのです。彼女がワトガングを倒したのでは、なにをしたかったのかとなります。

つまり……さらに誰かがいる？

周囲に張ってあった私の結界はすでに解除しています。誰かが近づいても、発見は難しいでしょう。しかし、いると仮定しても疑問が残ります。

なぜワトガングを？　私を助けてくれたと考えても、それならワトガングではなくプラーダを狙うべきです。

そして、戦いに介入《かいにゅう》したのなら、なぜ姿を現さないのでしょうか？　目的がわかりません。本当にいるのでしょうか？

それゆえ、私はプラーダと戦闘を続けるという判断にはなりません。プラーダも同じようです。

膠着《こうちゃく》状態は、私の望む展開ではありません。グッチが来たら、今の状態の私では勝負にならなまいりました。

ワトガングを攻撃した者でしょうか？　松明を持って、すごい勢いでこちらに向かって走っています。

遠くに松明《たいまつ》の光を発見しました。こちらに近づいてきます。

いでしょう。まあ、グッチも昔のままではないと思いますが……。


敵か味方かは不明ですので、私は構えました。プラーダとエルメも構えました。

走ってきたのは、執事服を着た中年の魔族でした。知らない人物です。

プラーダとエルメを見ますが、二人も知らない人物のようです。

その執事服を着た中年の魔族は、一直線に倒れているワトガングに向かいました。ワトガングの
関係者のようです。

「ご当主さま！　こ、こ、これはいかん！　急いで治療《ちりょう》しなければ！」

彼はそう言ってワトガングを乱暴に肩に担《かつ》ぐと、来た方向に走って帰っていきました。

私とプラーダ、それとエルメはそれを邪魔することなく、見送って……顔を見合わせました。

えっと……あの様子から、ワトガングを攻撃した者じゃないよね？　互いに頷き合います。

じゃあ、膠着状態は継続？　そう思っていたら、別の者が近づいてきました。今度は複数人。

こっちが本命でしょうか？　魔法の光で周囲を照らしています。

四人組のようですね？　冒険者……にしては軽装。人間三人と、獣人族一人？

…………。

……………。

…………………………………………………………。

この気配っ！　人間のうち二人は神代竜族《エンシエントドラゴン》です！　神代竜族は悪魔族の天敵。どうあがいても、悪魔族は神代竜族に勝てません。努力が足りないとか、工夫が足りないとかの話ではなく、種族としての相性の問題です。

それが一人でも大問題なのに二人いる？　まずいまずいまずい……。

この場から逃げる？　どうやって。視認できる距離です。私が全力で逃走しても追いつかれるでしょう。いや、追いつく必要もありません。すでに攻撃距離です。神代竜族が本気になれば、すでに死んでいます。

まだ死んでいないことから、神代竜族がいるのは私を倒すためではないと判断します。

つまり、偶然。すごく私の運が悪かった。であるなら、会話でなんとかなるかもしれない。光明。

あ、待って。

プラーダやエルメがなにか言ったらまずいかもしれない。同じ悪魔族ということで見逃してくれるかもしれません。いや、見逃してくれるでしょう。私は希望の目でプラーダとエルメを見ました。

プラーダは驚愕《きょうがく》していました。ありえない存在を見たような感じです。気持ちはわかります。神代竜族が二人ですからね。

ですが、プラーダの口から発せられたのは違う言葉でした。

「なぜ、ここに村長がっ！！！」

…………村長？　プラーダ、混乱しているのですか？

驚く場所を間違ってますよ。あとエルメ。私の背に隠れないでください。

…………。

いつのまに移動したのですか？　反応できませんでした。

ひょっとして、エルメと戦っていたら、私はすぐにやられていたのでしょうか？　めちゃくちゃ強い？

そのエルメが、なにか悪いことをして見つかったかのような様子で焦っています。あの神代竜族はエルメを追いかけているという考えで正解でしょうか？

つまり、私がエルメを庇っているように見える現状は最悪ということ。は、離れなさい。

「いやです。一緒に、一緒に怒られましょう！」

なぜ私が！

「〝シャシャートの街〟に危険な魔法陣を張ったじゃないですか！」

たしかに危険ですが、あれには安全装置をつけてます。気づかれない程度しか効果がありません。

私とエルメが争っていると、いつのまにかプラーダは四人に駆け寄ってこう言ってました。

「私は悪くありません。あの二人が悪いです」

…………。

このときほど、プラーダを殴りたいと思ったことはありませんでした。

あとで知ったのですが、ワトガングに関して。

ワトガングを攻撃した者はいませんでした。あれは、ワトガングが自分で飛んで倒れただけです。

つまり、演技。奥義、【やられた振り】だそうです。なぜあのタイミングでやったのでしょうか？

「すごく嫌な予感がしたからな。あのタイミングが最善《ベスト》だった。近くに我が家の執事がいたのもわかっていたし」

まあ、たしかにワトガングは綺麗に現場から離脱しました。羨ましいと思うぐらいに。

それに、ワトガングのやられた振りで戦いは止まり、村長と神代竜族二人の介入はなく、話し合いに持ち込めたわけですので……結果はよかったのかもしれません。

Farming life
in another world.
Presented by Kinosuke Naito
Illustrated by Yasumo

15

登場人物辞典

Characters
Isekai Nonbiri Nouka

◉人間

【街尾火楽】
転移者であり〝大樹の村〟の村長。夢だった農作業を異世界で頑張っている。

【ピリカ=ウィンアップ】
若くして剣聖の道場に入門。才覚をみせるも、道場のトラブルで道場主に。剣聖の称号に相応しい強さが欲しいため、現在は剣の修行中。

【ナーシィ】
ガットの奥さんで、ナートの母親。

【イースリー】
学園でウルザたちと知り合った暗殺者？

NEW
【ジョロー】
魔王国を調べる一団をなぜか率いることになった旅商人。常識的な苦労人。

◉インフェルノウルフ族

【クロ】
村のインフェルノウルフの代表者であり、群れのボス。トマトが好き。

【ユキ】
クロのパートナー。トマト、イチゴ、サトウキビが好き。

【クロイチ クロニ／クロサン／クロヨン 他】
クロとユキの子供たち。クロハチまでいる。

【アリス】
クロイチのパートナー。おしとやか。

【イリス】
クロニのパートナー。活発。

【ウノ】
クロサンのパートナー。強いはず。

【エリス】
クロヨンのパートナー。タマネギが好き。凶暴？

【フブキ】
クロヨンとエリスの子供。変異種であるコキュートスウルフ。全身、真っ白。

【マサユキ】
クロニとイリスの子供。パートナーが多い、ハーレム狼。

NEW
【新入り】
ヒラクに拾われ〝大樹の村〟に。四匹の雌をパートナーにした。

◉デーモンスパイダー族

【ザブトン】
村のデーモンスパイダーの代表者であり、衣装制作担当。ジャガイモが好き。

【子ザブトン】
ザブトンの子供たち。春に一部が旅立ち、残りがザブトンのそばに残る。

【マクラ】
ザブトンの子供。第一回、〝大樹の村〟武闘会の優勝者。

◉グノーシスビー種

【蜂】
村の被養蜂者。子ザブトンと共生(?)している。ハチミツを提供してくれる。

◉吸血鬼

【ルールーシー＝ルー】
村の吸血鬼の代表者。別名、「吸血姫」。魔法が得意。トマトが好き。

【フローラ＝サクトゥ】
ルーの従兄妹。薬学に通じる。味噌と醬油の研究を頑張っている。

【始祖さん】
ルーとフローラのおじいちゃん。コーリン教のトップ。「宗主」と呼ばれている。

【アルフレート】
火楽と吸血鬼ルーの息子。

【ルプミリナ】
火楽と吸血鬼ルーの娘。

◉鬼人族

【アン】
村の鬼人族の代表者でありメイド長。村の家事を担当している。

【ラムリアス】
鬼人族のメイドの一人。主に獣人族の世話係をしている。

◉天使族

【ティア】
村の天使族の代表者。別名、「殲滅天使」。魔法が得意。キュウリが好き。

【グランマリア／クーデル／コローネ】
ティアの部下。「皆殺し天使」として有名。村長を抱えて移動する。

【キアービット】
天使族の長の娘。

【スアルリウ／スアルコウ】
双子天使。

【マルビット】
キアービットの母親。天使族の長。

【ルインシア】
ティアの母親。

【ティゼル】
火楽と天使族ティアの娘。

【オーロラ】
火楽と天使族ティアの娘。

【スアルロウ】
スアルリウ、スアルコウの母親。

◉リザードマン

【ダガ】
村のリザードマンの代表者。右腕にスカーフをしている。力持ち。

【ナーフ】
リザードマンの一人。二ノ村にいるミノタウロス族の世話係をしている。

◉ハイエルフ

【リア】
村のハイエルフの代表者。二百年の旅で培った知識で村の建築関係を担当（？）。

【リグネ】
リアの母親。かなり強い。

【リース／リリ／リーフ／リコット／リゼ／リタ】
リアの血族。

【ラファ／ラーサ／ララーシャ／ラル／ラミ】
リアたちに合流したハイエルフ。

◉ガルガルド魔王国

【魔王ガルガルド】
魔王。超強いはず。

【ビーゼル＝クライム＝クローム】
魔王国の四天王、外交担当、伯爵。苦労人。転移魔法の使い手。

【グラッツ＝ブリトア】
魔王国の四天王、軍事担当、侯爵。軍略の天才だが前線に出たがる。種族はミノタウロス族。

【フラウレム＝クローム】
村の魔族、文官娘衆の代表者。愛称、フラウ。ビーゼルの娘。

【ユーリ】
魔王の娘。世間知らずな一面がある。村に数ヵ月滞在していた。

【文官娘衆】
ユーリ、フラウの学友または知り合いたち。村ではフラウの部下として活躍。

【ラッシャーシ＝ドロワ】
文官娘衆の一人。伯爵家令嬢。三ノ村にいるケンタウロス族の世話係をしている。

【ホウ＝レグ】
魔王国の四天王、財務担当。愛称、ホウ。

【アネ＝ロシュール】
魔王の妻。貴族学園の学園長。

【アレイシャ】
貴族学園に商人枠で入学。卒業後、学園の事務員として就職。

【エンデリ】
プギャル伯爵の七女。
貴族学園でゴールたちと知り合う。

【キリサーナ】
グリッチ伯爵の五女。貴族学園でゴールたちと知り合う。

◉竜

【ドライム】
南の山に巣を作った竜。別名、「門番竜」。リンゴが好き。

【グラッファルーン】
ドライムの妻。別名、「白竜姫」。

【ラスティスムーン】
村の竜の代表者。別名、「狂竜」。ドライム、グラッファルーンの娘。干柿が好き。

【ドース】
ドライムたちの父。別名、「竜王」。

【ライメイレン】
ドライムたちの母。別名、「台風竜」。

【ハクレン】
ドライムの姉（長女）。別名、「真竜」。

【スイレン】
ドライムの姉（次女）。別名、「魔竜」。

【マークスベルガーク】
スイレンの夫。別名、「悪竜」。

【ヘルゼルナーク】
スイレン、マークスベルガークの娘。別名、「暴竜」。

【セキレン】
ドライムの妹（三女）。別名、「火炎竜」。

【ドマイム】
ドライムの弟。

【クォン】
ドマイムの妻。父親がライメイレンの弟。

【クォルン】
セキレンの夫。クォンの弟。

【グラル】
暗黒竜ギラルの娘。

【ヒイチロウ】
火楽とハクレンの息子。人間と竜族のハーフ。

【ギラル】
暗黒竜。

【グーロンデ】
多頭（八つ）首の竜。ギラルの奥さん。グラルの母。

【メットーラ】
混代竜族。学園生活を送る子供たちの世話係。別名、「ダンダジィ」。

【トーシーラ】
混代竜族。ライメイレンのもとで働いている。メットーラの妹。

【ククルカン】
火楽とラスティの息子。ラナノーンの弟。

NEW
【オージェス】
混代竜族。炎竜族。魔王国の王都で働いている。ハイフリーグータ、キハトロイと三人組で扱われることが多い。

NEW
【ハイフリーグータ】
混代竜族。風竜族。野球で光る才能があった。

NEW
【キハトロイ】
混代竜族。大地竜族。魔王国の王都での生活を楽しんでいる。

◉古悪魔族

【グッチ】
ドライムの従者であり知恵袋的な存在。

【ブルガ／スティファノ】
グッチの部下。現在はラスティスムーンの使用人をしている。

【プラーダ】
ドライムの巣で働く悪魔族メイドの一人。趣味は美術品収集。

【ヴェルサ】
始祖さんの妻。

◉悪魔族

【クズデン】
四ノ村の代表。村の悪魔族の代表。

◉獣人族

【ガルフ】
ハウリン村から移住してきた戦士。村長の護衛を任務としている。

【セナ】
村の獣人族の代表者。ハウリン村から移住してきた。

【マム】
獣人移住者の一人。一ノ村のニュニュダフネたちの世話係をしている。

【ゴール】
幼少期に大樹の村に移住した三人の男の子の一人。真面目。

【シール】
幼少期に大樹の村に移住した三人の男の子の一人。喧嘩っ早い。

【ブロン】
幼少期に大樹の村に移住した三人の男の子の一人。しっかり者。

【ガット】
ハウリン村村長の息子で、セナの兄。村の鍛冶屋さん。

【ナート】
ガットとナーシィの娘。父方の種族である獣人族として生まれた。

◉エルダードワーフ

【ドノバン】
村のドワーフの代表者。最初に村に来たドワーフ。酒造りの達人。

【ウィルコックス／クロッス】
ドノバンの次に村に来たドワーフ。酒造りの達人。

◉シャシャートの街

【マイケル＝ゴロウン】
人間。シャシャートの街の商人。ゴロウン商会の会頭。常識人。

【マーロン】
マイケルさんの息子。次期会頭。

【ティト】
マーロンの従兄弟。ゴロウン商会の会計担当。

【ランディ】
マーロンの従兄弟。ゴロウン商会の仕入れ担当。

【ミルフォード】
ゴロウン商会の戦隊隊長。

◉山エルフ

【ヤー】
村の山エルフの代表者。ハイエルフの亜種（？）で、工作が得意。

◉ラミア

【ジュネア】
南のダンジョンの主。下半身が蛇の種族。

【スーネア】
南のダンジョンの戦士長。

◉ミノタウロス

【ゴードン】
村のミノタウロスの代表者。大きな身体に、頭に牛のような角を持つ種族。

【ロナーナ】
駐在員。魔王国の四天王の一人であるグラッツに惚れられている。

◉ケンタウロス

【グルーワルド＝ラビー＝コール】
村のケンタウロスの代表者。下半身が馬の種族。速く走ることができる。

【フカ＝ポロ】
男爵だけど女の子。

◉ニュニュダフネ

【イグ】
村のニュニュダフネの代表者。切り株や人間の姿に変化できる種族。

◉大英雄

【ウルブラーザ】
愛称、ウルザ。元死霊王。

◉巨人族

【ウオ】
毛むくじゃらの巨人。性格は温厚。

◉マーキュリー種（人工生命体）

【ゴウ＝フォーグマ】
太陽城城主補佐。初老。

【ベル＝フォーグマ】
種族代表。太陽城城主補佐筆頭。メイド。

【アサ＝フォーグマ】
太陽城の城主の執事。

【フタ＝フォーグマ】
太陽城の航海長。

【ミヨ＝フォーグマ】
太陽城の会計士。

◉九尾狐

【ヨウコ】
何百年も生きた大妖狐。竜並の戦闘力を有すると言われる。

【ヒトエ】
ヨウコの娘。生後百年以上だけど、まだ幼い。

◉妖精

【妖精】
光る球（ピンポン球サイズ）に羽根がある。甘いものが好き。五十匹ほどが村にいる。

【人型の妖精】
小さな人型の妖精。十人ぐらい村にいる。

【妖精女王】
人間の姿をした妖精の女王。大人の女性で背は高め。人間の子供の守護者として、人間界ではそれなりに崇められている。ただし、ドラゴンは妖精女王を苦手としている。

◉フェニックス

【アイギス】
丸い雛。飛ぶよりも走るほうが速い。

◉蛇神族

【ニーズ】
人の身を得た蛇。蛇の神の使徒でもあり、蛇と会話をすることができる。

◉オルトロス

【オル】
頭部が二つある犬。クロたちと比べると弱い。

◉虎

【ソウゲツ】
聖獣サンゲツの子孫。

◉魔法生物

【インテリジェンス・ボックス】
箱型の魔法生物。村長にたくさん拾われ、各地で頑張る。

【フライング・カーペット】
空飛ぶ魔法の絨毯。村長は大好きだが、ルーは苦手。

◉その他

【スライム】
村で日々数と種を増やしている。

【牛】
牛乳を出す。しかしながら、元の世界の牛ほどは出さない。

【鶏】
卵を産む。しかしながら、元の世界の鶏ほどは産まない。

【山羊】
山羊乳を出す。当初はヤンチャだったが、おとなしくなった。

【馬】
村長の移動用にと購入された。グルーワルドに対抗心を抱いている。

【酒スライム】
村の癒し担当。

【死霊騎士】
鎧姿の骸骨で、良い剣を持っている。剣の達人。

【土人形】
ウルザの従士。ウルザの部屋の掃除を頑張っている。

【猫】
火楽に拾われた猫。謎多き存在。

あとがき

『異世界のんびり農家』がアニメになり、無事にその放送が終了しました。(たぶん終了しているはず！　なにもトラブルがないことを切に願います！)

これで私は普通のラノベ作家から、アニメ原作ラノベ作家と称号が変化！

まあ、それがどうしたという話なんですけどね。アニメ化したラノベ作家、アニメの数よりは少ないですが、それなりに多くいるので珍しくもありません。

慢心《まんしん》は駄目、書き続けることが大事だと改めて自分を戒《いまし》めます。

それはそれとして、『異世界のんびり農家』のアニメ制作に関わってくださった多くの方々に改めて感謝です。ありがとうございます。また、ご一緒に仕事ができれば幸いです。

もちろん、アニメを観ていただいた方々にも感謝です。ありがとうございます。私の作品がまたアニメ化したときは、よろしくお願いします。

しかし、そのためにはアニメ化を目指す新作を考えないといけないのですが……いまは『異世界のんびり農家』で手一杯ですので。ははは。


本題です。

十五巻到達！　やりました！

でも、この十五巻、話が途中で終わっているのですよねー。すみません。『異世界のんびり農家』では、できるだけ引っ張るような形にはしたくなかったのですが、本の厚さと文章量の問題です。

ごめんなさい。次の巻、お楽しみに。早くお届けできるように原稿、頑張ります。

そして、驚く怒涛《どとう》の新展開…………は、この作品には似合いません。いつも通りののんびり具合でまったり頑張ります。ええ、新しいことはしませんし、ありません。それが『異世界のんびり農家』です。

……考えてみれば、そんなのんびりした作品が、十五巻まで続けられたものだと自画自賛《じがじさん》してしまいます。

一つの作品をこんなに長く書いているのもレアというか初めての経験ですしね。昔は半年でゲーム一本分（小説三冊～四冊分ぐらい）を書いては、次の作品でした。続編とかあまりやらなかったしなぁ。感慨《かんがい》深い。

でもって、あと何年続けられるのか？　まったく予想ができません！　すみません、頑張っておつき合いください。よろしくお願いします。

では、行数も残り少なくなってきましたので、今回はここまでで。

次の巻で、またお会いしましょう。ではでは。

内藤騎之介

著 内藤騎之介

Kinosuke Naito

こんにちは、内藤騎之介です。
エロゲ畑で収穫された丸々と太った芋野郎です。
誤字脱字の多い人生を送っています。
よろしくお願いします。

イラスト やすも

Yasumo

ゲームやったり絵描いたりしてる
イラストレーターです。
色々描けるようになっていきたいです。

異世界のんびり農家 15

2023年4月28日　初版発行

著　内藤騎之介
イラスト　やすも

発行者　山下直久
編集長　藤田明子
担当　山口真孝

装丁　荒木恵里加　稲田佳菜子（BALCOLONY.）

編集　ホビー書籍編集部

発行　株式会社 KADOKAWA
〒102-8177
東京都千代田区富士見2-13-3
電話：0570-002-301（ナビダイヤル）

印刷・製本　図書印刷株式会社

ISBN 978-4-04-737433-1　C0093　Printed in Japan

●お問い合わせ
https://www.kadokawa.co.jp/
（「お問い合わせ」へお進みください）
※内容によっては、お答えできない場合があります。
※サポートは日本国内のみとさせていただきます。
※Japanese text only

セナ＆リアの 次号予告ト〜ク

こんにちは！　獣人族のセナです！　次回予告のこのコーナーに参上です！」

ハイエルフのリアです！　同じく参上です！

ところでリアさん。気づきましたか？

なにになですか？

【異世界のんびり農家】がアニメ化したことで、私たちの声が声優さんのボイスで再生されているのですよ！

おおっ！

と言っても、アニメは表現の一つ。絶対の正解ではないのですけどね。

そうですね。読者（視聴者）一人一人が持つイメージが正解です。

しかし、私の声を担当してくださった声優さんには感謝です。

ほかの作品で聞いても、気にしてしまいますね。

16

2023年10月発売予定!!

Next
Farming life
in another world.

ですね。とっ、いけないいけない。次回予告をやるスペースがなくなります！

もっとアニメの感想を語りたいのにー。仕方がありません。

次の巻では……今回の話の続きですね。

普通はそうです。

あとは……のんびりした冬？

いつも通りです。

ですね。いつも通りの【異世界のんびり農家】をお送りすると思います！

え？　それでまとめると次回予告の意味は！

気にしてはいけません！　では、次の巻でまたお会いしましょう。セナでした

えー、いいのかなー。リアでした。またねー

コミックウォーカー&
ニコニコ静画（マンガ）&
月刊『ドラゴンエイジ』にて
好評連載中！
ISEKAI NONBIRI NOUKA

主人公最強×異世界転生×勘違いコメディ、爆誕!!

陰の実力者になりたくて!

1〜5巻（以下続刊）

定価　本体1200円＋税

著　逢沢大介

イラスト　東西

普段はモブとして力を隠しつつ、
陰ながら物語に介入して実力を見せつける
『陰の実力者』に憧れる少年・シド。
異世界に転生した彼は念願の『陰の実力者』設定を楽しむため、
妄想で作り上げた『闇の教団』を蹂躙すべく暗躍していたところ、
どうやら本当に、その教団が実在していて……？
ノリで配下にした少女たちに『勘違い』され、
シドは本人の知らぬところで真の『陰の実力者』になり、
そして彼ら『シャドウガーデン』は、
世界の闇を滅ぼしていく——!!

The Eminence in Shadow

「我が名はシャドウ。陰に潜み、陰を狩る者……」
みたいな中二病設定を楽しんでいたら、
あれ？まさかの現実に!?